U0688478

荒野之王

续写春秋 著

SPM
南方传媒　花城出版社

中国·广州

图书在版编目（CIP）数据

荒野之王 / 续写春秋著. -- 广州 ： 花城出版社，
2025. 1. -- ISBN 978-7-5749-0319-7

Ⅰ. Ⅰ247.5

中国国家版本馆CIP数据核字第2024FF9572号

出 版 人：张　懿
责任编辑：刘玮婷　徐嘉悦
责任校对：梁秋华
技术编辑：林佳莹
封面设计：周文旋

书　　　名	荒野之王 HUANGYE ZHI WANG	
出版发行	花城出版社 （广州市环市东路水荫路 11 号）	
经　　销	全国新华书店	
印　　刷	广东虎彩云印刷有限公司 （东莞市虎门镇黄村社区厚虎 20 号 C 幢一楼）	
开　　本	880 毫米 × 1230 毫米　32 开	
印　　张	11.25	
字　　数	310，000 字	
版　　次	2025 年 1 月第 1 版　2025 年 1 月第 1 次印刷	
定　　价	56.00 元	

如发现印装质量问题，请直接与印刷厂联系调换。
购书热线：020-37604658　37602954
花城出版社网站：http：//www.fcph.com.cn

目 录

第1章　路边搭车的美女

苍云峰独自开着破旧但皮实的丰田老80行驶在318国道雅江至理塘段，夕阳的余晖照射在他的脸上，看不出任何表情。后备厢里放着一批医疗保障物资，明天日落之前这批物资要送到格聂神山脚下的营地，给探险队做补给。成都到理塘他只用一天的时间，必须在九点之前赶到理塘好好补上一觉，才能保证明天的不疲劳驾驶。

距离理塘县大概20公里的地方，一个女孩子出现在苍云峰的视线中。女孩上身穿着冲锋衣，下身穿着牛仔短裙配丝袜，更奇怪的是女孩子竟然把牛仔短裙解开，退到了脚踝处，站在路边伸出右手竖起了大拇指。

经常跑西藏的老司机看到这一幕都懂这是怎么回事。如果路边的人徒手拦车，那是想白嫖搭车；如果手里拿着钱竖起大拇指拦车，那是想付费搭车；这种脱掉裤子或者把裤带解开拦车的，意思就是陪睡搭车。

苍云峰把车停在路边，冻得瑟瑟发抖的欧敏君拉开副驾驶的车门站在外面哀求道："哥，我被同伴抛弃了，他们趁着我下车解手的时候开着车跑了，麻烦您把我带到理塘，行吗？今晚你让我干什么都行。"

活了二十八年的苍云峰还是个单身狗，最受不了的诱惑就是女人与酒。面对身材火辣的美女，他完全找不到拒绝的借口，酷酷地甩了下头，对欧敏君说道："上车。"

欧敏君急忙道谢："谢谢大哥。"谢过之后，她又怕真的被占便宜，便关上副驾驶的车门，拉开了后排的车门。

苍云峰见状十分不爽，转过头问道："姑娘，懂事吗？你坐后排是啥意思？我是你的专职司机？要坐就上前面来，不坐就算了。"

欧敏君心里很反感，犹豫之后还是坐到了副驾驶的位置。

苍云峰拿出烟给自己点燃，单手开车，另外一只手直接伸向欧敏君的大腿，看着她问道："姑娘哪儿的人啊？叫什么啊？和谁来玩的？怎么还被丢路上了？"

欧敏君本能地用手挡了一下苍云峰的手，然后向右侧挪了挪身体回答道："我叫欧敏君，是成都人。我在自驾游网站上找的拼车出行，路上因为和司机发生了矛盾，才被他们丢在路边的。"

女孩这个躲闪动作让苍云峰觉得很不爽，不过人已经上车了，总不能赶下去，便开始找话题和欧敏君闲聊："网上约的人真不靠谱，哪能这么干呢？这要是遇见坏人了咋办？"

欧敏君小心翼翼地说道："大哥，你不是坏人吧？你看我都这样了，今晚得和你凑合一夜了。"

苍云峰嘴角扬起一丝坏坏的笑容，对欧敏君说道："你都那么懂事了，我还能坏到哪里去？"

欧敏君腼腆地要求道："得戴套。"

苍云峰扬了扬头对欧敏君说道："你打开你前面的手套箱看看，喜欢什么牌子的你自己选两个。"

欧敏君还真的打开了手套箱，里面至少有六七盒避孕套，这让她认为苍云峰也不是什么好东西，坑这种人也算是替天行道了吧——至少这一刻欧敏君是这么安慰自己的。

到了理塘县城，苍云峰把车开到了一个常住的酒店，经常跑这几条路，早就和当地一些酒店熟络了，这个酒店也算是公司的合作酒店了。

进入房间之后，苍云峰随手把行李箱丢在一边，转头看着欧敏君说道："洗个澡解解乏吧。"

欧敏君故意拖延时间说道："哥，洗手间太小了，你先去吧，等你洗完我再洗。"

苍云峰也没多想，走进洗手间去冲澡了。

欧敏君在听到花洒放水的声音后，从贴身处拿到了自己的手机，急匆匆地发了一个房间信息后就将手机藏在了枕头下面，然后脱掉自己的冲锋衣和牛仔裙，把头发弄得很乱，还拆开一个避孕套丢在了垃圾桶内，装出一副刚刚被凌辱过的样子。

没过几分钟，外面传来了敲门声，欧敏君终于松了一口气。她快速地走到门口将房门打开，门外是三个男子。最前面的是一个大块头，赤裸的两条手臂上都是文身；第二个男子梳着背头、叼着烟，样子有点拽，是这三个人里面的头头；最后一个男子只有一米六左右的身高，长得贼眉鼠眼的。

等人进门后，欧敏君指了指洗手间，背头男会意之后点头，径直走进了房间，坐在一把椅子上。大块头则挡在了门口，防止苍云峰逃跑。

苍云峰听到了外面的声音，猜测自己遇见了传说中的"仙人跳"。这一刻苍云峰还是有点慌的，后悔自己不该这么鲁莽。但事情已经发生了，他知道自己跑是跑不掉的，不如淡定面对。

他不慌不忙地穿上内裤、披着浴袍从洗手间出来，第一眼就看到了堵门的大块头。不过苍云峰并没有跑的意思，而是转身去了床的方向。

大块头见苍云峰没想跑，也就没说什么，跟在苍云峰身后走了进来，堵住了通往门口的方向。

背头男坐在椅子上抽烟，努力装出一副"大佬"的样子。

欧敏君蜷缩在床上，一副受了多大委屈的样子。

苍云峰故作镇定，弯腰从床头柜上拿起烟叼在嘴里点燃，随后问道："你们想干什么啊？"

背头男见苍云峰如此镇定，竟不免有点紧张起来。他直奔主题对苍云峰说道："你睡了我女朋友，是公了还是私了？"

苍云峰暗暗告诉自己冷静，一边抽烟一边说道："你们这是要敲诈勒索？"

贼眉鼠眼的那个结巴着开口道："大大大大……大哥，让让让让……让我先打他一顿，打打打……打他。"

大块头听到结巴说这些话时，就开始用各种动作让自己胳膊上的肌肉鼓起来。不过这个大块头并没有真动手的意思，明显是在吓唬人。

背头男转过头瞥了一眼大块头，装模作样地说道："粗鲁，为什么要动手打人？他睡了我女朋友是他的错，我们要是动手打人，我们还有理了吗？先跟他讲道理，道理讲不通再说。"

"教育"完自己人之后，背头用拇指指着自己身边的大块头，对苍云峰威胁道："我可告诉你，我这兄弟脾气不太好，你说话注意点。"

苍云峰仍旧是抽着烟淡定地问道："你们到底想干什么？"

结巴又开始吓唬苍云峰，指着苍云峰吼道："你你你你……你是不是真他妈不懂事啊？小小小小……小心我动手打你啊。"

背头男见前戏做得差不多了，便从垃圾桶里拿起刚刚拆开的避孕套，捏在手里对苍云峰说道："你把我女朋友给睡了，这就是证据，这事得花点钱解决。"

苍云峰觉得这种拙劣的演技有点可笑，低声问道："睡她一次多少钱？你说个价吧。"

　　坐在床边的欧敏君不高兴了，觉得自己受到了侮辱，委屈得眼泪都在眼眶里打转了，看着苍云峰问道："你还真当我是个妓女啊？"

第2章　不专业的仙人跳

看到这一幕，苍云峰突然有点不懂了，自认为阅人无数的他竟觉得欧敏君眼里的委屈也不是简简单单就能装出来的。尤其是眼泪，的确是实打实地在眼眶里打转。

结巴竖起五根手指道："五五五……五千，少少少少……一分都不行，不不不不……不给钱就别怪我们不……不不不……不客气了。"

苍云峰感觉得出这些人并不会真的动手打人，因为他们身上都没有那种戾气。为了进一步试探，苍云峰决定把裤子穿上，如果这些人真的是熟练团伙，肯定会阻止他穿裤子的。他脱掉了浴袍，此时身上只剩平角内裤了，旁若无人地坐在床边开始穿裤子，一边穿一边说道："不客气是什么意思？打我吗？一起上？"

背头男有点紧张，壮着胆吓唬苍云峰："你别逼我们。"

此时的苍云峰心里已经有数了，这个"仙人跳"队伍行事过于生疏，看起来就像新手一样。他起身扣好腰带，不慌不忙地拿出手机，拨通了110之后随手把手机丢在床上，然后自顾自地穿T恤。

坐在床的另一边的欧敏君看到苍云峰拨打110之后，迅速拿起他的手机，直接把电话挂了。

苍云峰穿好T恤，看着已经被挂断的电话问道："干什么啊？不是可以选择公了吗？我帮你们报警了，你们几个先商量一下，一会儿警察到了你们怎么串供。"

"你……"背头男彻底无语了，他们本来就不是搞"仙人跳"的队伍，只不过被逼无奈才出此下策，见苍云峰都不怕报警，他们也就彻底没办法了，起身对床上的欧敏君说道："我们走。"

"走？"苍云峰踩着床跳到了另外一边，挡在了欧敏君身前，冷笑着问道，"我允许你们走了吗？"

背头男恐吓苍云峰道："你别逼我们。"

苍云峰朝背头男勾了勾手，说道："来，别惯着我，动手吧。"他有这种自信，是因为从十八岁就到西藏军区当兵，当了整整五年的侦察兵，在边境还有过几次冲突，那都是实打实的互殴，打到你死我活的那种。

结巴急了，指着苍云峰对大块头喊道："打打打……打他！"

大块头抡着拳头就砸向苍云峰的脸，苍云峰身体微微一侧，躲开了大块头的拳头，右手顺势抓住大块头的手腕，以一股巧劲将他的胳膊扭到了背后，大块头吃痛的身体不由自主地趴在床上。苍云峰右脚踩在大块头的背上，左脚踩着地面，自己的右手还拧着大块头的手腕，大声威胁道："你再敢反抗，信不信我扭断你这条胳膊？"

原本还想上前打架的背头男和贼眉鼠眼的结巴都傻眼了，站在原地根本不敢乱动，身后的欧敏君一个女孩子，更是怕得不得了，整张脸都变成了惨白色。

苍云峰拿起手机，当着欧敏君的面再次按了110，还没等拨出去呢，欧敏君就抓着他的手哭着说道："哥……哥，你放过我们吧……我们错了，求求您别报警，我们给您认错。"

苍云峰冷笑道："你们玩仙人跳为了坑我的钱，发现被我识破，你们认个错就想让我不追究？有那么简单吗？

欧敏君一边擦眼泪一边说道："大哥，我们给你钱行吗？你原谅我们吧，我们也是第一次。"

背头男也慌了，把自己身上的兜翻了个遍，只找出来一大堆零钱。他翻完自己的口袋，又把头扭向结巴，对结巴说道："有钱吗？都拿出来。"

结巴也开始翻自己的兜，费了半天劲拿出来几十块钱，把这几十块钱和背头男掏出来的一大堆零钱一起放在床边，结结巴巴地道："都都都都……都在这儿了。"

苍云峰瞄了一眼那些零钱，大部分都是一元、五元、十元，就连二十元的都很少，最大的一张也就是五十元了，还有十几个硬币。苍云峰实在搞不懂，为什么这些人身上装了这么多零钱？从乞丐手里抢的？

被扭着胳膊的大块头疼得满头大汗，尤其是脖子上，汗珠已经开始往下淌。就在这时，苍云峰看到了奇怪的一幕，大块头脖子上的文身竟然掉色了。不仅如此，他右手抓着的大块头手腕位置的文身已经模糊成一片了，甚至把他自己的手都染色了。

欧敏君哭着对苍云峰说道："哥，我们错了，您饶了我们吧。我们知道错了，您不能报警，报警我们就都完了。"

苍云峰皱眉问道："你们到底是干什么的？"

欧敏君哽咽着说道："我是老师。"

"老师？"苍云峰惊叫道，"你骗谁啊？有你这样的老师吗？"

背头男急忙掏出自己的手机，打开照片远远地展示给苍云峰说道："大哥您看，欧敏君的确是老师，我也是。这个照片就是我的教师资格证照片，这边还有我的身份证照片。"

身后的欧敏君小声说道："我的身份证在包里，你要是不相信，我现在去拿给你验。"

苍云峰踩着大块头的脚微微用力，然后问道："你呢？你是干什么的？哪里人啊？"

大块头回答说道："我住柯拉乡，我家养牛的，我就放牛。"

柯拉乡距离理塘没多远，大概就是欧敏君上车的地方，这个乡很小，几乎没几户人家。

苍云峰又把目光投向了贼眉鼠眼的结巴，结巴支支吾吾地说道："我我我我……我是他弟，我我我我……我也放牛。"

苍云峰笑着问道："两个老师，两个放牛的，组团成一个仙人跳的团伙，干啥啊？是牛肉掉价了还是工资缩水了？你觉得我会信你们说的吗？"

欧敏君哽咽着说道："我们没骗你，我们说的都是真的。我们急用钱，是因为一个学生在回家的路上出了车祸。司机逃逸，孩子还在县城医院躺着，我们要凑钱给孩子做治疗。虽然我们知道这样不对，但也是没有办法了，孩子需要钱救命。"说到这里，欧敏君拿出自己的手机打开相册递给苍云峰，说道："你自己看，孩子的照片就在这儿。"

苍云峰在接欧敏君递过来的手机时也保持警惕，他很担心自己在看手机的时候会被这几个人趁机阴了。就目前而言，他还不能判断这几个人说的是真是假，不能确定他们的身份究竟是不是老师。

第3章　背后的原因

　　欧敏君把手机递向苍云峰，他用左手去接，接手机的时候还故意往拧着大块头的右手加了把力，大块头疼得"嗷嗷"叫了两声。背头男急忙安抚苍云峰道："哥、哥，别冲动，轻点。"

　　苍云峰看了一眼背头男，觉得这几个人好像也不能打，这才接过欧敏君的手机，照片上的确是一个小孩子躺在医院的病床上，左右滑动之后看到了很多相关的信息。这时他才有点相信欧敏君没说谎，把手机还给了她，又看着刚刚他们掏出来的一堆零钱，问道："这钱是怎么回事？"

　　"学校里孩子捐给格木的，孩子们家里都不富裕，这些钱都是他们攒下来的生活费。"

　　"你们不会连孩子的生活费都骗吧。"

　　"你……"欧敏君被苍云峰的话激怒了，"你不信的话，我现在就带你去县城的医院看一眼，格木就躺在病房等着凑钱去做手术呢。"

　　"理塘县的医院吗？"

　　"是，就在这儿。"

　　理塘县并不大，从东到西的直线距离不过几公里，他缓缓地松开大块头的手，对他们几个说道："带我去医院看一眼，如果你们没撒谎，今天这事儿我就当没发生过。如果你们撒谎，我保证你们逃不掉。"

事已至此，背头男等人也没得选了，他把苍云峰看不上的零钱重新收起来，灰头土脸地率先走出了客房。

结巴男和大块头也跟在了后面。苍云峰故意挡住欧敏君，让她距离自己近一点，一旦发生什么情况，他也好第一时间控制欧敏君当人质。出门在外，凡事都得给自己留个后手。就连乘坐电梯下楼的时候，苍云峰都让他们三个先下去，自己则"扣押"欧敏君乘坐下一趟。

到了停车场，背头男三个人上了一辆大众SUV，而苍云峰仍旧"控制着"欧敏君上自己的车，防止他们中途逃掉。

上车之后，欧敏君就不太搭理苍云峰了，直到车停在县城医院要下车的时候，她才对苍云峰祈求道："算我求你，不要把我们做的这些事说给孩子听。只要你不说，你让我干什么都行。"

苍云峰冷笑道："又来？"

欧敏君眼神坚定地看着苍云峰说道："这次是真的。"

苍云峰没说话，推开车门下了车，背头男三人已经在外面等着了。县医院并不大，很快就来到了病房，进门就看到了一个十岁左右的男孩子躺在病床上。男孩的左腿已经从小腿处切除了下半截，右腿打着石膏无法弯曲，他看到欧敏君和背头男时还有点激动，两只手支撑着上身试图坐起来，脸上挤出笑容打招呼说道："欧老师，王老师，你们好。"

看到这一幕，苍云峰不再怀疑欧敏君说的话。

欧敏君疾步走上前，制止了孩子起身的动作。她蹲在床边握着小男孩的手，温柔地问道："格木，还疼吗？"

小男孩摇头，还很懂事地哄着欧敏君道："欧老师，没事的，我不疼，你劝劝我妈妈让她带我出院吧。家里没钱，这里的床位费一天就要二十块钱，住上几天就够我一学期的学杂费了，把钱留下来读书吧。"

格木的母亲打扮得朴素，穿的衣服略显脏旧。她腼腆地搓着手对欧敏君说道："这孩子一直想早点出院，就是怕花钱，他知道我们家条件不好。这孩子……越是懂事，我心里就越难受。"说到这里，格木的母亲已经没办法掩饰自己的悲伤，难过得掩面哭泣。

背头男走上前说道："您好好劝劝格木，我们已经把情况反映给上面了，对格木的救助补贴很快就会拨下来，这个审批需要走个流程。"

女人哭泣道："可是现在已经没……"

欧敏君打断女人的话，说道："格木妈您别急，我们已经凑到了钱。"

"对、对，凑到了一些钱。"背头男再次把那一大堆零钱翻了出来，放在格木的床上对女人和格木说道，"这些零钱是乡里的同学们给格木的捐款，您先拿着给格木买点吃的。无论如何都不能放弃，先养好伤，一切都会好起来的。"

苍云峰觉得自己胸口发闷，不忍再看这样的画面，那是一种触及灵魂深处的悲伤，令他默默地转身离开，走出了病房。苍云峰到医院来就是为了验证欧敏君一行人有没有说谎，现在得到了答案心里反而更难受，这一刻他反倒更希望看到欧敏君说谎。

医院的停车场内，苍云峰靠在老80的前保险杠边抽着烟，大概过了十分钟，欧敏君从里面走了出来。她远远地就看到了苍云峰，也明白苍云峰是在等自己，该承担的终究是要承担的。欧敏君来到苍云峰面前低声说道："你都看到了，我并没有说谎，格木才十一岁，一场车祸毁了孩子的一生。司机肇事逃逸现在都没找到，医院催款，我们只能东拼西凑地想办法了。我也不想这样，请你原谅我，好吗？你让我陪你睡，我现在就去。"

苍云峰摇摇头，递给欧敏君六百块现金，对她说道："拿去给孩子应个急吧。我也是打工的，薪水不是很高，这钱算是一点心意。"

欧敏君接过钱后说道："留个联系方式吧，等我有钱了还给你。"

苍云峰掏出了手机，一边点开二维码一边说道："留个联系方式可以，还钱就不用了。我叫苍云峰，别人都叫我苍狼，备注这个就行了。"

添加好友后，欧敏君规规矩矩地把"苍云峰"三个字输入在备注栏，又在后面备注：欠600元。

苍云峰把这一幕看在眼里，和欧敏君道别后自己开着车去找晚饭了。吃饭时无聊点开了欧敏君的朋友圈，看到很多关于贫困儿童的介绍，还有一些公开募集捐款的信息。如果不是亲眼所见，苍云峰一定会把欧敏君归为"诈骗犯"，就和微信里帮爷爷卖茶叶的"女孩"一样。

看得多了，难免会有些触动，在闲暇之余，他给欧敏君发了一条信息：你为什么会在这里？

欧敏君：我和王少华老师都是过来支教的。

苍云峰：来多久了？

欧敏君：我来了三年，王老师更久。

苍云峰：王老师就是那个梳着背头的男子？

欧敏君：是的，那个就是王少华老师。

苍云峰：学校在柯拉乡？有很多学生吗？

欧敏君：柯拉乡很小，学生也不多，很多学生都是我和王老师从山上抓回来的。

苍云峰：抓回来的？什么意思？

欧敏君：附近山沟沟里住着很多牧民，他们这一辈可能都没到过大城市，靠放牧为活，认识不到教育的重要性，家里的小孩子几乎不怎么读书。他们认为把孩子送到理塘县读书费用很高，基本上就在附近乡村学校随便读个两三年，认识几个字就行，十几岁就跟着父辈去放牛了。我和王老师每年都要去山上的牧民家里劝他们把孩子送来读书，告诉他们读书有用要好好读书的理念。即便是这样，仍旧有很多孩子读上个两三年就再也不来了。

苍云峰盯着手机，突然想起网上"茶叶女"的故事，虽然在医院里面见到了格木小朋友，但他更想去看看这个学校，于是回复道：你带我去学校看看吧，看了之后我才能完全相信你说的事是真的。

欧敏君：路有点难走，往返大概要五个小时，你确定要来看看吗？

苍云峰心里犯嘀咕，反问道：你这么说，我很怀疑你是故意让我知难而退，怕我揭穿你的谎言。

欧敏君看着苍云峰发回来的信息，心里很不是滋味，她还是觉得苍云峰在调查自己的身份。为了自证清白，欧敏君回复了一句："明天早上九点我到你住的酒店楼下等你，有胆量你就跟我来。"

苍云峰：七点吧，我在酒店等你。

欧敏君：我劝你小心点，路上我会找几个人扮演劫匪弄死你。

第4章 支教老师

夜深人静，欧敏君躺在医院闲置的病床上难以入睡。她觉得苍云峰要去乡里看一眼，就是因为对她的不信任，怀疑她杜撰了一个支教老师的身份。想到这些，她既难过又委屈，更多的是害怕。她觉得苍云峰是一个流氓，担心在荒郊野外被苍云峰强奸，但为了证明自己的清白，次日清晨还是去了酒店的停车场找苍云峰。

苍云峰是六点五十分下楼的，本以为这个时间已经很早了，没想到才到停车场就看见欧敏君已经在这里了。他走上前问道："你怎么来得这么早？"

欧敏君带着情绪地说道："我要是来晚了，可能有些人就会觉得我是骗子不敢来了吧。"

苍云峰笑了笑，拉开车门坐在主驾驶上，对欧敏君说道："上车吧。"

这一次欧敏君坐在副驾驶的位置。车内飘荡着朴树的《平凡之路》，这是苍云峰最喜欢的一首歌，每次开着车跑国道318或者214的时候，他都会选择开着车窗把音乐放得很大声，伴随着狂野的风，吹散所有的烦恼。

欧敏君坐在副驾驶上偷偷观看这个开车的男人，棱角分明的脸上带着些许胡茬，看起来有一点点狂野，又有点迷人……突然想到昨天这个男人伸手摸自己的大腿，这让欧敏君内心一阵反感，把苍云峰定位到了"流氓""色痞"这个行列。

从理塘出发去柯拉乡并不远，一共才二十二公里，但是学校的位置是在山的后面，具体地说，是在一个村子里面。从柯拉乡过去要翻两座山，走的路也是崎岖不平的非铺装路面，六十公里大概要走两个小时。苍云峰忍不住问道："为什么不把学校建在乡里面？"

欧敏君解释道："柯拉乡靠近理塘县，乡民还算比较开明，都把自家孩子送到理塘县读书了。那些真正在山背面的散户，并没有送孩子去理塘读书的觉悟。他们一般都是就近找个学校，能读就读，不能读也无所谓，甚至有一些家长把孩子送到学校，抱着花点钱找人看孩子的心态，等孩子长大点就带回去放牛了。"

苍云峰听后便有了大概的了解，然后问道："山上也有学校吗？"

欧敏君有点不太愿意搭理苍云峰，把头扭向窗外冷冷地说道："去了你就知道了。"

十点半，苍云峰终于找到了欧敏君说的"学校"，走近了才发现这就是一个废弃的牧场改建的学校。听到汽车的轰鸣声，十几个小孩子穿着破旧的衣服从一座木头搭建的房子里跑出来，每个孩子的脸上都带着高原红。他们自觉地在木屋前站成一排，似乎在期待着什么。

当欧敏君从车上下来的时候，这些小孩子一拥而上，围着欧敏君开始发问：

"老师、老师，格木怎么样了？"

"欧老师，我捐给格木的两块钱，他收到了吗？"

"老师，格木什么时候能回来读书啊？"

"……"

欧敏君耐心地回答这些孩子的问题，最后，有一个看起来只有五六岁小女孩搓着手，小心翼翼地来到欧敏君的身边。她的手里攥着两颗"大白兔"奶糖，眼神清澈如水，由于太过紧张，"大白兔"的包装纸都被手汗浸湿了，白色的糖纸都变得黑黢黢的了。她把糖送到欧敏君的手里，奶声奶气地说道："老师，这两块糖特别好吃，这是去年我和爸爸去县城时，在路边遇见了一个好心的司机叔叔，是司机叔叔送给我的。我吃了一个，这两个一直没舍得吃，你拿给格木吧。可好吃了，他一定会喜欢的。"

欧敏君强忍着眼泪接过小女孩的糖，她想拒绝，但是又不知道如何拒绝。

小女孩见欧敏君收下了奶糖，脸上露出了灿烂的笑容，她嘱咐欧敏君说道："老师，你一定要送给格木啊，一定啊。"

欧敏君忍着眼泪用力地点头说道："一定，老师一定拿给格木。"

苍云峰把这些都看在眼里，他再也没有理由怀疑欧敏君了。今天要来这里看上一眼，也不是真的怀疑她的身份，更多的是想了解这里。因为常年在这一带自驾，他认识很多车队的领队，平时组织一个简单的自驾捐赠对他来说太简单了。现在认识路了，知道这里有这么一群需要帮助的孩子，他很愿意发动身边的人对这里进行一次力所能及的捐赠。

孩子们把关于格木的问题都问完了，便齐刷刷地看向苍云峰，一个个眼里写满了疑问。

这让苍云峰感觉有点尴尬，他还不知道该怎么和这些小孩子打招呼，又想到昨天自己摸欧敏君大腿的举动，瞬间有点无地自容了。

欧敏君向孩子们介绍道："大家可以叫他云峰叔叔。这位云峰叔叔昨天给格木捐了六百块钱……"

后面的话还没说完呢，十几个小孩子一起尖叫起来：

"哇，六百块钱啊，是不是可以买好多头牛了？"

"我爸爸说一百块就已经很多了。"

"我知道一百块是多少。"

"是多少啊？你说给我们听听。"

"一百块可以让我们在学校吃一个月的饭，因为我们每个月都要交一百块钱的伙食费，这是我妈妈说的。"

苍云峰在一边听得真切，一百块吃一个月，平均一天三块钱的伙食费，这能吃什么？不得难为死厨师啊？这一刻，他觉得欧敏君有些过于伟大。

苍云峰回到车上，把自己带的方便面、士力架、巧克力、坚果，甚至压缩饼干都拿出来了，这些都是他跑长途时给自己准备的。他把这些东西堆在车子旁边后，对欧敏君说道："把这些给孩子们分了吧。"

对别人赠予孩子的东西，欧敏君是从来都不拒绝的，因为她心疼这些眼神清澈的孩子。她对孩子们说道："这些是云峰叔叔送给你们的，你们要怎么做啊？"

小孩子们马上站成一排，集体弯腰九十度，拉长声喊道："谢——谢——叔——叔。"

苍云峰感觉自己的脸在发烫，尤其是想到自己摸人家大腿的片段，结结巴巴地对欧敏君说道："快……快分给孩子们吧。"

欧敏君拍拍手吸引了所有小孩子的注意力，说道："还是老规矩，大家排队，每人一次只能拿一样东西，不能多拿哟。剩下的交给格桑妈妈来保管，好不好？"

"好——"

格桑妈妈是一个五十多岁的妇女，这个牧场就是格桑妈妈的，她把空着的两间房改成了教室和宿舍，十几个小孩子在一起读书、吃饭、睡觉，只有周末的时候才回家。

格桑妈妈走到苍云峰面前，问好之后引苍云峰和欧敏君一起去房内坐坐。粗制的酥油茶送到苍云峰的面前后，格桑妈妈就忍不住说起来欧敏君和王少华的好，这也是苍云峰从侧面了解欧敏君的一个途径。

在"学校"停留了半个小时左右，苍云峰必须赶回理塘了。从理塘到格聂神山脚下至少要五个小时，天黑之前必须把应急物资送过去，这是他的工作。

临走的时候，十几个小孩子站成一排向苍云峰鞠躬道谢送别，这画面早已不能用"感动"来形容了。在回去的路上，苍云峰主动和欧敏君聊起了格木小朋友是在什么时间发生车祸的。

欧敏君也说不清楚，让苍云峰一会儿回医院亲自问问格木。

话匣子打开了，两个人的交流也就多了起来，得知欧敏君和王少华完全是一腔热情到这种偏远山区支教后，苍云峰在心底对二人产生了深深敬意。欧敏君也知道了他的工作是旅行社的司机兼后勤保障。回到医院后，苍云峰和格木小朋友聊了一会儿。

格木小朋友躺在床上回忆着道："那天我在路上走着，那辆车是怎么撞到我的，我没印象了。只记得自己在地上翻滚了好几圈，我想再站起来的时候，我的腿已经不能动了。开车的几个叔叔下车了，一个光头的叔叔看了我一眼，就拉着另外两个人叔叔走了，还催促他们快点上车。"

苍云峰抓住了一个重要的信息——车上有个光头，他继续问道："你还记得是个什么样的车吗？"

格木毕竟是个孩子，他努力地回忆，说道："白色的，越野车。"

苍云峰琢磨了片刻，脑海中搜索"白色""越野车"两个关键词，首先想到的是丰田普拉多，然后是陆地巡洋舰，其次是哈弗H9、三菱帕杰罗V97等常见越野车。他耐心地找到这些图给格木小朋友看，当格木小朋友看到帕杰罗V97的时候，指着车标说道："那辆车有这个标志。"

苍云峰对身边的欧敏君和其他几个人说道："三菱帕杰罗，你们也记一下。"

欧敏君急忙记录下车型，这是一个重要的线索。记录完之后，她心疼地看着格木小朋友问道："当时疼吗？"

格木想了想，摇头说道："当时不疼，但是过了一下下就疼了。"说完之后，格木小朋友还很懂事地安慰身边的这些大人，"我没事了，我现在不疼了，一点都不疼了。"

这话说得所有人都鼻子酸酸的，苍云转过头看着欧敏君问道："孩子是怎么来医院的？"

"过路的好心司机看到了，把孩子从柯拉乡带到了理塘医院。到了医院之后司机还垫付了一点医药费。"

"有这个司机的联系方式吗？"

"有，发给你。"

苍云峰清楚地记下了事发时间以及地点，并且拿到了好心司机的联系方式，决定通过自己的圈子来寻找一下这个三菱帕杰罗的车主。不管能不能找到，都尽一份力吧。

从医院出发的时候已经是下午两点了，注定今晚要迟到的。

差不多三点半，领队溪玥的卫星电话就打了过来，对方态度很差地问道："你到什么地方了？整个探险队都在等你的物资呢，天黑之前能不能到？明天一早探险队要出发的，因为你的问题导致延期，你要负全部责任。"

苍云峰很不耐烦地说道："这不还没天黑嘛？你叫什么叫啊？"

溪玥听了苍云峰的话，差点被气得翻白眼。虽然对苍云峰那副吊儿郎当的样子早就有抵抗力了，但每次苍云峰和她叫嚣的时候她都很生气。她对着电话大吼道："天黑之前你要是到不了，这个月的奖金你别想领了。"

说完，溪玥就把电话挂了。

苍云峰自言自语道："妈的，母老虎一只，又他妈的拿奖金威胁我。老子迟早要把你训成一只听话的小猫。"

第5章　荒野俱乐部

溪玥是苍云峰的上司，一个漂亮且有个性的女孩，同样是当兵退役，溪玥更有值得骄傲自豪的资本，因为她是特种兵退役。旅游公司有很多旅游业务，单单是国内探险旅游就有十几支保障团队，溪玥就是其中一支队伍的领队。这次接的任务是辅助雇主攀登格聂神山主峰，而苍云峰后备厢的补给，就是这次攀登的重要保障。

下午六点，苍云峰开着车赶到了山脚下的营地。此时已经天色渐暗，溪玥对苍云峰的迟到极为不满，质问道："为什么才到？"

苍云峰满脸不屑地反驳道："不是说天黑之前到吗？天还没黑呢，这不能算迟到。"

"你……"溪玥被苍云峰气得说不出话来。

"噢，对了。"苍云峰刚刚怼完溪玥，下一秒又厚着脸皮说，"借我两千块，发工资还你。"

"干什么？"溪玥对这个下属很无语，觉得他完全不考虑上司的情绪。

苍云峰一边抽烟一边不耐烦地说道："管得那么宽呢，借钱嫖娼行吗？"

听到这话，溪玥突然就被气笑了，这是一个借钱人应有的态度吗？她当然知道苍云峰不可能是借钱去嫖娼，但就是想调侃一下，便站在他面前双手抱在胸前，问道："我让你睡一次，你发工资给我两千块钱怎么样？"

苍云峰鄙视地看了看溪玥的脸和胸。平心而论，溪玥这张脸绝对算得上"精致"，身材那更是不用说，纯天然的C杯勾勒出完美的曲线，关键还很挺。换作别人，遇见这种美女的挑逗早就受不了了吧。可是苍云峰就是一个奇葩，一脸不屑地说道："太熟了，熟到不好意思下手。再说了，你也不值两千，你会啥服务？"

"我会一巴掌打死你！"

"别那么粗鲁……"

两个人正聊着天呢，副领队老唐从帐篷内走过来，对溪玥说道："队长，客人看到这些补给物资傻眼了。他们希望我们能陪同登山，把营地搬到海拔5100米的C1平台。"

不等溪玥开口，苍云峰直接开口对老唐说道："告诉他们加钱，不加钱谁陪他们玩啊。"

老唐为人憨厚老实，有着丰富的户外经验，他对苍云峰说道："客人同意加钱，让我们开个价。"

溪玥皱眉，抬头仰望格聂神山主峰，这里距离C1平台的垂直高度大概有400米，但是到达C1平台需要绕行很远，保守估计要三个小时以上。如果将这些保障物资全部搬运上去，至少往返两趟甚至三趟，而且并不是后勤保障队所有人都能攀爬到C1平台，这需要超强的体力与耐力。C1平台海拔5100米已经在雪线之上了，考虑综合因素，溪玥决定拒绝客人的提议。她对老唐说道："你告诉客人，我们按照合同约定来做事，临时改变计划我们不接受。"

苍云峰提醒她道："你没听到吗？客人说加钱的，价格可以谈，放着钱不赚？"

溪玥特别严肃地说道："我不会为了钱而拿我队员的生命去冒

险。老唐你就这么回客人，营地就在这儿，我们不陪同爬山。"

"好的，我这就去转达。"

老唐走后，苍云峰嘴里"啧啧啧"个不停，他的右手小臂搭在溪玥的肩膀处，故意用调戏的口吻说道："钱啊，人家给钱你都不干活，一看你就是手上有余粮的财主。财主借个两千呗。"

溪玥瞪了苍云峰一眼，耸肩甩开苍云峰的胳膊，很无奈地说道："明早你返程之前来找我拿现金。"

"好嘞。"苍云峰又很不要脸地说，"你钱多的话，就再借给我两千吧，反正我这个月底薪加补贴有八千左右呢，借给我四千，到时候我付给你二十块钱的利息。"

"你还要脸不？跟谁都这么得寸进尺吗？"

"不是，我就跟你熟才这样的。"

"滚——"

两个人正说着呢，客人气冲冲地从帐篷里出来找溪玥理论，质问道："我们花钱雇你们团队做保障，你们就是这么服务客户的吗？我们现在要求你们必须把营地搬到C1平台，并且将所有补给都抬上去，要多少钱你们随便开。"

溪玥提醒客人说道："合同里标注了我们扎营地点就在这里。"

客人吼道："合同里还标注了，你们有义务配合我们做临时的调整。"

"前提是双方协商一致，现在是我们并没有协商一致。"

客人不耐烦地说道："你不就是要钱吗？要多少钱你开个价，我们付得起。"

溪玥面无表情，不带任何语气地说道："临时更改高风险的作业难度我不接受，这和我们之前准备的物资有出入，这么上去无法保证足够的安全。和钱相比，我更珍惜我队员的生命。这件事不谈了，我们会按照合同约定尽职尽责地提供约定内的服务。"

客人急了，指着溪玥的脸吼道："你信不信我投诉你？"

苍云峰抬起右手将客人指着溪玥的手挡开，用一种孤傲且有压迫感的语气说道："你给我记住了，我们是合作关系，合同约定内的事，是我们分内之事，我们不会逃避也不会推脱。合同之外的我们可以商量着来，能达成一致的，我们就继续服务，不能达成一致的，你也不要勉强我们，因为我们是平等的关系。说点不好听的，你们别以为自己有几个臭钱就想让我们当舔狗，这不可能！你要投诉直接去我们总公司投诉，我还真不惯着你这种动不动就拿投诉来威胁的人。"

客人愣住了，他完全被苍云峰身上的气场震慑了。这个满脸胡茬的男人眼里有一股让人捉摸不透的锋芒，视之急避。

最后，苍云峰又补充了一句："我们的确是做服务行业的，但这不代表服务行业的从业者就必须没有底限、没有尊严什么都干，千万别把我们的敬业当成是我们的软弱，还有……千万别认为我们领队是个女孩子就好欺负。有事大家沟通商量着来，大吼大叫的威胁在我们这儿并不能解决问题，还会给你自己惹来不必要的麻烦。"

说完，苍云峰大步走向工作人员的帐篷准备休息。溪玥看着苍云峰的背影，心里莫名升起一种异样的安全感。队伍里的每一个人都不是菜鸟，但能给她、给大家带来这种安全感的人，只有苍云峰。

在苍云峰走后，溪玥又和客户解释了一下利害关系，最终还是回绝了客户的临时要求。这让客户很不满意，当着溪玥的面拨打卫星电话给溪玥的老板投诉。

在客户打投诉电话的时候，溪玥也回到了营地帐篷内，从自己的私人物品中拿出了现金，经常走这种没有信号的地方，各种移动支付都不好用，唯独现金才是最流通的。她把两千块钱递给苍云峰，又关切地问道："够吗？"

苍云峰一点都不客气地说道："你要是钱多再借给我一点，发工资就还你。"

溪玥又拿了三千块递给苍云峰，叮嘱他道："省着点花，不要再去赌了。"

苍云峰并不认为打麻将、斗地主是赌博，只不过是日常娱乐玩得有点大而已。他把钱收好之后对溪玥说道："明天一早我要返回理塘，可能在理塘停留一天，后天到成都，还需要什么补给提前说。"

溪玥抬起手腕看了看手表，对苍云峰说道："我看这些人并不专业，感觉他们不可能登顶格聂神山的，海拔5700米的C2营地估计都到不了，最多三天就要打退堂鼓。你要是没什么事就在这里等一等吧，等他们决定放弃后，我们一起返程。"

"不行。"苍云峰果断说道，"我不能留在这里，要去理塘办点事。我就在理塘等你消息吧，有什么事随时沟通。"

溪玥还想问苍云峰借了钱去理塘干什么，不过想想还是没问出口。她清楚就算自己问了，苍云峰也未必会说。他喜欢独自去做自己的事，是一头名副其实的孤狼。

当天晚上，公司老板钱老板的电话就打到了溪玥的卫星电话上，不分青红皂白地质问溪玥：为什么放着钱不赚？

第6章　不专业的登山队

面对钱老板的质问，溪玥解释道："合同里约定我们在山脚下扎营等待这支业余登山队伍攀登，我们负责应急救援以及后勤保障工作。现在客人临时要求我们去海拔5100米的C1平台扎营，C1平台在雪线之上，那里并不适合扎营。再加上我们人手有限，风险过大，所以我回绝了客人的要求。"

钱老板是个财迷，他万分心痛地说道："我的姑奶奶啊，你冷静思考一下行不行？你知道他们出多少钱吗……"

溪玥打断钱老板的话，说道："我不关心他们出多少钱，相比于钱，我更关心我队员的生命安全。"

钱老板痛心疾首地说道："算我求你了行不行？咱俩都退一步，你不用去C1平台扎营，你帮客人把物资运送到C1平台行不行？我这边都收钱了，你要是不把事办了，这违约金是从你们团队的奖金扣吗？"

听到这话，溪玥被气得牙痒痒，但是又无可奈何，钱老板贪财是业内出了名的。

见钱眼开的钱老板半哄半威胁地说道："你也不希望团队的奖金被扣是不是？只要你做完这一单，我给你们队两周的带薪假期。"

"这种话我听了很多次了，你从未兑现。"

"这次一定兑现啦。"

"不行。"溪玥态度坚决地说道，"我去找客人沟通，让他们无条件接受退款，搬运物资从营地到C1平台的活我不干。"

"你给我一个不干的理由。"

"难度太高，风险太大，人手不够。"

"人手不够？苍云峰不是在吗？有他在你还说人手不够？"

"你把他当什么了？他是人，不是神！再说了，你觉得我命令得了他？你行你去吧，我现在就找客人沟通，希望他们接受原价退款，临时安排的活，我不想接。"

贪财的钱老板很不爽地说道："行，你去沟通吧。如果客人同意收回加的钱，那这个活你们就不接。如果客人不同意，我也不为难你们一定要去C1扎营，帮客人把补给运送到C1就行。别讨价还价了，就这样。"

说完，钱老板就挂断了电话。他是坐办公室的，只想怎么赚钱，至于下面的人有多辛苦，他才不关心。在他眼里，所有下属都是赚钱的工具，典型的黑心老板守财奴。

溪玥很了解钱老板，压榨下属是他的拿手好戏。如果她真的无法说服客户接受退款且单方面拒绝搬运物资，那么钱老板绝对能做出克扣全队奖金甚至扣工资的事。

为了全队人的利益，溪玥决定去找登山队的队长聊聊。

登山队的八个人住在另外一个供休息的帐篷内，溪玥亲自"登门拜访"，试图和登山队的队长沟通。这八个人是"驴友"，在一个微信群里一拍即合就来攀登格聂神山。其中"领队"自称攀登过海拔7200米的雪山，自告奋勇地当队长，其他几个人几乎没有攀登过海拔6000米以上的雪山，说是"新人""小白"都不为过。

喜欢玩登山的基本上都是有闲钱的，攀登一次几万甚至十几万都算低收费了，如果是攀登珠峰，总的花销要过百万了。

登山队队长见溪玥主动找过来，一脸得意地问道："干吗来了？

你不是不伺候我们吗？我和你沟通不好使，得钱总联系你才行呗？"

溪玥面无表情地说道："我过来是和你们协商，劝你们放弃攀登格聂神山的。"

顿时，登山队的八个人炸锅了：

"你凭什么劝我们放弃登山？"

"我们准备了多久你知道吗？你算什么东西？"

"是钱没给够还是想怎么样？要钱你直说。"

"我们费了这么大劲在海拔4700米适应了五天，你现在让我们放弃攀登，你什么意思啊？凭什么这么劝我们？"

"……"

面对登山队队员的叽叽喳喳，溪玥表现得特别淡定，这种画面见多了，她直言不讳地说道："我有很多年的户外经验，海拔超过7000米的雪山我就攀登过三座。不是我打击你们，你们根本没能力登顶格聂神山。1978年日本喜马拉雅海子登山队十二人分四批首次登顶格聂神山，2006年意大利登山队从北坡攀登，这支队伍都是高山向导组成的。即使是这么强悍的团队，最后也仅仅有一人登顶。直到2012年10月，中国登山队才首次登顶。有人类历史以来，只有三次登顶成功的记录，如果你们觉得自己能达到前面三支队伍的水平，我不拦着你们，但是为了你们好，我劝你们不要尝试。"

登山队的队长指着溪玥吼道："你不要在这儿危言耸听，我们也不和你讨论能否登顶的问题。我们出来是尝试的，能登顶我们就登，不能登顶也和你无关。我们花钱雇你们做后勤保障，你们就得满足我们的要求，至于是否能登山成功，那是我们的事。"

溪玥无奈地深吸一口气说道："我是来和你们协商的，公司退款给你们，我们按照原来的合同继续做事。去海拔5100米的C1营地安营扎寨很危险，劝你们三思。"

"你少在这儿吓唬人，我们也不接受退款。你们公司收了钱，就必须满足我们的要求，你做不到，我就要按照合约要求十倍赔偿。"

溪玥问："一点商量的余地都没有？"

登山队的队长回："没有，收钱做事，我不要求你们陪着我们在C1营地扎营，把我们的物资背到C1营地就行，其他的不需要你们管。这点你们都做不到的话，那我必须起诉你们赔偿。"

"对，必须赔偿。"

"起诉他们，要承担我们全部损失，这几天的全部损失。"

"为了攀登格聂神山，这个证都办了好几个月，凭什么她几句话就让我们撤退。"

"……"

这些不识好歹的家伙又开始起哄了，溪玥万分无奈。她很清楚钱老板的为人，今天要是不接下这个活，全队的奖金、薪水都要受影响。为了能让自己的人都拿到应得的薪水，溪玥咬牙答应下来，对登山队队长说道："那我们重新计划一下，你继续停留在这里休整一天，明天我安排一组人先把物资带到C1平台去帮你们搭建个简易庇护所，将物资带上去。后天我们再安排两个人随你们出发去C1平台，这样没问题了吧？"

队长见溪玥妥协了，这才露出一副小人得志的样子，说道："有钱能使鬼推磨，你既然是个打工的，就好好听你们老板安排。"

溪玥被骂得心烦意乱，回到保障队的帐篷时，有几个队员都钻进睡袋准备休息了，苍云峰坐在炉火边烧水。她凑到苍云峰的身边，坐下来问道："明天你非要回理塘吗？能不能不回去？"

"不行。"苍云峰的语气中自带强势，"我有事必须去理塘。"

溪玥见苍云峰回答得干脆利落，也就没跟他提起明天要安排队员把补给搬运到C1平台的事，随口问道："你去理塘干什么？"

苍云峰掏出自己的手机，打开相册递给了溪玥，说道："看看这些照片。"

第7章　格木小朋友的心愿

溪玥接过手机，看到的是柯拉乡后山由牧场改造的学校，滑动屏幕又看到了被截肢的格木小朋友，她很震惊地问道："这些是什么？"

苍云峰把格木小朋友出车祸的事说了一遍，又说了今天上午去柯拉乡的所见所闻，听得溪玥目瞪口呆，忍不住感叹道："这孩子的一生就被肇事司机毁了。"

苍云峰轻叹道："主观意识上谁都不愿意发生交通事故，也不排除是因为孩子的问题导致车祸的，但撞人后下车看了看孩子后逃逸，这就说不过去了。孩子太懂事也太可怜了，咱们刚好有这方面的资源，能帮就帮一下吧。"

苍云峰又坏坏地来了一句："支教老师挺漂亮的，应该还是个单身，是我欣赏的类型。"

这话立即引来了溪玥一个大大的白眼，她都不想搭理苍云峰这个流氓了。

溪玥没有挽留苍云峰留在营地帮忙运送物资到C1平台，这也的确不是他分内的事。苍云峰原是在休假，这一趟活儿本也没他什么事，因为临时要补充物资，才安排他从成都开车送过来的。团队需要他的

031

时候，他从不推三阻四，即便是在休假，一个电话也会马上奔赴千里送来所需物资。这就是苍云峰做人、做事的态度。

次日清晨，苍云峰一大早就离开了营地，开着破旧的老80折返回理塘县。

另一边，溪玥也在组织人手，把昨天运送过来的补给送到C1营地，而登山队的八个人像大老爷一样，继续在山脚下跷着二郎腿晒太阳，假装在适应高海拔生存。

临近中午的时候，苍云峰回到了理塘县，根据欧敏君提供的联系方式，他很快联系上了那天救助格木小朋友的司机。司机听了苍云峰的介绍之后，很诚恳地说道："有什么需要我帮忙的你尽管说，我一定竭尽全力配合。"

"您车里面有行车记录吗？我想要事发前后半小时的视频记录，方便的话，把视频发到网盘，把下载链接分享给我吧。"

"好的，这个没问题。我大概一小时后回到酒店，回去就分享给您。"

"谢谢您，我叫苍云峰，这个是我的联系方式。"

大概过了半个小时，好心司机就添加了苍云峰的好友，并且把上传好的视频下载链接分享给苍云峰。苍云峰也刚好回到理塘的酒店，关上门打开电脑开始下载视频。

视频一共是十二段，每段是五分钟，苍云峰找到发现孩子时的画面，画面中的格木小朋友躺在路边昏死过去，腿部旁边有一大摊血，现场还有一条很长的刹车痕迹。根据这条刹车痕迹来判断，肇事车辆的行驶方向是由成都开往西藏方向的，事发地点也正好是柯拉乡和理塘之间。从柯拉乡到理塘也只有二十二公里，肇事车辆如果进城一定会被拍到，但是欧敏君说交警已经查过理塘进城方向的全部监控设备，并没有发现三菱牌白色越野车在这个时间段进入理塘。

这一点也不难理解，司机肇事之后肯定会想到自己进城会被拍，最好的办法就是不进城绕开摄像头。

常年混迹在青藏高原的苍云峰熟悉很多穿越路线，理塘附近的也不少，要想避开理塘绕路也很简单，既然固定摄像头没办法捕捉逃逸的司机，那就得想别的办法。

确定了肇事地点和车辆的行驶方向之后，苍云峰又查看了将孩子救上车之后的二十多分钟视频，视频里面一共有十几辆对头车经过，他纷纷记录下这些对头车的车牌号，又通过部队的朋友帮忙，间接查到了这些车的车主信息，要到了联系方式，目的还是拿到对方车辆的行车记录仪画面。因为是对向行驶，对向车道车内的行车记录仪很有可能拍到这辆肇事车的车牌。

经过三四个小时不停地打电话沟通，终于有几个自驾游的车主愿意提供行车记录仪的画面。功夫不负有心人人，苍云峰在视频中找到了一辆白色的三菱越野车，但并不是之前猜测的三菱帕杰罗V97或者V93，而是一辆三菱劲畅，一款相对小众的越野车，视频中的这辆车明显有问题，保险杠的右侧特别干净，是用抹布擦过的那种干净，而左侧、机箱盖、车身等地方都是灰尘。

说明这辆车在肇事后车身残留了血迹或者其他痕迹，擦干净是为了掩饰，由此判断，这辆车就是肇事车辆。

苍云峰将视频截图和自己拍的照片作为证据，在朋友圈和工作群里发布了消息：周二傍晚五点二十分左右，白色三菱劲畅车在柯拉乡至理塘三公里处撞伤孩子后肇事逃逸。当晚车辆并没有进入理塘县城，车上三名男子，其中一人是光头，车牌某A 3**B2。请看到这辆车的朋友立即报警，或者联系我。我是苍狼，手机号158******00。

"苍狼"这个ID在各大群内发布了寻找"劲畅388"的消息后，引起了广泛关注，一时间大家各种转发，这事儿也惊动了县城交警队。警察主动联系苍云峰，询问他是如何调查的，并且帮忙提供寻找线索。

苍云峰把自己调查的过程和警察简单地描述了一下，警察也觉得靠谱，马上开始通过系统定位这辆车。当所有人都认为马上就能查到肇事司机是谁的时候，意外出现了——

这辆车短时间内同时出现在两个地方，一个地点是在某省会城市，另外一个地点就是在川藏线上。警察拨通车主的电话，车主表示最近几个月都没离开过所在的城市，更没有去川藏自驾游，这辆车也是每天开着上下班。为了求证司机的话是否真实，警察还联系了其所在单位，通过领导和同事再次证明车主没说谎。

那么结论只有一个：劲畅388是一辆套牌车。

调查突然就陷入了僵局，接下来的方向都没有了。套牌，意味着劲畅的车上可能不止这一块伪造的号牌，搞不好有好几块。既然388肇事逃逸，他们完全可以换上另外一块车牌继续行驶。

再加上孩子是周二发生的车祸，此时都已经过去了五天。五天的时间是什么概念？苍云峰一天能从成都跑到理塘，以理塘为起点，五天的时间完全可以达到中国地图的任何一个边境城市，如果一路往东边开，都能开到太平洋里面去了。调查一时间陷入了僵局，就连警察都暂时没辙了，草草地说了句会继续调查就离开了。

此时，天色已经渐渐暗淡，苍云峰内心特别愧疚且不安。他从酒店出门，在超市买了一些糖果，还顺便买了一个玩具遥控车，带着这些东西来到医院探望格木小朋友。

病房内，欧敏君正坐在床边给孩子削苹果。她一边削皮一边给格木讲故事，故事的主角是一位残奥会的冠军，她想以此来鼓励格木小朋友勇敢地面对生活。

看到苍云峰提着水果和玩具车走进门，欧敏君内心是特别高兴的，对仰头看着天花板听故事的格木说道："格木，你看是谁来啦？"

格木转过头就看到了苍云峰，他马上就高兴起来，热情地打招呼道："叔叔好。"

苍云峰来到床边把水果放在了床头柜上，晃动手里的玩具车，对格木说道："你知道这是什么吗？"

"玩具车……"格木回答完之后，还用一种不确定的语气问道："这是送给我的吗？"

"当然，这个是遥控车。过两天你可以坐起来的时候，就能在床上控制这个车，让它在地上跑了。"

格木听后双眼放光，对苍云峰说道："叔叔，我现在就可以坐起来。"说完就要给他演示。

欧敏君急忙制止道："格木不要乱动，老师来。"说完，欧敏君把削好皮的苹果递给苍云峰，对他说道："帮我拿一下。"

苍云峰接过苹果后，欧敏君去床尾摇动下面的摇杆，床的上半截缓缓升起一个角度，格木乖乖地坐在上面，满眼的欢喜。调好床的角度之后，欧敏君对苍云峰说道："把苹果切小块给格木吃，我去趟洗手间。"

苍云峰做了一个OK的手势，开始把苹果切小块喂给格木。格木则是欣喜地摆弄苍云峰给他买的小遥控车，舍不得拆开。

病房内就剩下苍云峰和格木两个人，苍云峰把切好的小块苹果送到格木的嘴边，孩子却很懂事地说道："叔叔，第一块给你吃。你是长辈。"

苍云峰听后特别惊喜，他真没想到一个山区里没怎么读过书的孩子竟然这么懂事，他好奇地问道："谁这么教你的？"

"是王老师。王老师说一桌人坐在一起吃饭的时候，一定要等长辈先动筷子，我们才能吃。王老师还给我们讲了孔融让梨的故事。"

苍云峰想到梳着背头装黑社会大哥的王少华，内心特别感动。他觉得教孩子做人、做事比空洞地教书本知识更有用，毕竟有些孩子三两年之后就不会继续读书了，一二年级学的内容在以后成长过程中多少都会接触，而做人的原则和做事的道理，是需要从小灌输的，这会伴随孩子的一生一世，也会让孩子在今后的生活中少走弯路。

苹果吃到一半的时候，苍云峰的电话响了，是溪玥用卫星电话打过来的。苍云峰和格木小朋友打了一个招呼，自己拿着电话到门外接听。这个电话打的时间有点久，结束通话之后，苍云峰透过病房的玻璃看到格木在独自擦眼，哭得很难过。

苍云峰推门，格木听到声音，迅速擦干脸上的眼泪，装作什么事都没发生一样。这个孩子懂事得让人心疼。

回到床边，苍云峰坐在凳子上看着格木问道："为什么偷偷哭？"

"我没有。"

"你有。"苍云峰引导着他说道，"我都看到了，哭并不代表懦弱，有些时候我们应该通过眼泪和倾诉来发泄。我觉得你内心有很沉重的事，所以通过眼泪发泄出来了。你觉得流眼泪是一种很懦弱的行为，所以你不承认自己哭了。如果你以后不想通过流眼泪来发泄内心那些沉重的事，那就向我倾诉吧，倾诉之后就不会掉眼泪了。"

格木半信半疑地看着苍云峰问道："真的吗？"

苍云峰重重地点头，引导着格木说道："当然，倾诉就是一种发泄，发泄完了，眼泪就不会流淌出来了，也不会被别人看到。"

格木犹豫了几秒钟，目光落在了自己那条被截肢的腿上，很委屈地说道："爸爸每天在草原上放牛很辛苦，他一天天变老，家里的小牛一天天长大，我少了一条腿，以后都跑不快了。我不知道怎么才能追赶上小牛，如果不能帮爸爸放牛，那我长大还有什么用呢？家里并不富裕，在这里住院要花很多钱，我不想成为家里的累赘，我想早点离开这里。"

第8章　关于网络捐赠

就在这时，欧敏君从门外走进来，格木刚刚说的话也都听到了。她来到格木床边拉起格木的小手，温柔地放在自己的掌心，对格木说道："格木，这个世界很大，有很多你没见过的职业，并不是长大了就一定要放牛，你还记得老师给你讲过的那些科学家吗？他们有很多身体都不好，最伟大的科学家霍金后半生都坐在轮椅上，讲话都要通过机器，但这并不影响他受人尊敬，你也可以的。"

格木有些似懂非懂地点头，在他幼小的心灵深处，除了牛群就是草原了，外面的世界是什么样的，他并不知道。

晚上，格木的母亲回到医院照顾格木，苍云峰准备回酒店休息的时候，欧敏君追了上来，小心翼翼地看着苍云峰问道："你今晚住在理塘的酒店吗？"

"是的，有什么事？"

欧敏君有点害羞，很不好意思地说道："我在医院三天了，能不能去酒店借你的卫生间洗个澡？洗完我就回医院住，不会打扰你的。"

听到这话，苍云峰心里差点乐开了花，毫不犹豫地答应下来，还补充了一句："洗完澡你也可以选择留下来睡，我的房间是大床房，特别舒服。"

欧敏君给了他一个大大的白眼，心里始终对苍云峰这个色狼存着一丝提防。

上车之后，欧敏君问道："你不怀疑我继续和王少华老师组团仙人跳骗你了？"

说起这个梗，苍云峰都忍不住笑了："我挺佩服你们几个的，竟然这种办法都想得出来。那个大块头和结巴怎么不见了？他们去哪儿了？"

"他们是格桑妈妈的两个儿子，平时都是跟着格桑爸爸去放牛的。小格木出事后他们就来理塘帮忙了，昨天晚上他们就回去放牧了。"

为了增加欧敏君对自己的好感，苍云峰主动讨好地说道："我看到格桑妈妈这里很缺物资，我在自驾游群里帮你发一些募集物资的消息吧。留个地址，让大家把物资邮寄过来。"

"算了吧，这个我们以前也想过，你看学校的地址，快递员想送货都找不到地方，我们也不知道怎么写这个地址。当时解决的办法是把物资预寄到理塘，我们再来理塘拿。一周左右的时间就邮寄了很多物资过来，但我和王少华检查的时候发现很多东西不适合我们的孩子。这里面还涉及了几个问题，第一，捐赠人没考虑我们是否需要，旧衣服什么的也就算了，竟然还有高跟鞋，而且还不少。第二，代收物资的是一个便利店，三天不到便利店就堆满了，后续的物资就没地方放了。第三，有些人捐赠的时候发快递选择到付，这种很难受，收也不是，拒收也不是。后来收来的物资的确没地方放了，只能选择以变卖二手闲置的方式，换钱给孩子们买点需要的东西，结果又被人发在网上，诟病我们利用广大网友的爱心来谋私利。那一段时间我内心都要崩溃了，各种负面舆论、各种恶语相加的电话，让我几度崩溃，解释都解释不完。"

苍云峰这才意识到这个募捐的办法，并不是自己想象中的那么简单。欧敏君说的完全是实际发生的事实，这对她造成的心理压力有多么大是可想而知的。

回到酒店，苍云峰很绅士地让欧敏君去使用卫生间。为了不让欧敏君觉得尴尬，他以买晚餐为借口离开了房间。之所以这么做，就是为了给欧敏君留一个好印象，让人家认为他是正人君子，产生了好感才好出手嘛。

出门之后，苍云峰故意把买饭的时间拉长了很多，发微信确认欧敏君洗完澡了，他才提着买回来的晚餐上楼。

欧敏君的长发湿漉漉地披在背上，身上散发着别样的清纯，看得苍云峰心跳加速，吃东西的时候都忍不住偷看她的胸，幻想着找个借口摸一下。

他想不明白这样一个女孩为什么会选择留在那种地方支教，正准备开口和欧敏君聊聊这个话题时，"野行"的电话打到了他的手机上了。"野行"也是一名自驾领队，自己拼团自己带的那种，不属于任何一家公司，他在电话里问道："狼哥是不是在找一辆白色的劲畅？"

"是的，车牌是388的，你看到了？"

"野行"很不确定地说道："周三上午我从新龙县开来理塘，在路上休息的时候，看到雅砻江边有一辆白色劲畅。当时我还在想可能是司机打盹儿发生了交通意外，很快就会有人来救援了吧，可今天下午我从理塘回新龙县的时候，路过那天的地方特意看了一眼，发现那辆车还在下面，这会不会是你寻找的那辆车？"

"有车牌吗？"

"看不清，我就是远远地看到有一辆车。说真的，是不是劲畅我都不确定，但是我感觉像，毕竟咱都跑自驾、越野的，对车型的外貌还是有点敏感呢。"

"谢谢兄弟，那辆车具体在什么地方？"

"我在卫星地图上给你打个点吧，大概位置就是在S217接近和平乡的地方。"

苍云峰谢过车友"野行"之后，迅速拿出平板电脑打开卫星地图，很快就在地图上找到了路线，出柯拉乡之后走G318国道，右转进入S217省道，这也就完美解释了为什么理塘入城的摄像头没有拍到这辆车。因为这辆车根本就没来理塘，它沿着S217往上走，靠近和平乡的时候，S217省道就沿着雅砻江一路向上了。肇事司机在这个地方选择弃车逃跑完全是有可能的。

毕竟肇事司机看到了格木当时伤得多严重，一辆套牌车可能也就是三五万块钱，丢弃一辆车远比承担责任划算。

理清思路之后，苍云峰对正在吃饭的欧敏君说道："今晚你住在这里休息吧，房费我已经付过了。我要去找肇事车辆，看看能不能查到什么线索。"

刚刚电话里的对话内容欧敏君也都听到了。她比苍云峰更激动，想都不想地说道："我跟你去。"

苍云峰拒绝道："这大晚上的，你跟我去干吗？在酒店好好休息吧，从这里过去和平乡接近一百公里。"

欧敏君很坚持："我不累，我可以不休息的。说实在的，我比你更想知道这车是不是肇事车辆。如果能找到肇事司机，格木的医药费和补偿就有希望了。格木家里很穷，这笔钱对他家来说至关重要。你带我去吧，我不是你的累赘。"

话都说到这份上了，苍云峰也的确没有拒绝的理由了。其实他心里也希望欧敏君能跟着一起去，至少路上聊聊天增进一下感情也挺好的，万一还能发生点什么故事就更棒了。他尽量让自己表现得像个暖男，叮嘱欧敏君多吃点，吃完饭就出发。

出发前，苍云峰检查了车里内配的各种救援应急设备，尤其是照明设备，他都格外留意了。

　　从理塘出发后，苍云峰试探着问欧敏君为什么会选择来这里支教，有话题交流才有沟通，有沟通才更有可能发生故事嘛。

第9章 咸猪手慢慢摸

坐在副驾驶的欧敏君问道："你也难以理解我为什么会做这样的决定，对吗？"

苍云峰一边开车一边说道："我的确很难理解你为什么做这样的选择，以你的身材和颜值来说，在大城市找一份工作养活自己应该不难。选择在这里支教，你有钱赚吗？还是为了什么职称来这里镀金的？"

类似这样的猜忌，欧敏君听过太多太多了。虽然这种问题有点讽刺还带着一些不尊重，不过她已经习惯了，便满不在乎地回答道："你要说我是为了镀金，我也不反驳，的确在这边支教一年后回成都就能包分配工作了，分配的工作也不会太差，至少都是编制内的铁饭碗。"

"你不是已经在这里两年多了吗？怎么还不回去？"

欧敏君深深地吸了口气，说道："不是我不想走，是因为还没有找到愿意过来支教的新老师。我现在走了，孩子们怎么办？再一个，王老师都来三年了，还不是在这儿继续任教，他比我更放不下这些孩子。在外人眼里，我们俩的工作贡献可能微不足道，不值一提，但我们究竟改变了多少孩子的人生轨迹，只有我们自己知道。可能我们多留在这里一天，就能多让一个孩子看到一份希望，所以，在新的老师来之前，我没办法走。"

"那新老师什么时候来呢？"

"不知道，看缘分吧。"

"看缘分"这三个字在苍云峰的眼里仿佛就是看到了绝望，毕竟在这个更注重物质、很多人都为自己着想的社会，真的没有谁愿意到这种地方支教一年甚至更久。

这一刻，苍云峰打心底尊重欧敏君和王少华两个人。不过尊重归尊重，他还是想找个机会把欧敏君给睡了……当然，不是那种威逼利诱，而是让她主动投怀送抱。

从理塘出发，经过一个半小时来到了"野行"打点的事发地，卫星地图上打点分享的位置和实际还是有点误差，来到附近时天色已经暗了。苍云峰找了一个停靠带打开双闪，带着头灯和强光手电筒开始在这一带搜索"野行"描述的那辆车。右侧是陡峭的山壁，左侧是二三十米高的陡坡，甚至还有些地方是悬崖。这个季节的雅砻江很凶，夜色中听到峡谷中的流水的声音，显得格外恐怖。

经过一个多小时的寻找，苍云峰不得不暂时宣布放弃。手电筒的光束聚点调整得太散，亮度就明显不够，如果把聚点亮度调高，范围又太小了，给搜寻造成了很大的麻烦。权衡利弊之后，苍云峰决定暂时放弃，对欧敏君说道："一会儿有车经过我帮你拦下来，你搭车去理塘休息吧。等天亮了我再找。"

说这话的时候，苍云峰的心都是痛的，他真怕欧敏君丢下自己回去，那就真的是彻底放弃了一个机会。

欧敏君问道："你不回去吗？要留在这里过夜？"

苍云峰指了指车，假装绅士地说道："我睡车里就行了，来回折腾要接近三个小时，不得浪费这些时间。"

"你能睡车里的话，我也可以。今晚就住在这里吧，明天我和你一起找。"

苍云峰指了指欧敏君，又指了指自己问道："今晚我们俩睡一辆车里？你……确定？"

这话问得有点暗示性过强，很容易让人联想到了另外一种意思。欧敏君虽然不喜欢苍云峰，但此时也没得选，她故作镇定地问道："你不会对我乱来吧？"

被欧敏君这么一问，苍云峰马上回答道："我车里有避孕套。"这明显是一语双关的话，如果欧敏仍说要睡在车里，那就等于接受了苍云峰的暗示；如果欧敏君反感，苍云峰也想好了不尴尬的应对方式。

欧敏君听完苍云峰的话，瞬间就没了脾气，对苍云峰说道："你还是帮我拦一辆车吧。"

苍云峰厚着脸皮说道："我开个玩笑，避孕套的用处很多，不仅仅是为了那点事。"

欧敏君给了他一个大大的白眼，低声说道："狡辩。"

"我还真没狡辩，我简单给你介绍一下避孕套的使用方式。首先，避孕套可以当皮筋绑头发……"

"你疯了？"欧敏君用一种很不可思议的眼神看着苍云峰问道，"哪个女孩子会把避孕套当皮筋来绑头发？你是女的你会这么做？"

"我说的是户外应急的时候，可以当皮筋用。"

"你是在给自己的龌龊行为做诡辩。"

"咱不说这个作用了，聊下一个。避孕套是很好的手机套，我们在户外要涉水过河的时候，都把手机、GPS等怕水的设备装在避孕套里，然后打个结就可以起到防水作用。另外避孕套还可以用来装水，是一个容器；两个避孕套接在一起，吹满气可以充当一个救生圈，套在脖子上防止呛水；避孕套还能做弹弓，用来打猎。避孕套装满水之后还能做一个放大镜，用来引火。避孕套的作用太多了，你不要只认为做那种事才是它的唯一作用。"

欧敏君无奈地摇头说道："我简直是疯了，大半夜的在荒郊野外和你讨论避孕套的用途。"

苍云峰也突然觉得这个话题有点太不适合，既然欧敏君已经提出来要走，那就是还不想被他睡。作为一个男人可以好色，但是绝对不能真的做出过分的事，最后他还是尊重欧敏君的意思，准备拦下一辆车把人捎到理塘。

在路边等了一个小时只拦下了三辆车，其中两辆车都是满员没办法拼车了，另外一辆是柯拉乡的方向，不去理塘。

欧敏君都绝望了，站在路边正想放弃，刚好这时过来一辆车。苍云峰急忙挥手示意对方停下，司机开得比较快，刹车停稳之后，距离苍云峰差不多有四十米。他一路小跑过去，主动递烟给司机大哥，随便找了个借口说道："大哥，你是去理塘吗？"

司机回答道："是啊，怎么了？"

苍云峰转过头看了一眼欧敏君，发现欧敏君并没有过来，马上改变了主意，对司机说道："大哥，想抽烟没火了，借个打火机点根烟。"

司机擦汗道："我当是什么事呢。"大方地拿出一个打火机递给苍云峰说道，"不用还了，拿着用吧。"

"谢谢大哥……大哥慢走。"

司机临走的时候还鸣笛道别，苍云峰装着骗来的打火机回到欧敏君身边，说道："不行啊，这个也不去理塘，要不就在车里凑合一夜吧。"说到这里，苍云峰又对欧敏君表示关心地说道："这么晚了，你一个人搭车回去我也不放心，谁知道司机是啥样的人呢，对吧？要不，咱俩就凑合一下，在车里睡一夜吧，明天一早就下去找车。"

听苍云峰说担心自己的话，欧敏君还是有点小感动的。虽然有点小感动，但这并不能改变苍云峰的咸猪手摸过她大腿的事实，所以在欧敏君的心里，苍云峰就是一个色狼。回到车边，苍云峰把后备厢的东西搬出来放在主驾驶和副驾驶上，将后备厢铺成了一个床，还象征性地准备了两个睡袋。睡觉的时候欧敏君尽量让自己不要靠苍云峰太近，时刻保持安全距离。

苍云峰人是好色，但是绝对不是流氓，乘人之危这种小人行径，他还真做不出来。

躺下去没多久，苍云峰就进入了深度睡眠，呼噜声打得特别有节奏。欧敏君见苍云峰睡熟了，这才放下高度紧张的神经闭上眼睛。这一夜，每当苍云峰突然不打呼噜或者有个细小的翻身动作，都会吵醒欧敏君。她是真的怕苍云峰会乱来。

清晨的阳光透过车窗照射在车内，欧敏君感觉自己胸口发闷，脖子边还有点不舒服，睁开眼的一瞬间就找到了原因。苍云峰正把手搭在她胸前，整张脸都埋在她的脖子处，在苍云峰一呼一吸间，她都能感觉到这男人的气息。再仔细一看，苍云峰那只咸猪手的位置刚好是自己的左胸，虽然隔着睡袋，但她仍旧感觉自己被侮辱了，一巴掌打在苍云峰的脸上。

随后就是一声惨叫，苍云峰整个人都蒙了，被这一巴掌打得彻底清醒了。他努力地靠后，身体紧紧地贴着一侧，努力做到远离"危险"，一脸懵地看着欧敏君问道："你干吗打我？做噩梦了吗？"

欧敏君抱紧了睡袋，佝偻着身体死死地盯着苍云峰，质问道："你的手往哪儿摸呢？"

苍云峰看了看自己的右手，然后很无辜地说道："没摸啊。"

"你抱我了，你把手放在我胸前了，你个流氓。"

"我……"苍云峰彻底无语了，"欧老师啊，睡着了也算摸啊？我睡觉有抱被子的习惯，可能是把你当被子了。再说了，这不隔着一层睡袋嘛？你至于吗？"

"你在大街上摸别人的胸，难道可以说因为人家穿着衣服，你的行为就不算袭胸非礼吗？”

苍云峰彻底无语了，委屈地推开车门，一边下车一边嘟囔道："跟一个睡着的人计较个什么劲呢？有意思吗？"

欧敏君差点没被气晕过去。按照苍云峰的说法，这还要怪她自己小气了，就不该生气呗。

苍云峰下车之后先是伸了一个懒腰，活动身上几个重要的关节，然后在原地做了三分钟的高抬腿当热身，又趴在地上整完两百个单手俯卧撑。这种运动量让欧敏君目瞪口呆，她清楚这里的海拔可是三千多米，能在高海拔地区有这么大的运动量，足以看出苍云峰不是一般人。

晨练结束之后，苍云峰对一边观看的欧敏君说道："放在车边的铝镁合金箱子里有压缩饼干和士力架，随便吃点垫垫肚子吧。我先沿着江边走走，看看能不能发现那辆车。"

欧敏君虽然不喜欢苍云峰，但是这一刻她还是主动关心地说道："你也先吃点东西再去吧。"

"我等一下再吃，刚刚运动完不适合马上进食。"

听苍云峰这么说，她也就不再勉强，自己从储物箱内找到了压缩饼干，嚼着饼干喝着矿泉水对付一口。对欧敏君来说，这种压缩饼干算不上难吃，毕竟平时很少吃到。

大概过了十分钟，苍云峰从不远处小跑回来，打开装备箱就开始翻东西。欧敏君拿着饼干问道："你在找什么？"

"找绳子，我看到那辆车了，就在下面。"

第10章　发现套牌车

听到这个消息，欧敏君也不淡定了，她激动地问道："确定车子就在下面？"

苍云峰找出了一大捆速降绳，绕过头套在了肩上，手上戴了专业的防滑手套，还将一个战术腰带挂在腰上。这条腰带上有很多挂扣，求生刀、贴身锤、八字结……各种专业到让人目瞪口呆的装备都有了，这也让欧敏君产生了一个疑问："你真的是自驾游的领队吗？"

苍云峰一边整理装备一边回答道："我不是领队，我在团队里是打杂的，什么都干。"

欧敏君感叹道："那你们的团队一定很专业。"

苍云峰毫不避讳地厚着脸皮说道："的确很专业，国内数一数二的应急保障团队。"说完这些，他也刚好收拾完全部所需装备，转身就朝反方向走去。

欧敏君在身后喊道："你等我一下，我来帮你。"

苍云峰像是没听见一样，仍旧大步往前走。欧敏君关好车门，小跑着追上了苍云峰，汽车跌落悬崖的点距离两个人睡觉的地方没多远，多说也就六十米，说明"野行"打的点还是挺准的。

左侧是陡峭的山壁，右侧是目测三十米左右的悬崖，那辆车就是从这里冲下去的……不对！应该是故意推下去的，因为靠近悬崖的这一侧每隔十多米就会有个水泥墩墩，就是用来防止发生坠崖意外的。苍云峰仔细观察了周围几个水泥墩墩，根本没有撞击过的痕迹，这就说明一个问题——这辆车是从这里冲下去的，却又没有撞到水泥墩墩，很明显是司机调整了角度，让车头找准了两个水泥墩墩的空间之后，将车推下去。

左侧的悬崖比较陡峭，如果不是刻意寻找只是途经这里，根本看不到下面有一辆车。

苍云峰站在悬崖边探身往下看，只能隐约看到一个白色车轮廓，他又观察上下游的悬崖走向，如果能找到一个陡坡让他下到江边也是不错的选择。但是此处刚好是一个山坳，雅砻江的水把两个转角处冲得无比陡峭，只能垂直速降下去。周围即便是有斜坡延续到江边，也无法靠近那辆车。为了做出更准确的判断，苍云峰又折返车上拿了无人机换个角度航拍，无人机图传回来的画面再次证实了他的预判，除了速降，没有其他办法。

收起无人机后，苍云峰用速降绳绑好活扣，套在路边的水泥墩墩上，用力拉了拉，发现水泥墩墩纹丝未动，确定可以以此来做锚点，以便他速降到谷地。

欧敏君看得心惊胆战，她紧张地问道："你的绳子那么细，足够结实吗？如果绳子断了，你岂不是很危险？"

苍云峰看了一眼欧敏君，心里有点窃喜，认为这是欧敏君在关心自己。于是他故意装酷不带任何语气地说道："你要是不割它就不会断。"

说完，他转过身背对着雅砻江，两只手分别一上一下抓着安全绳，纵身一跃就消失在欧敏君的视线内，动作的确有些酷酷的。

欧敏君赶紧快步跑上前，趴在水泥墩墩上往下看。她想用自己的身体给水泥墩墩增加一点重量。对不太懂的欧敏君来说，她认为自己压在水泥墩墩上，就能给苍云峰多一份保障。

三十米左右的速降对苍云峰来说简直不要太简单，分分钟就到底了。当他的脚踩在三菱劲畅的尾门上时，基本上就确定了这是肇事车，388的车牌还在这里贴着。初到一个陌生的地方，他都要先看一看周围的环境，这似乎已经成了一种习惯。

苍云峰抬头向上望去，看到在头顶上大概十米的地方，有被撞击过的痕迹，初步判断是车头向下俯冲的时候，前保险杠撞到了这里，然后一个缓冲弹起来，这才导致最后这辆车是大头朝下扎下来的。

观察完上方，苍云峰又左右看了看，这里刚好是雅砻江的一个"C"形弯道，而自己正处于"C"形弯道的正中央。这里的水应该非常深，上游的水流经这里直接冲击着山壁，随后转变方向。江水长年累月的冲击带走了这里的泥沙，久而久之，导致江底越来越深。按理来说这辆车应该沉入江中的，但幸运的是——车头砸在一块很大的石头上，石头支撑着车身，这才导致车身没有沉入水底。

头顶上听到欧敏君大声问道："你听得到吗？你还好吗？"

苍云峰回应道："你不在我睡觉的时候打我的脸，那我就好得很。"

欧敏君很委屈地说道："我没和你开玩笑，你小心点。"

苍云峰心中窃喜，对欧敏君说道："你在上面等着吧，我去车里找找线索。"

"哦，那你要小心啊。"

苍云峰正打算从车位跳到石头上去，突然感觉到石头好像动了一下，而车身也随着往下滑了一米左右，三分之二都淹没在雅砻江里了。这个意外可把苍云峰吓了一跳，他不敢大意，调整了一下速降绳上锁扣的位置，纵身向车身的左侧跳去，这样就减轻了压在石头上的重量，同时也防止石头被江水冲刷得继续下沉。

锁扣挂在苍云峰的后腰上，此时他正借助速降绳让自己"趴"在空气中，两只手死死地扒着车身，一点点靠近主驾驶的位置。与此同时，石头正在以缓慢的速度下沉，用不了多久车头就会扎进水里，然后车身、车尾，最后整辆车都会淹没在雅砻江的浑水中。那估计要等到旱季到来才能重现天日了。

苍云峰知道留给自己的时间不多了，便来到主驾驶车门外，用锤子砸破了车窗玻璃。因为用力过猛，他的动作导致大石头又猛地下沉了一节。苍云峰抓住最后的时间，整个上身探入车子的前座里，凭着习惯打开手扶箱。一般关于车的信息资料都会放在这里，比如行驶证什么的。手扶箱里面有点乱，苍云峰顾不上仔细查看都有什么，抓起来就往身上的口袋里塞。

突然，后备厢的地方传来窸窸窣窣的响声，还没等苍云峰反应过来呢，尾门上的玻璃应声破碎，支撑着车头的那块巨石也因为雅砻江湍急的流水，被冲离了原有的位置，车头也因此失去了着力点，瞬间扎入江中。

此时苍云峰的半个身子还在车内，窗框重重地卡在他的腰间，疼得他龇牙咧嘴，差点就叫了出来。他知道自己必须马上离开这辆车，如果卡在车里随车沉入江中，那就真的是凶多吉少了。别说查找肇事司机，就连自保都困难了。

第11章　发现的线索

在这千钧一发之际，苍云峰咬着牙，用左手抓着方向盘，借左臂的力量将自己的身体向外倒推出去。这个过程绝对不超过两秒钟，他的头已经退出到车窗外，眼睛却看到汽车风挡玻璃上有一个行车记录仪，来不及犹豫，抓着方向盘的左手又重新拉着身体向前移动，右手直接探向了行车记录仪，硬生生地将粘贴在风挡玻璃上的记录仪扯了下来，同时左手再次发力，将身体推出车身，整个过程一气呵成。

在苍云峰的头离开主驾驶窗框的瞬间，车身抵着他的头顶，伴随着乱石，深入江水之中。

悬浮在空中的苍云峰目睹了这一幕，暗自叹息自己的运气真是好到爆。如果来迟了真的就什么都找不到了，或许这就是冥冥中的一种命中注定吧。从手扶箱里拿到了一些不确定是什么东西的物证，右手还抓着一个行车记录仪。而这个行车记录仪是否是好的，目前也没办法确定。

眼前的白色越野车慢慢地沉入江水中，直到最后连车屁股都看不到了。

头顶，欧敏君紧张到了极点。她不停地大叫苍云峰的名字，而苍云峰是有点懒得应答，最后被叫烦了，这才吼了一声"我没事"。随后将行车记录仪装进口袋内，右手伸向背后拉住了吊着自己的绳索，努力荡到靠近岩壁的一侧，找了一个临时的落脚点，重新固定锁扣的位置，靠着强悍的臂力爬回了路上。

欧敏君看到苍云峰爬上来时，悬着的心终于放下来，她略带责备地问道："我叫你那么大声，你怎么不回应一下呢？你知道我有多担心你吗？"

"不知道，我一点儿都感觉不到你在关心我。"

这话引来了欧敏君一个大大的白眼，她觉得苍云峰完全是一个直男，脾气又臭又硬。

爬上来的苍云峰把速降绳收起来缠绕在自己的肩上，动作有条不紊相当熟练。欧敏君在一边小声问道："有什么发现吗？下面是什么情况？"

"找到了几本证件，还顺便把车内的行车记录仪扯下来了。"

"还有行车记录仪？"

"应该是他们弃车的时候疏忽大意，忘记车里还有这东西了。另外，这个行车记录仪是不是好的，我也不确定，看运气吧。"

收完速降装备后，苍云峰转身走向自己的车，欧敏君也紧随其后，想快点找到想要的线索。

回到车边，苍云峰有条不紊地把刚刚拿出来的装备又一一放回去，欧敏君则在一边检查苍云峰从手扶箱里面拿出来的"证物"。她看得很仔细，生怕漏掉了什么。

几分钟之后，苍云峰收拾完装备，靠在车身点了一根烟，问道："怎么样？有什么有用的证据吗？"

欧敏君把一本行驶证递给苍云峰说道："这个行驶证应该是假的吧，我不是很懂，你看一下。"

苍云峰接过来看了一眼，就是某A388**这个假车牌的行驶证。不用说了，车牌都是假的，行驶证怎么可能真得了呢？他随手把假的行驶证丢在一边问道："还有别的吗？"

欧敏君摇头，把另外一个空的皮夹递给苍云峰，说道："这个是驾驶证的皮夹，但是里面是空的，剩下的就是几张废纸了，购物小票什么的。"

听到"购物小票"几个字，苍云峰果断地说道："都收好，回去慢慢看。先去理塘吃个早点，然后再回酒店补一觉，你呢？要不要再去洗个澡？"

欧敏君发现苍云峰说"洗澡"的时候，眼睛很不老实地往自己胸上瞟，气得她直接给了苍云峰一个大大的白眼，收好这些东西就转身上了车。

苍云峰突然发现欧敏君生气时的样子还有点可爱。他把地上的装备箱抬到后备厢，那辆二十多岁的丰田老80已经行驶接近一百万公里，除了喇叭不响，全车都是异响，车的内饰都不如现在的五菱神车。但就是这么一辆车，被苍云峰当成了至宝，每次外出救援的时候，必开这辆车。全车都没什么电子元件，不像现在的那些车，备上了各种传感器。

在回理塘的路上，欧敏君有点不太愿意搭理苍云峰，不想和这个色狼交流。苍云峰也发现这一点了，但是他的脸皮贼厚，故意找话题和欧敏君交流。他说道："你看一下那些购物小票，上面有没有时间和地点，如果有，查一查这个购物店的地址在哪儿。"

欧敏君并不想搭理这个人，但是苍云峰让她做的事和调查肇事司机有关，她不得不照办，于是坐在副驾驶上开始研究起购物小票。

欧敏君做事很细心。她从自己背的包包里拿出了圆珠笔和小本子，将购物小票上有用的信息都记录下来，并且给购物小票都拍照保存。全部搞定后，欧敏君对开车的苍云峰说道："我把刚刚整理出来的信息拍照发到你微信上了，这里一共有八张小票，其中有四张是一年前的购物小票，另外三张是手撕发票，也没什么价值。最后一张是四个月前的，一张收据，好像是什么贴膜的。"

苍云峰把右手伸向欧敏君，没等开口说话呢，欧敏君就本能地向右靠了靠，远离苍云峰的咸猪手。

这个细小的动作被苍云峰察觉，他一脸无奈地说道："我不是要摸你大腿摸你胸，我是要你把收据给我看一眼。"

欧敏君这才反应过来，把收据递给苍云峰，同时为自己辩解道："你不能怪我本能地闪避，你就是个色狼，时刻都在找机会占我便宜。"

"你不是说陪我睡的吗？现在反悔了？"

"我……"欧敏君憋红了脸，想反驳赖账，又说不出口。真的让她陪苍云峰睡，她似乎也做不出来，一时间不知道怎么说了。

就在苍云峰暗自得意的时候，欧敏君快速说道："昨天晚上已经陪你睡了。"

"昨晚陪我睡了？"

"当然，陪你一起睡在车上了，难道这不是陪你睡了吗？说过的话我做到了，这事儿翻篇，我没有违约也没有食言。"

"你耍赖了。"

"我哪里耍赖了？我答应陪你睡是不是做到了？你还有什么好狡辩的？"

"我说的睡……是那样，不是就这么躺在一张床上老老实实地睡。"

"我不管，我给你机会了，你没珍惜，这事儿翻篇过去了，不提了。"

"你个女骗子，你这样做真的好吗？你可是人民教师，偷换概念是不对的。"

"偷换概念的是你。"

两个人在"拌嘴"的过程中回到了理塘的酒店。那张收据是四个月前开的，内容是风挡玻璃的贴膜，价钱是1200块钱，收款人叫刘永利，除此之外也没有其他的信息了，看起来这也不是什么有信息价值的东西。

苍云峰把行车记录仪上的内存卡拔出来插在读卡器上。打开电脑的那一刻，欧敏君有点紧张，她坐在苍云峰身边问道："这个内存卡上会有什么重要信息吗？"

进入工作状态的苍云峰还是比较正经的，他盯着电脑猜测道："如果行车记录仪是连接电瓶的，那就是二十四小时循环录像，不断覆盖前面的内容。这个内存卡是32G的，如果视频画质太高，可能也就保存十个小时左右的内容，甚至更少。"

听了这话，欧敏君有点绝望。她分析问道："这都过去好几天了，行车记录仪的视频内容岂不是都被覆盖了？我们白忙乎了？"

"嗯！"苍云峰应了一声说道，"理论上是这样的，但说不定有意外发生。"

"什么意外？"

"如果行车记录仪连接的是AC，汽车熄火后就自动断电了，行车记录仪也就不工作了，这是其一。第二种情况是行车记录仪都有保存紧急录像的功能，在急刹车、颠簸路段、发生碰撞的时候都会自动保存下来，这种视频文件是不会被自动覆盖删除的，所以我们还是有希望的。"

一旁的欧敏君瞬间感觉苍云峰好像是一个什么都懂的男人，对他有了那么一丢丢的小崇拜。

第12章 行车记录仪

电脑开机插入读卡器，桌面上弹出来一个移动磁盘，苍云峰点开里面的文件夹，还真的发现了十多个"紧急保存"的视频片段，每段视频都是五分钟，其中就有周二晚上撞倒格木的视频全过程。最让苍云峰惊喜的是，这个行车记录仪竟然带录音功能，从视频画面中可以清晰地看到，格木在右侧靠边往前走，并没有任何过错。视频的声音记录下当时发生的一切——

"慢点……慢点……慢点……有人……"

"我去……"

"你撞人了……"

"我撞人了吗？我……我……"

"快下车看看……"

接着就是开门声。

从视频的声音中不难判断，车上一共三个人，他们也知道自己开车撞人了。这段视频是五分钟，但前面一分钟左右是事发当时的记录，然后有两分钟的静止画面，应该是三个人下车去查看了，最后两分钟是三个人回到车上。

"快快，快离开这里，没有人看到，也没有摄像头。"

"那孩子的腿被后轮辗断了，这要是送去医院治疗得花多少钱？还不如一下撞死算了，保险公司一次性赔偿。"

"赔你妹啊，这车是套牌的，保险都没有呢，谁给你赔啊？"

"你俩别吵了，快走，快点离开这里。这车不能开了，找个地方丢掉，快点走。"

"这附近哪有什么能弃车的地方啊？"

"走217国道去新龙方向。你们俩坐前排戴好帽子，别让路上摄像头拍到脸。一会儿到雅砻江选个位置，把车推下面去……"

视频画面到这里就戛然而止了，这也是"紧急视频"文件夹中的倒数第二个视频，最后一个视频是这辆车从路边坠入悬崖的画面，可以判断出来，车明显是被推到悬崖下面的。

欧敏君带着愤怒抱怨道："他们怎么可以这样！他们差点害死格木，这视频中也没有他们的脸，怎么才能找到这几个人呢？"

"不急。"苍云峰又逐个点开前几个保存的紧急视频，一一查看了，其中有几个视频是在路上行驶的过程中急刹或者颠簸时拍下来的。仔细观察这些视频内容，苍云峰发现画面中"云A"的车牌特别多。他又找了视频中路牌的画面定格，然后通过查询路牌信息，确定这辆车在云南昆明市区频繁活动。

检查到最后一个视频的时候，发现这辆车竟然是停在一家汽车装饰美容店内。从贴膜车间出来的时候，门口有一个很高的减速带，因为过减速带时触发了紧急录制视频的功能，才把这段视频保留下来。苍云峰迅速记录了视频画面中的时间，刚好是四个月前，这也和他们找到的那个收据时间吻合，足以证明这辆车四个月前在昆明的一家装饰美容店内贴了风挡防爆膜。

苍云峰耐心地把这一段视频看完，车辆行驶出装饰店贴膜室之后右转，然后画面中就出现了很多个店面的门头。他用百度地图和高德地图同时搜一个店面门头上的牌子，两个导航同时指向了昆明市经开区骏信汽配城的店。

查到这里，基本也算是有下一步的线索了。他略带得意地把头转向欧敏君说道："看来要去一趟昆明了，那边我熟，要不要跟我一起去？我这人很大气的，沿途不用你出任何费用，住酒店我都可以把床分你一半，允许你和我一起睡。"

欧敏君瞪了他一眼，然后说道："我走不开，学校里有十几个孩子等着我呢。格木这边也需要人照顾，王少华一个人忙不过来的。"

听欧敏君这么说，苍云峰伸了个懒腰，放下手的时候故意摸到欧敏君的脸，他就是不放过任何一个占便宜的机会，还装作很可惜地说道："你要是能跟着我一起去就好了，让你看看福尔摩斯·苍是如何探案的。可惜啊，你没能参与其中，这真是可惜了。"

欧敏君用手打开苍云峰的咸猪手，挪动身体拉开距离后说道："谢谢你为格木这件事这么操心，我也没什么能够给你的，也不知道怎么表达感谢……"

苍云峰贱贱地说道："肉偿就行。"

欧敏君翻了翻白眼说道："大哥，我知道你是个好人，你在和我开玩笑呢。但我是很认真地表达内心的感谢，代表我自己，也代表格木一家人，谢谢你，你是个好人。"

当欧敏君的嘴里说出"你是个好人"这句话时，苍云峰就已经绝望了。他太清楚女孩子的话术了，能这么说，基本上就没戏了，至少是目前没戏了。他从不认为自己是个好人，自从初恋女友为了前途嫁给一个小公务员之后，他就再也不相信爱情了，完全是怎么潇洒怎么活。吃喝嫖赌样样都沾，真正领悟了李白老人家所说的"人生得意须尽欢，莫使金樽空对月"，并把这两句话演绎得淋漓尽致。

在酒店房间休息了一会儿，欧敏君借用卫生间洗漱后就去了医院，临走的时候还叮嘱苍云峰要小心。不过在苍云峰听来，这句关切的叮嘱和之前那句"你是个好人"一样扎心。

欧敏君走后，苍云峰躺在床上睡了一会儿，临近中午的时候，起床给溪玥打了个电话，询问她那边业余登山队的情况。电话里，溪玥带着一丝讥笑说道："昨天晚上把全部物资送到了C1平台，今天一早登山队开始攀登，下午三点全部抵达C1平台了。我还帮他们搭建了营地，今晚登山队在C1平台过夜，明天没意外的话……"

苍云峰打断溪玥的话说道："明天没意外的话，这些人就都要撤下来了，对吧？"

溪玥笑道："咱俩真想到一块去了，他们要是能攀登格聂登顶，那咱俩都可以组队去攀登珠峰了。"

"不去，没钱，登不起。"

"我就随便说说，你在理塘的事情处理得怎么样了？"

"查到了一点线索，你这边如果没什么事，我下午就返程回昆明了。肇事车辆是套牌车，我在行车记录里面查到了一点信息，让我没想到的是竟然在昆明，真是巧了。"

"那你提前回去吧，我在山脚下等他们下山，你的假期还有几天？"

"三天，周末我的公休就结束了，那会儿你也差不多要回来了吧？"

"是差不多。那先这样吧，回去见……"说到这里，溪玥都准备挂电话了，突然想起来什么，又补充说道："你回昆明老实点，二十五六岁的人了，你也该存点钱考虑一下未来了，赌博能有什么前途？"

"我没有赌博，只不过是打打小麻将玩玩斗地主而已，男人不得有点属于自己的娱乐项目吗？"

"你能不能找点健康的娱乐项目？你就不让人省……"

后面的话还没说完，苍云峰就把电话给挂了。他是打心底怕溪玥的教训，因为他心里清楚溪玥是真心为他好，而溪玥这个人又过于

"狠毒"，说话从不给他留面子，有啥说啥，这让苍云峰很无奈。

起床收拾完东西，把房卡丢在了前台，前台登记那哥们儿正在低头吃面。苍云峰看到吧台上放着一盒刚刚打开的烟，趁着那哥们儿不注意的时候伸手就把烟给顺走了，等那哥们儿反应过来的时候，苍云峰已经开溜了。

没过多久，苍云峰的手机上收到酒店前台那哥们儿发来的一条微信：你大爷的。

苍云峰笑了笑把手机收起来，开着老80离开理塘，当天晚上就到了香格里拉，次日又起了个大早，晚上回到了昆明。

"荒野俱乐部"的总部就在昆明市南郊附近靠近滇池，老板姓钱，五十多岁了，外号"守财奴"，是一个不折不扣的周扒皮，压榨员工的每一毛剩余价值是他最大的乐趣。

"荒野俱乐部"主要的业务就是订制个性化的出行，给高端客户提供不一样的玩法，比如穿越无人区、攀登雪山、徒步沙漠、深海潜水、探洞等服务，俱乐部大概有两百多个工作人员，分成了十几个小队，每个小队接不同的业务。

守财奴前几年赚到了钱，在滇池边买下了一个废弃学校，经过改建之后，四层高的教学楼变成了宿舍、办公室，操场就变成了日常训练的场地。

苍云峰开着车回到公司总部时已经是晚上六点了，下车准备回宿舍的时候，正巧遇见了守财奴从楼内走出来，他很好奇地问道："你不是去给攀登格聂神山的队伍送补给了吗？怎么这么快就回来了？那支队伍下山了？"

"妈的！"苍云峰毫不避讳地骂道，"你还好意思和我提那支队伍？你个老王八蛋知道你给溪玥添了多少麻烦吗？来来来，你选个地安排一下晚饭，我必须跟你好好聊聊。"

"你小子想蹭饭就说啊，叫我王八蛋信不信我抽你？"

苍云峰搂着老钱的脖子笑嘻嘻地说道："不要在意这些细节，边吃边聊，你这次做得太不地道了，你知道差点出事吗？"

钱老板被苍云峰给忽悠住了，他略带紧张地问道："出什么事了？什么情况？"

苍云峰搂着钱老板走向他的奔驰S座驾，一边走一边说道："咱找个地方边吃边聊。"

第13章 蹭神，苍云峰

美蛙鱼头店内。

苍云峰毫不客气地点了三公斤牛蛙外加一个大鱼头，还顺便要了一瓶五粮液，这可把钱老板心疼坏了，对苍云峰说道："五粮液辣嗓子口感不好，二锅头才够劲。喝二锅头吧，管够。"

"没事，我就喜欢辣嗓子的酒，不要在意这点细节，我们边吃边聊，你不是想知道发生什么事了吗？我现在就告诉你。"

这句话成功转移了钱老板的注意力，他催促道："到底怎么了？发生什么事了？"

苍云峰装模作样地说道："你个老王八蛋为了赚钱，是真不管我们的死活，你知道那队登格聂神山的都是什么人吗？提出什么样的要求吗？他们要求把物资搬运到C1平台，还让我们在上面等着他们。那C1平台雪线上面，海拔五千一百多米，天气变化那么快，遇见暴风雪就有可能发生重大意外，你为了钱什么事都敢答应啊，考虑过我们吗？"

钱老板厚着脸皮讪笑说道："你和溪玥都在，我有什么好担心啊，咱们荒野王牌团队可不是吹出去的，你俩带队我放心。"

这时，服务员把五粮液送了过来，苍云峰怕钱老板招呼服务员拿走，所以率先一把抓起五粮液，在拧盖子的同时骂道："滚蛋，我和溪玥是神吗？我们是能左右天气还是能左右风向？你少给我俩戴高帽，我就看到是你为了钱，根本不管我们的死活，你过分了。"

钱老板看着苍云峰打开五粮液的时候，心都在滴血了，主动把打开的瓶子拿过来，对苍云峰说道："我错了，我自罚三杯。"

"等一下。"苍云峰把五粮液的瓶子抢了过来，招呼服务员说道："拿瓶二锅头过来给他开了……"叫完服务员，苍云峰又对钱老板说道："自罚你喝二锅头去，五粮液辣嗓子你别喝了。"

钱老板赶紧对服务员说道："不用拿了，他开玩笑的。"

苍云峰趁着钱老板和服务员说话的工夫，自己拿着酒瓶仰起脖子"咕咚咕咚"的喝了几大口解馋过瘾，把五粮液当冰镇矿泉水喝下去，能这么喝高度白酒的人可真不多。钱老板发觉这瓶五粮液好像不够，又招呼服务员说道："还是拿两瓶二锅头吧。"

喝完几大口之后，苍云峰把五粮液的酒瓶就放在自己这边，然后又开始和钱老板闲扯，一顿饭都快吃完了，钱老板也没见苍云峰和自己说出了什么意外，这时他才恍然大悟道："你个小瘪犊子在这儿忽悠我，就为了骗我这顿饭。"

苍云峰见钱老板识破自己的把戏，继续厚着脸皮说道："不要在意这些细节。还有个事儿，把这次安排我临时送物资的发票给我报了。"

"滚犊子，找你们队的财务去报销，骗我牛蛙骗我无五粮液你还想骗我油费？有完没完了？"

"嘿，吃饭吃饭。"

这顿饭吃得钱老板心痛，主要是那瓶酒有点贵，他是一个十足的守财奴，平时对自己都没这么好过。

从理塘酒店顺来的烟抽完了，苍云峰又让钱老板拿烟抽，无意间发现了钱老板放着一个Zippo的打火机，看起来很漂亮，估计要一百多块钱吧，他又心生一计，眼看吃得也差不多了，对钱老板说道："要不再叫一瓶五粮液？没喝够。"

钱老板听后马上起身走向柜台去买单了，这也是苍云峰预料之中的。他趁着钱老板起身买单的时候，直接把那个打火机和烟顺到了自己兜里，然后装作若无其事地继续吃东西。

钱老板回来的时候对苍云峰说道："我已经买完单了，你要加什么自己买单……哎？我打火机呢？烟呢？"

"没看到。"

"是不是你小子给我顺了？你顺我几个打火机了？"

"你看不起谁呢？我买不起一个Zippo的打火机还是咋的啊？"

"你没顺怎么知道我的打火机是Zippo的？"

"我……我……我……你刚刚不是用了吗？"

"你小子还不承认！"

"不要在意这些细节，是不是吃完了？吃完走了，这累了好几天了，我得回去休息了，就不用你送我了，走了啊。"

"你他妈的……"

钱老板还没骂完呢，苍云峰已经开溜了，跑得贼快贼快。钱老板除了骂上几句过过嘴瘾之外，也没其他办法缓解自己此刻郁闷的心情了。

回到公司安排的集体宿舍后，苍云峰又给溪玥打了一个电话，询问登山队那边的情况。事实上和预料的差不多，登山队在今天早上已经受不了格聂神山的虐待，再加上领队的不专业，登山队的八个人意见不统一发生争执，最后全员撤退下山。这会儿正在山脚下的营地休息，明天全员折返回理塘县，后天到成都解散。

和溪玥简单地聊了一会儿，挂断电话时，同宿舍的狗哥也喂完狗回来休息。狗哥三十多岁，在公司专门负责驯养搜救犬的，进门见苍云峰回来了，他主动打招呼问道："听说你休年假都被守财奴安排去送物资了？"

苍云峰伸着懒腰抱怨道："有什么办法呢？谁让他是老板呢，安排就得去啊。"

"你假期还有几天？"

"明天最后一天了，我的黑背怎么样了？这几天吃得多吗？"

"黑背"是苍云峰半年前在海拔4500米的羌塘捡到的一个"串"，当时发现黑背的时候，它还很小并且受伤严重。苍云峰把黑背带上了车，给它包扎伤口细心照料并带回了昆明。刚开始苍云峰以为黑背就是一只普通的狗，后来发现黑背应该是狗和狼的混种，至于它妈妈是狼还是它爸爸是狼，苍云峰就无法判断了。

狗哥驯养的搜救犬以德牧和拉布拉多为主，这两种狗服从意识强，并且智商也不低。当初苍云峰给它取名"黑背"，就是为了让它能尽快融入搜救犬的大家庭，毕竟德牧的另外一个名字也叫"黑背"。但是后来发现，这个名字并不能改变黑背的血统问题，它孤傲且独树一帜，很少和其他搜救犬玩到一块，倒是经常欺负别的狗。

狗哥打了一盆热水泡脚，坐在床边对苍云峰说道："你又不是不知道，你不在的时候，它就很少进食，吃得少不说，压根儿就不愿意动，趴在地上晒太阳，一晒就是一下午。对了，有件事得和你说一下，申东旭可能要找你麻烦。"

申东旭是公司一队的队长，眼高于顶看谁都觉得不如自己。

苍云峰掏出刚刚顺来的Zippo打火机点了一根烟，一边抽一边问道："他为啥要找我麻烦？又皮子痒痒了？"

"申东旭的那条藏獒前天被你的黑背咬秃了脖子上的毛一大片，申东旭要找你理论了。"

苍云峰把烟递给狗哥一根，不屑地说道："嘁，自己的藏獒打不过我的黑背，还有脸来找我麻烦？"

狗哥接过苍云峰递过来的烟，又示意他把打火机也给自己。当看拿到苍云峰递过来的打火机之后，他疑惑地问道："怎么看着那么眼熟呢？"

苍云峰赶紧把打火机拿过来，帮狗哥点燃了烟，迅速收起打火机，又习惯性地说了一句："不要在意细节，可能是你看花眼了。"

狗哥回忆起来，问道："你又把守财奴的打火机给顺了？"

"什么叫'又'啊？别转移话题，说说狗，申东旭那条藏獒是不是欠收拾了？说真的，我也有点搞不懂，狼和狗杂交出来的串串，怎么三天两头就能把藏獒欺负一顿呢？"

狗哥抽着烟解释说道："藏獒在很久以前是在草原上给牧民们守护家畜，抵御外敌和狼之类的，那个时候是有人驯化的，用鞭子不断打藏獒，使它更凶猛。那个时候的藏獒才是真正的藏獒，再看看申东旭的这只，我平时训练的时候稍微凶一点，申东旭就不高兴了，这狗再这么下去，都快成大便制造器了，吃得多拉得多，除了叫唤吓唬人之外，屁用没有。"

苍云峰还是很难理解，说道："一直以为藏獒就是狗中之王呢，申东旭的这只藏獒刷新了我对藏獒的认知，还是我的黑背牛啊。"

狗哥不屑地说道："你那黑背是狗吗？说它是一只狼都不为过，除了长得像狗之外，你说说还有哪点像？"

"忠诚，我的黑背有绝对的忠诚。"

"这倒是，对你是真的忠诚。"

苍云峰一边抽烟一边闲聊问道："狗哥，你是这方面的专家，狼和藏獒之间，究竟谁更猛一些？"

狗哥科普道："这要从几个方面来分析，单说体形，藏獒肯定是要完胜的。从咬合力来看，藏獒的咬合力一般的只有200到300，而狼却有500到700，数据对比下，明显狼要厉害一点。藏獒体形大，但是速度比狼慢多了，狼的速度、体力、耐心等都更胜一等，藏獒打架打到一半就没有多少力气了，而狼却越战越勇。最关键的是，藏獒是个大傻子，智商并不高，而狼的智商我不说你也知道，就拿你的这只黑背和申东旭的藏獒来说吧，打架的时候藏獒各种狂叫乱跳示威，你的黑背从不这样，它都是龇着牙死死地盯着藏獒，趁着藏獒动作有破绽的时候跳上去就咬，还专门咬脖子呢。我怀疑黑背每次都是嘴下留情只拔了毛，要是真的下死手，申东旭的藏獒早就死过几次了。"

　　两个人正聊着天呢，寝室的门被一脚踹开，申东旭带着一队的几个人闯了进来。申东旭走在最前面，手里拿着一根甩棍，进门就指着苍云峰威胁道："我他妈的正式警告你，你要是再不把你那只狼崽子弄走，我明天就打断它两条腿。"

第14章　一队的申东旭

坐在椅子上抽烟的苍云峰抬起眼皮看了一眼闯进门叫嚣的申东旭，嘴角扬起一丝冷笑。这一抹挑衅的冷笑可把狗哥吓坏了，同住一个宿舍，他太了解苍云峰的这一抹冷笑代表了什么。

狗哥是一个"老好人"，他日常工作就是喂狗和驯狗，跟各个队的人都很熟。他急忙把泡在盆里的脚拿出来，劝申东旭说道："东旭你看你这是干啥？快点把棍子放下，大家都在一个公司上班，有啥事好好说呗。狗打架是狗的事，别扯到人身上啊。"

狗哥在说这些话的时候，就已经踩着拖鞋来到申东旭面前，试图把申东旭手里的棍子拿下来。

申东旭硬是没撒手，还很嚣张地说道："狗哥，这事儿跟你无关，我今天就是来找他要个说法，在狗舍里面养个狼崽子是啥意思？恶心谁呢？"

"就是，就是，我们的狗舍里面养个狼，哪天要是咬死了其他的狗怎么办？这损失算谁的？"

"这明显就是在胡闹，什么野种都往回带。"

"今天必须给我们个说法，队长的藏獒都快被咬成秃脖狗了，再这么下去……"

说到这里，一队的几个人都将目光投向那个只管拍马屁的没智商家伙，也包括了申东旭，他这才意识到自己说错话了，马上改口说道："我不是那意思，我的意思是这狼崽子必须弄走，不弄走就打断它的腿。"

"谁动手打我的狗啊？"坐在椅子上的苍云峰扫视了一眼申东旭带来的几个人，最后把目光落在申东旭的脸上，仰起头用挑衅的语气问道："你吗？"

申东旭被苍云峰的眼神吓到了，他的身体不由自主地打了个冷战，结结巴巴地说道："我……我……我让你把狼崽子拿走，你不拿走，我就打断它的……"

后面的话还没说完呢，苍云峰突然起身，抓起放在寝室桌面上的一根甩棍，横扫着向申东旭的左脸抽过去。

在苍云峰起身把手伸向桌面的时候，狗哥就看出来他要干什么了，本能地大叫一声"小心"。与此同时，他用力地推了申东旭一把，然后赶紧蹲在了地上。苍云峰手中的甩棍贴着狗哥头顶划过，甩棍的最前端则擦着申东旭鼻尖掠过，如果不是狗哥推了他一把，这一棍会结结实实地抽在他的脸上。在申东旭躲过甩棍的下一秒，寝室内就传来金属碰撞的声音。

众人本能地望向声音发出的地方，只见苍云峰手里的甩棍与空心冷轧钢的床架发生了亲密接触，空心的冷轧钢硬生生地被苍云峰打凹了一块。试想一下，如果这一棍子打在申东旭的脸上，那是什么样的伤害？

申东旭是彻底震惊了，他没想到苍云峰出手这么狠，自己提着棒子带人过来最多就是想吓唬吓唬苍云峰，没想到苍云峰直接来真的。

就在众人还愣着的时候，狗哥站起来一把抱住苍云峰的腰，转过头对申东旭喊道："你还等什么呢？快点走啊，他今天喝多了，动起手来根本不知道轻重，有事等他清醒的时候再说，快点跑。"

苍云峰抓着手里的甩棍指着申东旭吼道："你给我听好了，敢动我的黑背试试，它要是有什么三长两短，我在你头上拴个链子把你当狗养。"

狗哥大喊道："你们还愣着干什么啊？快走啊。"

申东旭等人这才回过神，见识过苍云峰的凶狠之后，吓得灰溜溜地退出寝室。为了挽回自己的面子，申东旭出门之后还用手里的棒子指着苍云峰说道："你今天喝多了，我不跟你一般见识，等你清醒了我再和你好好聊，别说我欺负你。兄弟们，走。"

苍云峰挣扎着想挣脱狗哥的束缚，但是狗哥抱得实在太紧了，眼看着申东旭等人往回走，他也只能出气大骂道："我去你的……你有种给老子站住。"

狗哥抱着苍云峰安抚道："好了好了，消消气，有我在谁都不敢伤你的黑背，没事的啊，消消气。"

狗哥一边说，一边将苍云峰手里的甩棍拿下来，安抚他道："都是同事，低头不见抬头见的，别闹得僵啊。"

苍云峰低声骂道："谁惯着他那臭毛病，他敢动我的狗，我就敢动他。"

狗哥安抚道："你也看出来，申东旭就是过来吓唬吓唬你，他哪敢真和你动手啊，要是真的动手刚刚就打起来了。你放心，有我看着黑背，谁都动不了。"

另一边——

申东旭带着自己队的几个人往回走，他一边走一边对自己的下属说道："'苍狗'今天喝多了，我不跟他一般见识，我要是真趁着他喝醉了把他打一顿，公司的兄弟得怎么看我申东旭？说我趁他喝多了欺负他？我申东旭做不出这样的事来。等他清醒，清醒了我再找他算账去。"

高继伟马上拍马屁说道："队长你这人最大的缺点就是太仗义

了，从不乘人之危，今天也就是'苍狗'喝多了，趁机躲过一劫，他要是清醒的话，你不得弄死他啊？"

其他人见高继伟又开始拍马屁了，也马上跟着附和起来。这些话在申东旭听来很受用，很享受这种被奉承的感觉，一队总共有十多个人，高继伟因为会拍马屁而得到申东旭的重用，在一队也算是"一人之下，十多人之上"了。

听多了奉承的话，申东旭就真的认为自己很牛了，不把公司的其他人放在眼里，走到哪儿吹到哪儿。不过这种吹牛也算是一个本事，经常能忽悠到客户来公司签约出行，所以说，会吹牛也是一个本事。

高继伟知道今晚这件事在申东旭心里是一个疙瘩，为了讨好申东旭，他决定背后使点手段让苍云峰出丑。至于怎么做，他心里已经有了初步的计划。

次日清晨，苍云峰习惯性六点起床进行晨练，出了一身汗回到寝室冲个澡再去食堂吃早饭，吃饱喝足后，骑着一辆摩托车就去了骏信汽配城，寻找那辆给套牌三菱劲畅贴膜的店。

根据导航的指引，苍云峰很快就找到了行车记录仪画面上出现的几家店，根据地理位置和视频画面对比，一家名为"巧手贴膜"的店映入了眼帘。

此时时间还很早，店铺内并没有什么客人，老板看到苍云峰，误以为是来生意了，特别热情地打招呼问苍云峰要给什么车贴膜。

苍云峰拿出那张收据问道："这个是你开的吧？"

老板接过去看了一眼，然后说道："字迹的确是我的，但这是给哪个车开的收据，我记不清了。贴这款膜的车太多了，你是哪一辆车？出什么问题了吗？"

苍云峰提醒老板说道："四个月前过来贴的，白色的三菱劲畅，有印象没？"

老板挠着头回忆，慢吞吞地说道："我对这个车倒是有印象，但我对你一点印象都没有啊，我记得那辆车是诚信二手车的老板送来的啊，你是买家吗？车的贴膜出什么问题了吗？"

　　苍云峰追问道："诚信二手车在哪儿？联系方式你有吗？"

　　老板警觉地看了一眼苍云峰，然后问道："兄弟，你是有什么事吗？"

第15章　寻找肇事司机

苍云峰掏出烟递给老板，低声说道："本来不应该跟你说的，但你问了我就提一嘴。这辆车涉及一起刑事案件，我们在行车记录仪里面发现了它在你这里贴膜时的录像，还有你开的收据，我是过来调查的。"

老板误以为苍云峰是警察，态度马上就好了，急忙撇清关系，说道："我就是个贴膜的，这辆车的确是我贴的膜，但是这车和我没关系，是诚信二手车的老板刘达开过来的。你问问看，他把这辆车卖给谁了。"

"你对这个车有什么了解吗？"

"有什么了解？"老板挠着头说道，"这车好像是个重大事故车，风挡都是副厂的，我贴膜的时候无意间发现的，其他的就不知道了，毕竟我就是个贴膜的。"

苍云峰安慰他说道："你别紧张，我就是过来调查一下，你说的这个诚信二手车行在什么地方？"

"在车行天下二手车市场里面。"

"我过去看看，有什么需要我再回来找您。"

"好的好的，阿sir您慢走，有什么需要我配合的您尽管说。"

苍云峰做了一个OK手势，骑着摩托车直奔北市区的车行天下二手车交易市场。在二手车市场买到泡水车、重大事故翻新车，甚至是全损车都很正常，毕竟很多人不会分辨车的好坏，那辆被推下山崖的三菱劲畅肯定不是什么正常的车。

在二手车市场，苍云峰很快就找到了"诚信二手车"的门店。他先是假装成顾客打量着门口停车位上的十几辆车，老板刘达背着手走过来问道："兄弟，要找什么车啊？轿车还是SUV？"

苍云峰看了看老板问道："你是这里的老板？怎么称呼？"

"刘达。"老板主动伸出手说道，"叫我小刘就行了。"

苍云峰和刘达握了握手，直奔主题说道："四个月前你这里有一辆白色的三菱劲畅，这台车应该不在了吧？"

刘达愣了一下，马上挤出一丝很不自然的微笑，说道："劲畅几个月前收了好几台，不知道你说的是哪一台。如果你要找劲畅，我这里还有一台呢，要不要看看？"

"我要找的这台劲畅应该是没有手续的套牌车。我这么说，你应该明白了吧？"

刘达否认道："我不知道你在说什么，我这是正经二手车行，我们不卖事故车，所有车都是有手续的。"

苍云峰看着刘达的眼睛，吓唬他说道："这辆车有命案了，你最好不要这么执迷不悟。"

刘达直接下逐客令，对苍云峰说道："你不是诚心来买车的，我也不知道你在说什么。你走吧，我没空接待你。"

说完，刘达转身就向自己的办公室走去，所谓的"办公室"就是那种集装箱房临时搭建的，毕竟二手车市场里寸土寸金。苍云峰看着刘达的背影说道："我给你点时间自己考虑一下，我还会来找你的。"

刘达压根儿就不理苍云峰，装作完全没听到。

苍云峰凝视着刘达的背影，琢磨着怎么从刘达这里拿到想要的信息。通过刚刚观察刘达的表情来判断，他是肯定知道这辆车的，只不过他在逃避。

在二手车市场闲逛的时候，苍云峰买了路边摊的一盒臭豆腐，吃下去没几分钟就开始肚子疼，赶紧四处找厕所。蹲在公共厕所拉屎最悲剧的是竟然没有烟了，这对一个烟民来说，绝对是一种莫大的寂寞。也正是因为蹲在这儿没抽烟，才让苍云峰听找到了接下来的重要信息。

在公共厕所内，苍云峰听到隔壁传来刘达的声音。刘达误以为公共厕所没有人，有点肆无忌惮地拨打了电话，低声说道："三哥，那辆车你处理到哪儿去了？"

"……"

刘达说："刚刚有个人过来找我，询问我这台劲畅的事，我觉得不太对劲就没搭理他。你们确定那辆车处理干净了？确定那天晚上没有人看到？"

"……"

"关键是现在有人找上门来了，这绝对不是巧合。"

"……"

"这样吧，下午两点我在办公室等你们，见面聊。"

电话就此结束，一旁的苍云峰有点激动，多亏吃了不干净的臭豆腐，如果不是拉肚子来这里蹲坑，就错过了一个绝佳的机会。为了不引起怀疑，苍云峰等隔壁蹲位的刘达离开后才起来。

他先骑着摩托车回公司，换成自己那辆老80救援车再次来到二手车市场。这辆车上有很多装备，包括一些摄影器材。毕竟常年跑荒原，照相机、长焦镜头是必不可少的，准备这些是为了拍摄野生动物，把照片拿去卖点钱赚外快，没想到今天派上了特殊用场。作为曾经的侦察兵，苍云峰有足够的能力将自己伪装起来。

　　他在对面四楼的天台选了一个可以看到"诚信二手车"门口的位置，架起长焦镜头远远地观望着那里的一切。

　　午饭就在天台上吃压缩饼干，烈日晒得他有些麻木，但是为了拍到嫌疑人的照片，他还是默默地忍受了这一切。幻想着把照片发给欧敏君时，她若能感动到投怀送抱，那就绝对值了。

　　话说，色痞苍云峰到现在都没放弃睡了欧敏君的念头。

　　下午两点整，苍云峰的神经开始高度紧张，站在镜头后面时刻盯着诚信二手车行门口的动静。到了两点零五分的时候，他忍不住骂道："他妈的人呢？电话里不是说好两点见面的吗？一点时间观念都没有，去你的。"

　　此时，刘达也坐在自己的办公室内焦急地等着。

　　去过车行天下二手车市场的人都知道，所谓的"车贩子办公室"，不过就是那种简易板房或者是集装箱房临时搭建的，车贩子签合同都在这种简易的临时房内进行。

　　两点半左右，一辆黑色的奥迪A6停在了诚信二手车店的门口，这顿时引起了苍云峰的警觉。他全身神经紧绷，不放过任何一个瞬间，右手边的快门键不断按下。伴随着"咔咔咔"的快门声，很快就将从奥迪车上走下来的几个人都拍下了。

　　从画面中来看，的确是有一个光头，穿着黑色背心，手臂上还有点文身，这应该就是格木小朋友说的那个人了。根据奥迪A6车身高度做了对比，苍云峰判断光头的身高在一米八左右，膀大腰圆。

　　开车的司机是一个中等身材的短发男，从后排下来的是一个矮胖子，身高只到光头男的肩膀处，身高应该没到一米七。

　　诚信二手车行的老板刘达见他们三个下车，也赶紧从简易房办公室内走出来。他和光头男、司机都是简单地打了个照面，最后直奔那个矮胖子，与其攀谈起来。光头男和司机一左一右地站着，等刘达和矮胖子走进门之后，司机才跟了进去，最后是光头男。

光头男进门后转身朝着外面左右看了看，然后抬起手将卷帘门拉了下来。

苍云峰没放过任何一个细节，把全过程都拍下来了，包括这三个人的面部特写。卷帘门拉上之后，他又将镜头的对焦点放在了窗户上。没想到窗帘也被拉起来了，这下没辙了，他只好暂时放弃拍摄的想法，把刚刚拍摄的画面通过手机软件导入手机中，最后选了几张高精度清晰照片转发给了欧敏君。为了能和欧敏君增进感情，他不放过任何一个和欧敏君交流的机会。照片发出去不到十秒钟呢，他就打电话向欧敏君邀功去了。

第16章　肇事司机

苍云峰拨通欧敏君的电话，坐在天台上晒着太阳，一脸贱兮兮地问道："宝贝，收到我给你发的照片了吗？"

电话那边的欧敏君很反感地问道："谁是你宝贝啊？能不能别乱叫？"

"不好意思……"苍云峰随口说道，"叫习惯了……"说到这里，他立即停下来，发现自己好像说漏嘴了。

欧敏君很不爽地说道："渣男，你嘴里的'宝贝'肯定有很多。说吧，你给我打电话干什么？"

苍云峰说："我刚刚给你发了照片，你把照片拿给格木看一看，那天看到的三个人是不是我拍的这三个人。如果是的话马上告诉我。"

欧敏君回："我没看到你发给我的照片。"

苍云峰说："稍等一下，挂断电话你可能就收到了，我刚刚发的。你在医院吗？"

欧敏君回："我在，你稍等一下。"

挂断电话后，苍云峰给自己点了一根烟，楼顶平台连个遮阳的地方都没有，心里暗暗后悔：早知道去三楼找个窗口偷拍多好，何必在这烈日下晒得一点脾气都没有了呢。

大概过了两分钟，欧敏君的电话回拨过来，对苍云峰说道："格木看了，确定就是这几个人了。你是怎么找到他们的？要不要报警？"

苍云峰装模作样地说道："我的能力大了去了，找人这点小事不值一提。我先跟这几个人交涉一下，我们的目的是让他们拿钱出来给格木看病，发生交通意外已经成为事实，报警处理能拿到的赔偿毕竟是有限的。如果他们愿意多出些钱赔偿，我们也可以考虑放他们一马，不要把人送进监狱，这可是毁前途的大事，而且会影响他们的子女。毕竟发生交通意外这种事没有谁是故意的，做人留一线吧。"

欧敏君在电话那边提醒苍云峰："我同意你说的给他们留一线余地，毕竟这种事会祸及子女，孩子都是无辜的。你注意保护好自己，实在谈不拢一定要报警。"

"放心，我会处理的，你等我消息。如果我处理得好，你是不是考虑一下做我女朋友啊？我还单身呢。"

"滚，渣男。"

说完，欧敏君就把电话给挂了，苍云峰无奈地叹息摇头，心里暗自郁闷：不就是叫了一声宝贝嘛，怎么就成渣男了呢？

收拾好脚架和相机，从四楼的天台回到地面，先是将自己的装备都送回到车内，随手将一把求生刀别在腰间防身，用夹克挡住。走了几步觉得这样做不妥，要是真的打起来，带刀子上门那可是属于寻衅滋事。想明白这一点之后，苍云峰把求生刀放了回去，把一瓶"防狼喷雾"带在身上，同时将一只录音笔装在了贴身的口袋内，开启录音搜集证据。

他叼着烟，双手插在口袋里大摇大摆地走到了"诚信二手车"店门前，用脚踢了踢卷帘门。

简易房内的刘达听到有人"敲门"，马上把手指放在了唇边，做了一个"嘘"的动作，然后大声问道："谁啊？"

苍云峰没回答，继续用脚踹了几下门，刘达不耐烦地说道："来了，急什么急啊？催命吗？"

苍云峰叼着烟站在卷帘门外面，当刘达拉开门看到他，瞬间整个人都不好了，问道："怎么又是你？"

苍云峰的嘴角扬起一丝狡黠的微笑，右手将抬起一半的卷帘门又向上推了一下，伴随着"咔啦咔啦"的声响，卷帘门彻底卷了上去。刘达的"办公室"并不大，多说有四十平方米，是一个单间。光头三人坐在沙发边，仰着头看苍云峰，完全不知道来人是谁。

苍云峰淡定从容地坐在了茶几对面，发现桌面上放着一盒"华子"。他直接把自己才抽到一半的烟怼在烟灰缸内，顺手拿起一根"华子"叼在嘴里点燃，这动作就好像"华子"是他自个儿的烟一样。刘达重新把卷帘门拉起来，对光头几个人说道："就是他。"

顿时，光头三人都紧张起来，一个个盯着苍云峰的眼神变得不友好，尤其是那个矮胖的男人，眉头间出现了一个"川"字。光头从沙发上起身，身上泛起了一股杀气，只要矮胖男下命令，他会随时动手教训苍云峰。

苍云峰抽着"华子"，跷着二郎腿说道："没什么好激动的，坐下来慢慢聊。我既然能找到这里，找到你们三个人，你应该相信我已经掌握了足够的证据。周二肇事逃逸后把车推进了雅砻江，的确是个好手段……"

光头男气急败坏地打断苍云峰的话："我们不知道你在说什么。"

苍云峰笑了笑，镇定自若地抽了口烟说道："你知道我在说什么，你觉得你现在的狡辩有意义吗？如果我没有十足的把握，我会来这里找到你吗？事发地点在柯拉乡，弃掉套牌388的地点在和平雅砻江和平乡段，无论是事发地点还是弃车地点，都距离昆明一千多公里。

我能在一千多公里之外找到你们，你们还怀疑我是在用话诈你们？"

"你……"光头男正要说话呢，矮胖子抬起了右手，光头男见状马上不吭气了，由此可见，苍云峰猜得没错——这个矮胖子才是他们这里的老板。在矮胖子抬起手的时候，车行的老板刘达也拉下了卷帘门，大有一种"关门放狗"的架势。

苍云峰在进门时就打量了这个房间内的布局，如果真动起手来，他可以在第一时间闪到适合自己发挥的位置进行反抗。

刘达关上门之后就站在了苍云峰的身后，这也是一个战术位置，至少此时此刻是给苍云峰的心理上造成了一点压力。

矮胖子靠在沙发上，皱眉看着苍云峰问道："是敌是友？目的是什么？我们可以谈一谈。"

苍云峰跷起了二郎腿，开始讲道理："我知道发生交通事故都是意外，你们不可能无缘无故的去撞人家一个孩子，但撞完下车看一眼就跑路，这也有点太不厚道了。不过事情已经发生了，说这些也没啥意思了，当时可能是头脑一热做了错误的选择，我也表示理解。那个孩子脱离生命危险了，你们也别太紧张，现在是一条腿截肢，另一条腿骨折，伤的确不轻，后半生都是残疾了，你们看这事咋办？是你们拿点钱给那孩子还是怎么说？"

开车的司机因为紧张，手在颤抖，可能也是害怕了吧。

矮胖男问道："那个孩子跟你是什么关系？你这样帮他出头，是为了什么？从我们这儿拿点封口费？"

苍云峰摇头说道："你误会了，我和那孩子纯属有缘，我找你也不是要什么封口费。我就希望你去看看那孩子，该赔偿多少钱就拿多少钱出来，这事儿就完了，是个爷们儿就承担起自己犯下的错。"

矮胖男目光犀利地扫过苍云峰的脸，然后对苍云峰说道："这事儿我认栽，给你拿两万块钱的封口费，你该忙什么就忙什么去，就当这事从未发生过。大家都是出来混的，你别给自己找麻烦。"

　　"两万块钱？"苍云峰冷笑说道，"你误会我的意思了，我现在没报警找你商量完全是为你考虑，因为这点事儿捞个刑事案件不值得，你子女都跟着受影响，私下解决赔钱就算了。赔多少钱你自己去和孩子家里协商。"

　　一边的光头指着苍云峰吼道："你他妈的别不识抬举，出门打听打听我大哥黄老三是什么人，我看你是太岁头上动土，找不自在吧？信不信你今天都走不出这个门。"

　　矮胖男黄老三并没有制止光头的恐吓，甚至是纵容光头的行为，这也是对苍云峰的一种试探，想看看苍云峰究竟是个什么角色。

　　面对光头男的威胁，苍云峰嘴角微微上扬镇定自若地说道："吓唬我啊？我既然敢一个人来就没担心过自己走不出去。来来来，你动手一下试试，除非你现在弄死我，弄不死我就你麻烦了。"

　　站在苍云峰身后的刘达提醒矮胖男黄老三道："三哥，这小子……"

　　黄老三打断刘达的话，低声说道："动手，先打了再说。打完了报警，就说这小子要勒索我们。"

　　听到黄老三的命令，刘达抽出自己的裤腰带，准备从背后勒住苍云峰的脖子。与此同时，光头男也动手了，硕大的拳头直奔苍云峰的脸招呼过来。

第17章 冲突

苍云峰早就料到背后的刘达会动手。在黄老三下命令的时候，他就率先行动了，两只手支撑在沙发上，双腿蜷缩向上，借助沙发的靠背完成了"后空翻"，双脚踹在了刘达的胸口。也正是这个动作，躲过了光头男打过来的拳头，开车的司机见状也加入了混斗中。

刘达没想到苍云峰竟然如此灵活，被他踹中胸后本能地后退了两步。苍云峰一把夺过刘达手里的皮带，转身就抽向光头男。光头男只顾着往前冲了，被苍云峰甩过来的皮带卡扣挥中了头顶，顿时鲜血顺着他的光头往下淌。

司机抓起桌上一个玻璃烟灰缸丢向苍云峰。苍云峰身体微微一侧躲过烟灰缸，半空飞过的烟灰缸正巧砸在了刘达的头上，疼得他蹲在地上捂着头大叫起来。

简简单单的一个回合，就让苍云峰看出来这几个人根本没啥真材实料，原本准备的防狼喷雾也用不上了，一根皮带就成了最趁手的武器。转眼间，光头男头上已经被皮带卡扣抽出了四条深可见骨的伤口，也彻底放弃了反抗，蜷缩在地上抱着头。血已经模糊了他的整张脸，看起来特别恐怖。

刘达是一个负责二手车行的黑心车贩子，根本没什么战斗力，第一个倒下的就是他。

那个司机见苍云峰这么生猛，也不敢反抗了，假装守在黄老三的身边保护的样子。

苍云峰见刘达和光头男已经彻底没了战斗力之后，右手提着皮带走到茶几边。黄老三装屁地说道："兄弟，有话好好说，你不是要钱赔给那孩子吗？要多少钱你说个数，我现在就拿给你。"

当时苍云峰也在气头上，大声说道："老子不是他妈的勒索你钱，老子是要你去给那孩子看病，承担你该承担的责任。"

"可以可以。"黄老三点头哈腰地说道，"我错了，是我错了，我不该肇事逃逸，你说了算，你让我干什么都行。那个……刘达，你给我爬起来，你那保险柜里面现在有多少现金，打开看一看，有多少先拿多少，麻烦这位兄弟给孩子送去。"

刘达捂着脸从地上爬起来，黄老三见状，对苍云峰说道："兄弟你看，保险柜就在后面，里面有现金。"

苍云峰信以为真转过头去看。就在他转头的瞬间，黄老三从茶几下抽出一把匕首就刺去。当苍云峰察觉时已经晚了，那把匕首已经刺向自己的胸口，完全是奔着一刀毙命来的。

那一瞬间，苍云峰本能地用右手掌心接住了刺过来的这一刀，刀刃穿透了他的掌心，从手背露出来，刀刃上还带着自己的血。苍云峰并没有感觉到有多痛，或者是说那一刻忘记了什么是痛，而是五根手指弯曲将黄老三抓着刀的手攥紧，并用力地将他拉向自己。

当黄老三的右臂被拉成一条直线时，苍云峰的左拳头重击了他的肘腕，反关节打击造成的伤害是不可逆的。伴随着一声惨叫，黄老三的左臂在肘腕处断裂，露出了白花花的骨头。这仅仅是一个开始，苍云峰又反向将黄老三的右臂扭到身后，伴随着"咔咔咔"三声清脆的响声，黄老三的右肩关节硬生生地被苍云峰扭断了。

他用右脚从侧面踹在黄老三的左小腿上，小腿和膝盖骨处分离，短短十秒不到，黄老三已经不能算是健全的人了，这些伤将伴随他终生。

司机目睹了这一切，已经吓到两腿发软。当苍云峰从手上拔出匕首看过来，司机转身就跑向门口，完全忘记了卷帘门是拉下来的，脑袋撞在卷帘门发出"咚"的一声。紧接着赶紧转身回来，看着苍云峰用颤抖的声音说道："你……你别……你别过来……我……别过来……求求你……放过我……不关我的事……那天是三哥开的车……不是我……真不是我……"

苍云峰仰起头看了一眼墙角的监控摄像头，默默地掏出了手机拨打110。

法治社会要讲证据，监控摄像头和苍云峰随身携带的录音笔记录了这里发生的一切。苍云峰坐在桌子上拨打了110，顺便也打了120。

在等待的这几分钟，刘达倒在地上不想起来，黄老三是倒在地上起不来，光头男则是不敢起来。只有那个司机蹲在卷帘门处，抱着头警觉地看着苍云峰，他真怕苍云峰又动手打自己。

苍云峰用刀将衣袖割断后缠绕在自己的手上止血，大概十分钟左右，110比120先抵达现场，拉开卷帘门那一刻，警察被里面的画面震撼了。司机趁机爬出去抱着警察，指着苍云峰"告状"："警察同志他拿刀伤人，快点抓他，他有刀……"

警察也警觉起来，其中一个人抽出警棍，对苍云峰说道："别乱动，把手放头上。"

苍云峰早就有经验了，他站起来把匕首合起来丢在地上，然后高举着起双手，其中一只手指着监控，说道："这里发生的一切都被监控拍下来了，是我打电话报的警，我也打了120叫救护车。手被刀子刺穿了，我要去医院。"

警察见苍云峰如此配合，也没有再为难他，只要老老实实听话不反抗就行了。

　　几分钟之后，救护车也到了，门口围观的人让出了一条路。黄老三是被担架抬走的，当时医生还在讨论黄老三下半生是拄拐好还是坐轮椅方便。

　　苍云峰在医院包扎完手掌就被带去派出所做笔录了，最后签字的时候他都没办法写名字了，右手被包扎得像个大馒头，只能按个手印。

　　警察也调取了刘达办公室内的监控视频，结合苍云峰录音笔上的内容，基本了解了事情的来龙去脉。又从苍云峰这里得知黄老三驾车肇事逃逸弃车的案子，便立即向理塘县公安局求助，理塘那边马上给出了肯定的回应，并且表示将连夜安排人赶来昆明抓捕肇事逃逸的司机。

　　昆明这边的警察也不愿意错过一个破案立功的机会，更是主动地开始调查车祸一事。

　　根据现场录像，苍云峰被认定为正当防卫，但因为把黄老三伤得有点重，暂时也不能放苍云峰离开，便扣押在派出所，并且没收了他的手机。在搜身的时候还找到了一瓶防狼喷雾，民警问他带这个做什么，苍云峰竟然厚颜无耻地说道："男人嘛，尤其是有点姿色的男人，出门一定要保护好自己，带个防狼喷雾不过分吧？"

　　这话说得差点让民警训他一顿。

　　当天晚上，苍云峰被拘留的消息就传到了钱老板耳朵里。钱老板带着公司的法务律师到派出所要人，律师也是能干，列举出好几条法律依据要求派出所释放苍云峰。如果警方不依，律师就说要去投诉兼起诉追究办案民警的法律责任。

　　派出所的民警没办法了，便要求苍云峰签署了一个不离开昆明并且随叫随到的保证书，又是按完手印才放他离开的。

　　上了车之后，司机在前面开车，钱老板和苍云峰坐在后排，钱老板很不爽地问道："下手这么狠，你至于吗？知道给自己惹了多大的麻烦吗？"说到这里，钱老板郁闷地叹息说道："你暂时离开昆明出去避避风头吧，自己寻一个全世界都找不到你的地方，过个一年半载的再回来。"

苍云峰皱眉问道："我下手狠？你是没看到黄老三拿刀捅我那一下，他是想直接弄死我。还有，黄老三把人家一个无辜孩子压断了腿，连个120都不舍得打。我今天来是和他谈的，我已给机会了，是他不给自己机会。"

钱老板抬高了声调提醒他："你还没意识到问题的严重性吗？你打的是黄老三，黄老三是谁你知道吗？人家黑白两道都有人，做二手车、开酒吧、开迪厅，你为了一个素不相识的小孩子得罪这样的人，值得吗？"

"值不值得我清楚，反正事已经做了，他有本事再站起来整我啊？"

钱老板把头扭过去，恨铁不成钢地来了一句："你真能添乱，这几天溪玥也要回来了，刚好让她们都休息两天。等派出所解除了对你的限制后，我安排你们一趟大活，你出去躲一段时间，我可不想你哪天出门被小混混背后捅刀子、打闷棍，等风头过了你再回来。"

"你是不是有点过于神化这个黄老三了？他有这个本事？"

"你觉得能在省会城市开迪厅、开夜总会，还把事故车翻新当精品卖的人，没有点背景做得起这些生意？"

第18章　反常的黑背

苍云峰心里明白，守财奴说的这些都是事实，可能因为自己的冲动真的惹了大麻烦，但事已至此也没办法当作无事发生了。还是那句话：兵来将挡水来土掩。该怎么办就怎么办。

回到公司的集体宿舍后，苍云峰扯开了一个避孕套套在右手上，以此来做防水，废了好大劲才把脸洗完。

狗哥回来后看到苍云峰包裹的右手问道："怎么回事？早上出去的时候还好好的呢，一天不见就挂彩了？"

苍云峰不屑地说道："受了点小伤。"

狗哥以为苍云峰所谓的"小伤"就真的是小伤呢，也没太放在心上，和他主动聊起别的事情："我刚刚喂狗回来，你的黑背有点不对劲。我把食物放在狗食盆里面，它就凑过来闻了闻，然后将盆子给掀翻了。"

"怎么回事？"苍云峰问道，"它掀翻自己的饭碗干啥？"

狗哥也不理解，说道："这种情况还真是第一次发生，我以为是它不小心掀翻的，就用扫把把狗粮收起来重新放在狗食盆内摆在它面前，它看都不看转身回一边趴着去了。"

苍云峰躺在床上望着天花板说道："别理它，我看它还是不饿，饿了就自己去吃了。"

狗哥也没把这事放在心上，去洗手间洗漱，忙自己的去了。

夜里十一点，欧敏君给苍云峰发了一条消息，说自己已经跟随理塘县的警察到了雅安，预计明天晚上到昆明处理肇事逃逸这件事。她是代表格木家人来协商处理的。

苍云峰的右手包裹得像个小馒头，即便如此他也不放过撩欧敏君的机会，回复道："欢迎宝贝来我美丽的春城，明天晚上我请你吃米线，必须安排好你。"

欧敏君：你别乱叫，你再乱叫我把你拉黑。

苍云峰：你这样做真的好吗？你还欠我600块钱呢。

欧敏君见到手机屏幕上出现这一行字的时候，彻底无奈了，便直接关机睡觉不搭理苍云峰了。

守在手机屏幕前的苍云峰左等右等，就是等不到欧敏君的信息，他意识到自己可能玩笑开过头了，又给欧敏君发了一条信息：

那600块钱不提了，是我捐给小朋友的，不算你欠的，我说错话了，你别生气。

信息发出去了，但欧敏君是肯定看不到的，她已经关机睡觉了。

苍云峰误以为欧敏君是真的生气了，又连续发了几条道歉的信息，但都没得到回复。他有点慌了，拨打欧敏君的电话听到提示关机，确定不是欧敏君看完信息不回，心里这才舒服了一点点。

次日清晨，苍云峰和往常一样起床锻炼，只不过没办法使用右手了，就绕着操场开启了十公里的跑步热身。

没过多久，狗哥就到操场边找正在跑步的苍云峰，远远地向他招手。苍云峰见状边减速边跑向狗哥，远远问道："狗哥，啥情况？一起跑两圈？"

狗哥摆手道："停下来，停下来，你等一会儿再跑，先去看看你的黑背。昨天晚上的食物一口都没吃，水也没喝，是不是病了？"

听到这里，苍云峰皱眉问道："一点儿都没吃？"

"是啊，一口都没吃，昨天是什么样，现在就是什么样。"

苍云峰有点着急了，大步走向狗舍的方向。狗舍一共有三个超大的笼子，每个笼子都有两百平方米左右，差不多是半个篮球场那么大，狗笼子的高度是三米，比普通的商品房层高都高，平均一个笼子里面有十多条狗。黑背很少跟同笼的其他狗玩耍，大多数时候都是趴在自己的窝前面晒太阳。

可能是因为血统不一样，其他的狗也不喜欢黑背，偶尔有那么三两只组团来骚扰黑背，最后还是被黑背"拔毛"处理了。

因为是经过特殊训练的搜救犬，每一只狗都很守规矩，都有自己的狗食盆。即便是自己的东西吃完了，也不会去抢其他狗的食物。

苍云峰来到狗笼子外，直接打开门闩走了进去。一岁大的黑背已经成年了，它的尾巴一直都是耷拉着，很少摇晃摆动，这一点和狼很像。

看到苍云峰出现，黑背还是挺高兴的，从地上爬起来一步步走向他。

这一点又和其他的狗不同，其他的狗看到自己的主人都高兴得又蹦又跳晃着尾巴，而这种反应在黑背身上永远见不到。

苍云峰看了一眼黑背的狗食盆和饮水盆，不缺水不缺食物，但黑背就是不吃。狗哥站在苍云峰身后很无奈地说道："从昨天晚上到现在，它一口水没喝，一口粮没吃，这不对劲。"

苍云峰蹲下来用左手抚摸黑背的头，黑背却把目光落在了他的右手上，鼻子凑到那只手边用力地抽了抽，然后抬起头，满眼关切地看着苍云峰，仿佛是在问：你的手咋弄的？

和狗相处久了，苍云峰能感觉到黑背的情绪，他摸着黑背的头说道："你不要担心，我的手受了点伤而已，你呢？你要什么脾气？为什么不吃不喝？"

黑背掉头走回到狗食盆边，用前爪直接将盆掀翻。看着散落满地的狗粮，狗哥很无奈地说道："你看，又来了，昨天就是这样。"

苍云峰又把目光落在了饮水盆上，黑背这次更是干净利落，也把这盆给掀翻了，然后仰起脖子"嗷嗷嗷"地叫了几声，仿佛是在表达什么。

在黑背仰起脖子叫唤的时候，其他几个笼子内的狗都安静了，目光全落在了黑背的身上。

苍云峰再次来到黑背身边，蹲下来抓了一把散落的狗粮送到它嘴边，但黑背把头扭向一边，表示拒绝。

狗哥站在苍云峰身后观察，说道："黑背吃的狗粮一直都是这个，都没换过，为什么它突然就不吃了呢？"

苍云峰把左手的狗粮拿到自己的鼻子边，准备闻一闻是不是味道不对。正准备闻的时候，蹲坐在面前的黑背抬起了右前爪搭在了苍云峰的手上，阻止苍云峰把狗粮送到鼻子边。他看懂了这个动作——黑背是不让他这么做。

是狗粮有问题？黑背不让他吃？

苍云峰把手里的狗粮丢在地上，然后对身后的狗哥说道："装狗粮的袋子在哪儿？给我抓一把过来。"

狗哥马上离开狗笼子，提着狗粮的袋子重新回来。苍云峰把手伸进袋子里面，重新抓了一把狗粮放在手心。这次，黑背伸出舌头大口地舔舐起来。

这一幕看呆了狗哥，他对苍云峰说道："黑背嫌弃盆里的狗粮？"

苍云峰摇头，从地上拾起被黑背掀翻狗食盆。这一幕被黑背看到，又冲着苍云峰"汪汪"叫了两声，似乎是想表达什么。

苍云峰抬头四处看了看，指着挂在四十五度角的一个摄像头，对狗哥说道："调取一下这个摄像头的监控画面，从上一次黑背用盆进食开始。"

狗哥一脸不解地问道："怎么了？有什么问题？"

苍云峰判断道："可能是这个盆有问题，我先把这个盆拿走了，调取监控看看再说。另外，黑背已经这么大了，狗粮就少吃点吧，生肉的比例提上来吧。再过一个月就直接喂生肉，狗粮都不用喂了。我欠你多少肉钱了？"

狗哥竖起三个手指说道："三千了。不过算了，你给我两千就行了，我也是真的喜欢黑背，那一千块钱我出了，就当是我给黑背买肉赞助的。"

苍云峰微笑说道："谢狗哥，我先去晨跑了，你调取一下这个摄像头的监控给我。"

"汪。"黑背冲着苍云峰叫了一声。

狗哥对苍云峰说道："黑背是想跟你一起去晨跑，你带着它去吧，总在这个笼子里面跑也没意思。"

苍云峰左手拿着狗食盆，右手的手指在盆底敲了敲，对黑背说道："走，跑步去。"

黑背是真的能听懂苍云峰的话，得到苍云峰的允许后，它率先跑出了狗笼子，撒了欢地在前面奔跑，其他狗狗投来羡慕的眼神，简直就是羡慕嫉妒恨。黑背在前面跑了一段距离后还停下来看看苍云峰，仿佛是在鄙视他跑得慢。

晨练结束之后，苍云峰把黑背送回狗舍，拿着狗食盆回到宿舍，准备换一身衣服去吃早餐。这时，狗哥也调取了监控回来，对苍云峰说道："有人在这个盆里动了手脚，怪不得黑背不吃盆里面的食物呢。"

第19章　叫爷爷

苍云峰皱眉问道："什么情况？"

狗哥把自己的手机递给苍云峰说道："你自己看。昨天有人到狗舍在黑背的狗食盆里面倒了东西，你看了就知道。"

苍云峰接过狗哥递来的手机，上面有刚刚下载的监控。画面中，一个穿着深色卫衣戴着棒球帽的人走进狗舍。狗舍里的狗出奇地安静，并没有乱叫。卫衣男走到黑背的狗食盆附近，将一瓶子液体倒入黑背的狗食盆之后，又在水盆里面加了一点，全部搞定之后匆匆离开，整个过程不超过二十秒。

苍云峰看了看提回来的狗食盆。其实黑背不吃狗食盆里的东西也不让他闻的时候，他就已经怀疑这个狗食盆有问题了。联想到昨天晚上发生的一切，苍云峰直接认定这件事就是申东旭做的，低声骂道："他妈的，看我怎么弄他。"

说完，苍云峰也不换衣服了，拎着狗食盆就去了餐厅。每天早上餐厅都是最热闹的地方，住公司的几十人都要在这里吃早餐。苍云峰虽然有家，但更多的时候他都喜欢住宿舍。

来到餐厅后，他先拿着狗食盆去装了两勺米饭，菜就象征性打了一点，然后开始四处寻找申东旭的身影。

在靠窗的那张桌，申东旭和一队的几个人正在边吃边聊。

苍云峰左手拿着狗食盆走到桌边，右手直接掀翻了申东旭的餐盘，然后把狗食盆放在申东旭的面前冷冷地说道："吃。"

当时餐厅里至少有四十多人，有的在打饭，有的在吃饭，听到这边不友好的吼叫之后，所有人的注意力都集中到了这边。

申东旭感觉自己受到了莫大侮辱，拍案而起，指着苍云峰吼道："你他妈有病吗？是不是有点过了？大清早的你吃疯狗吃傻了？"

苍云峰一直都是"人狠话不多"，虽然只剩一只手有战斗力，但是丝毫不畏惧，左手抓着申东旭后脑勺的头发，直接将他的脸按在了狗食盆里。谁都没想到，这个苍云峰是说动手就动手，完全没先骂上几句做铺垫。

在申东旭的头被按在狗食盆的瞬间，同桌吃饭的一队人才反应过来，纷纷上来帮忙推开了苍云峰。在推搡中，申东旭身边的马屁精高继伟还趁乱怼了苍云峰两拳。

眼看着就要打起来了，老钱出现在餐厅，大吼道："都他妈的吃饱撑了是不是？大早上就打架，有力气都去给我干活。"

满脸饭粒的申东旭指着苍云峰，向钱老板告状道："老板你来评评理，这疯狗一大早就抽风挑衅，过来就让我吃狗食盆里面的饭。在座的所有人都能做证，他们都看到了。"

钱老板也是真的生气了，冲着苍云峰吼道："你干什么？还嫌自己惹的事不够多吗？有完没完了？"

苍云峰指着狗食盆说道："这个王八犊子在黑背的狗食盆里面下毒，要不是黑背聪明，早就嘎屁了。"

"你放屁！"申东旭吼道，"我什么时候在这里下毒了？你别血口喷人，我告诉你，我申东旭是看你的狗不爽，但我要打断它的狗腿时，一定让你亲眼看着。下毒这种事我申东旭做不出来。"

苍云峰用包扎得像馒头一样的右手指着申东旭说道："还他妈的

狡辩，要是没有证据我会乱说？狗舍的监控视频都拍下来了。"

"拿出来！"申东旭吼道，"你把监控视频拿出来，现在就去大会议室播放，给全公司的人都看看。你要是能拿出来我申东旭给狗下毒的视频，我跪下来给你磕头认错，还叫你声爷爷。"

苍云峰咬着牙说道："你他妈的还真是不见棺材不落泪，现在就来会议室，有兴趣的都过来看。"说完，转身就要走。

申东旭在苍云峰身后喊道："你给我站住，当着公司这么多兄弟的面你给我说清楚，如果你拿不出来怎么办？"

苍云峰大吼道："如果我拿不出来，我跪地上给你磕三个头，叫你三声爷。"

公司一大早上就有这种"豪赌"，自然成了今天的焦点大事。

申东旭是一队的队长，眼高于顶，认为别人都不如自己，平时做事高调，早就有很多人看他不顺眼了。

苍云峰，在公司是神一样的人物，隶属九队，却从不服从队长溪玥的管理，性格放浪不羁，就连钱老板都要忌惮三分的"荒野神话"。

几分钟之后，公司的大会议室内已经人满为患了，公司几乎所有人都凑过来看热闹了。苍云峰让狗哥过来把视频播放给大家看。

狗哥是一个爱狗如命的人，对这种给狗下毒的行为，他恨之入骨。联想到前天晚上申东旭带着人来寝室扬言要打断黑背两条腿的事，他也认为这件事就是申东旭干的。

在会议室台上，苍云峰和申东旭都站在上面，狗哥把视频拷到了会议室的投影电脑上，LED屏幕亮起来之后，所有人都盯着屏幕，期待下面的故事。

申东旭就站在苍云峰对面，脸上没有一丝畏惧，好像这件事真的跟他没关系一样。

狗哥操控着鼠标，将视频文件拖到播放器内。视频画面中，那个穿着灰色卫衣戴着棒球帽的男子鬼鬼祟祟地出现在狗舍，然后将矿泉水瓶子内的液体倒入黑背的狗食盆，又倒了一些在水盆里面搅了搅，最后匆匆离开。

这画面是做不了假的，大家都看得真切。

苍云峰指着申东旭吼道："你还有什么好说的？"

申东旭的脸色惨白，一瞬间跟之前判若两人。他没有了自信也没有了反抗，更多的是一种深思。

台下，有人帮申东旭辩解道："画面中的这个人穿了卫衣戴了帽子，完全看不到脸，不能判断就是申队长啊。"

"你可能不知道，申队长前天晚上去苍狼的宿舍找碴儿了，扬言要打断黑背的两条腿。"

"为啥啊？"

"因为他的藏獒没打过黑背，还被咬秃了脖子上的毛。"

"不至于吧，这点儿小事就下毒？"

"也幸亏黑背聪明，这要是真被毒死了，得多可惜啊。"

"……"

议论声四起，大家都在发表自己对这件事的看法，更多人是期待着后续，看看申东旭会不会跪在地上道歉。

申东旭的目光扫过下面那些等着看热闹的人，脸色十分难看。

申东旭也好，苍云峰也罢，都是钱老板的"爱将"，他们内斗只会给公司造成损失。钱老板深知这一点，他及时止损，走上台说道："都安静吧，这可能是个误会。视频画面中的人不能断定就是东旭，给狗下毒这件事也必须追查下去。我们养的每一条搜救犬都是我们自己的伙伴，给搜救犬下毒就等于是给我们自己人下毒，这件事必须严查，有必要的话直接报警。不管这个人是谁，都必须……

"不用了。"申东旭打断钱老板的话，后退了一步直接跪在了地上，冲着苍云峰"咣咣咣"地磕了三个头，然后大声说道："爷爷，我错了。"

磕完头后，申东旭爬起来转身就走。

这一举动让所有人都惊呆了，就在刚才，钱老板还在给申东旭解围，为什么申东旭突然做出这样的举动？这让所有人都想不明白了，包括苍云峰。

他站在原地甚至有点后悔，是不是自己小题大做了？

钱老板是真的生气了，他怒吼道："都闲着没事做是不是？热闹好看是不是？月底体能测试考核，不及格的扣全额奖金。还不快去训练，都不想要奖金了是不是？"

见钱老板发火，大家都灰溜溜地从前后两道门开溜。

钱老板指着苍云峰说道："你他妈的没事就给我找麻烦，滚回去好好养你的伤，等溪玥回来我再找你算账。"

狗哥在一边也不知道说什么了，在钱老板走后，他来到苍云峰身边，右手搭在苍云峰的脖子上小声说道："这事儿不太对，咱俩先去把早餐吃了，回去慢慢查。"

第20章　黄老二出现

苍云峰也察觉这里面有问题，但是问题出在哪儿了呢？他一时半会儿还真想不通。

狗哥带着苍云峰重新回到餐厅打了一份早餐，两个人找了个没人的角落一边吃东西一边讨论。狗哥很理性地分析道："我觉得申东旭之前不知道有这段视频的存在，如果知道，他也就不会那么拽地说要磕头叫爷爷认错了。"

苍云峰皱眉问道："他不知道狗舍有摄像头？"

狗哥摇头说道："不可能啊，如果不知道狗舍有摄像头，又何必穿着卫衣戴着帽子呢？大摇大摆地进去下毒然后转身就走呗，从那身打扮看得出来，他是知道有摄像头的。"

"也有可能担心被别人看到。"

"不对。"狗哥分析道，"他打扮成这样，被别人看到了反而更难解释，如果打扮得正常一点到狗舍被别人看到，就说是和自己的狗亲近亲近，这样反而更自然。"

"我想不通了。"

狗哥把手里的鸡蛋丢在嘴里嚼了嚼，用一口粥将鸡蛋咽下去，然后才对苍云峰说道："除非只有一种可能，就是下毒的这个人不是申东旭，而是申东旭身边的人。他为了保护自己的人，甘愿给你跪下来磕头叫爷。"

苍云峰沉默了，他不知道该说什么。

狗哥继续说道："我知道你不喜欢申东旭，其实公司喜欢申东旭的人还真不多，但是你不得不承认，一队的那些人个个对申东旭都是死心塌地的，原因就是申东旭对自己人是真的够意思。护短……"说到这里，狗哥又补充道，"当然，溪玥和老唐这个九队副领队也是足够护短，对你们都很好。"

苍云峰深深地吸了一口气，对狗哥说道："吃吧，吃完了回寝室用电脑仔细看一下去狗舍下毒的这个王八蛋到底是谁。"

狗哥看着苍云峰拿勺子的右手说道："我回去查吧，你该去医院换药就去医院，手上带着伤呢，就别折腾了。溪玥下午是不是要回来了？"

"对啊，溪玥要回来了。"

"你答应给溪玥找的狗，找到了吗？"

"还没有，好狗太难找了，可遇而不可求。"

狗哥出主意说道："我觉得黑背聪明得有些过头了，下次你带黑背去狗市逛一逛，看看它能不能帮你挑选靠谱的苗子。"

苍云峰并没有把这话听进心里去，全当是狗哥在开玩笑，吃过早饭后打了个车去医院换药。在换药时接到了派出所打来的电话，让他过去配合调查，说是黄老三的家属到了，要见伤人的肇事者，警察便通知他直接去医院。

当时苍云峰心里还琢磨呢，黄老三都四十多岁的人了，家属是多大岁数？亲爹亲妈不得六七十岁了？真的要和六七十岁的人沟通？想想都头大。

换完药，照民警的指示去了那家医院。昨天的四个人此时此刻都躺在病床上呢，卖二手车的刘达和那个司机都没怎么受伤，但是挂着吊瓶装死。

病房外面有民警在看守，毕竟涉及一起肇事逃逸的刑事案件，他们也不能放松警惕。

病房外，一个四十多岁的男子穿一身名牌，主动向苍云峰伸出了手，问道："你就是苍云峰吧？我见过你的照片，听说你的网名叫苍狼，很有个性啊。"

苍云峰并没有见过这个男的，但出于礼貌，他还是伸出了手和对方握手，然后问道："你是哪位？"

男子笑了笑说道："我叫黄林，别人都叫我黄老二，在昆明开了几家KTV、夜总会，做点小生意，昨天被你打断腿折断胳膊的是我亲弟弟。"

虽然黄老二在笑，但是苍云峰丝毫感觉不到友好，更多的是一种威胁。年龄上，黄老二至少接近五十岁，而苍云峰只是一个二十多岁的小伙子。论气场，苍云峰弱得太多了，但眼里有一种无畏无惧的锋芒。他面无表情地说道："事出有因，你自己应该都调查过了，开套牌车肇事逃逸我给过他机会，是他自己不珍惜。"

"呵呵……"黄老二笑着说道，"对，小老弟你说得对，我今天请警察约你过来不是替我弟弟狡辩的，他开车撞人逃逸的确是他的不对，给人家孩子造成了什么样的伤害，我们愿意承担责任。该道歉就道歉，该赔偿就赔偿，还请您做个中间人，把这事儿给处理一下。"

苍云峰并不傻，他很清楚黄老二为什么这么乖。肇事逃逸且造成重大伤亡是要入刑的，如果能拿到受害一方的谅解书，或许会判得轻一点。此时黄老二这么好说话，可并不代表他就是一个好人。但是苍云峰没得选，他见过格木小朋友的伤，知道格木家的条件，所以当对方说出这番话的时候，他也只能暂时答应下来，对黄老二说道："孩子的老师在理塘县警察的陪同下今晚就到昆明了，至于怎么赔偿你们商量吧。"

黄老二再次伸出手说道："那我们晚上联系，先把这笔账算清。"

离开医院，苍云峰总觉得心里不是那么舒服，这个黄老二给人的感觉特别不好。办案的民警把苍云峰送到医院门口的时候，好心提醒他道："你最近小心点，黄老二他们不是什么好人，你把他弟弟打成这样，他肯定会报复的。"

苍云峰看出来民警是真的关心他才好心提醒，便道了谢："谢谢，我出门小心点就是了。"

民警叹息，神情略显无奈，其他的话就没多说了。

回到公司已经是中午了，苍云峰独自一人去餐厅吃饭，总觉得周围的同事在自己背后指指点点，针对早上"逼"申东旭下跪的事议论纷纷。虽然大家都是很小声地讨论，但苍云峰都察觉到了。

对这件事，苍云峰不想去解释什么，也没有什么解释的必要。公道自在人心，但被人议论终究不是什么舒服的事，这顿饭他吃到一半就吃不下去了，将餐盘送到清洗处后就回了寝室。

刚刚走进寝室的门，就看到狗哥一脸怒容，手里拿着一个白色的瓶子准备往外走。

苍云峰拦住狗哥，问道："干啥去？吃饭了没？"

狗哥抬起手里的瓶子对苍云峰说道："认识这个吗？"

"百草枯？"苍云峰惊呆了，"你要干什么？"

狗哥解释道："我在这儿研究了一上午的视频录像，已经确定了穿着卫衣的人是谁。这王八犊子倒在黑背狗食盆里面的就是这东西，是想直接把狗给弄死啊……"说到这里，狗哥情绪激动，有点失控了，抬起手在自己脸上擦了一把夺眶而出的眼泪，愤恨地骂道："给我下毒我都可以忍，他妈的敢弄死我养的狗，我和他拼命去。"

苍云峰也是真的生气了，问道："是谁？申东旭吗？我和你一起弄他。"

第21章　有人要害狗

狗哥否认道："穿着卫衣下毒的那个王八蛋是高继伟，就是申东旭身边的那个马屁精。我反复对比了好多个视频画面，确定就是这厮没跑了。"

"走。"苍云峰从狗哥手里拿过百草枯的瓶子，带着狗哥大步走去找高继伟了。

高继伟是一队的副队长，在很多人眼里，高继伟这个"副队长"的职位是拍马屁拍来的。毕竟他是公认的马屁精，每天就是"旭哥长、旭哥短"的，还经常提前几分钟去饭堂给申东旭打饭，将餐盘、筷子整整齐齐地放在餐桌上等着申东旭过来。当然，高继伟拍马屁的人很多，申东旭只是其中一个，他对公司的高层领导一个都不放过，也算是公司领导眼中的红人了。

在去找人的路上，苍云峰渐渐想明白了一些事：昨天晚上申东旭说要打断黑背的腿，这件事被高继伟看在眼里，他觉得自己应该帮申东旭除掉黑背，这不过是一次拍马屁的行为，但是他没预料到黑背聪明过了头，发现不对之后根本就不用狗食盆吃东西了，连水都没喝一口。

狗笼子里面十几条狗，每条狗都有自己的狗食盆和喝水的盆，而黑背宁可饿着渴着，也没去动其他狗的食物和水。

想到这些，苍云峰是真的生气了。他是心疼自己的狗，所以生气；而狗哥是心疼所有的狗，他无法容忍任何一个人动自己的狗。

高继伟和申东旭住在同一个寝室，双人间里面就他们两个人。苍云峰走到寝室门口的时候都没敲门，一脚将寝室的门踹开了。巨大的声音惊扰了周围寝室准备午休的同事们，寝室内的人纷纷探出头观望，发现是苍云峰带着狗哥来找申东旭的宿舍，基本上都猜到是怎么回事了。

只不过这一次，苍云峰和狗哥找的不是申东旭，而是高继伟！

高继伟正坐在床边抽着烟，申东旭在他对面，两个人应该是在聊着什么。看到苍云峰突然踹门进来，也着实吓到了两个人，大眼瞪小眼地看着苍云峰。

苍云峰手里拿着百草枯的瓶子指着高继伟说道："还用我多说吗？你自己喝还是我给你灌嘴里？"

高继伟被苍云峰吓到了，这百草枯是真的喝不得，喝了只有等死没得救了。

申东旭站起身挡在了高继伟面前，对苍云峰说道："我跪地上给你磕头了，爷爷也叫了，你别没完没了行不行？"

狗哥在苍云峰的身后喊道："申东旭我告诉你，别在这儿给我逞强，我……"

"狗哥！"申东旭打断狗哥的话，对狗哥说道，"先把门关上行吗？算我求你了。"

狗哥转过头，这才发现门外已经站满了人，一个个都想看看里面究竟发生了啥，完全是一副看热闹不怕事大的样子。

申东旭绕开苍云峰和狗哥，准备关门的时候，有几个一队的人对申东旭说道："旭哥你别怕，今天他们要是敢动你，我们就让他俩出不了这道门。"

申东旭无奈地点头，然后说道："没事的，没事的，都散了吧。"说完之后，把宿舍的门关上，还顺带加了一道锁。

寝室内，只剩下苍云峰、申东旭、狗哥以及高继伟四个人了。

申东旭知道门外有一大堆人在偷听呢，便压低了声音对苍云峰和狗哥说道："你俩能拿着这玩意儿找过来，就说明你们都调查清楚了，这事儿的确是小伟干的，是我指使的……"

"旭哥——"高继伟打断申东旭的话说道，"你别替我扛了，我……"

申东旭转过头瞪了一眼高继伟，说道："你闭嘴，我说话什么时候轮到你来打断了？"

高继伟马上尿得不敢说话了，默默地站在申东旭的身后。申东旭转回头继续对苍云峰和狗哥说道："这事儿是小伟干的，但你们就当是我指使的吧，该道歉我道歉，该认错我认错，如果你们还觉得不满意不解气……"说着，申东旭后退了一步，再次跪在了苍云峰面前，对苍云峰和狗哥说道："爷爷，两位爷爷我知错了，别为难小伟了，这事儿也别对外说了。就当是我干的，我错了。"

说完，"哐哐哐"的三个响头磕了下去。

这让苍云峰和狗哥都没辙了，申东旭都这样了，这要是还追究下去，岂不是显得自己做事太没格局了？

来的时候，狗哥比苍云峰还生气愤怒，但此时此刻，狗哥已经完全消气了。苍云峰愤恨地看了一眼高继伟后，还是弯腰把申东旭扶了起来，无比敬重地拍了拍他的肩膀，朝他竖起了一根大拇指。虽然申东旭平时做人高调、看不起同事、招人讨厌，但是这一刻，苍云峰打心底佩服他为兄弟扛事的举动，也明白为什么一队那些人对申东旭都是死心塌地地追随。

寝室内发生的一切，苍云峰和狗哥没有对外界透露一点，整个公司都在猜测到底发生什么。但苍云峰闭口不谈，别人说他小气也好，说他计较也罢，他都一笑了之。

　　狗哥也在这件事上得了教训，虽然没造成任何损失，但是加强防范是很有必要的。原来狗笼子的门外只是门闩，谁都能打开进去。吃了午饭后，狗哥自掏腰包买了好几把锁，还在工作群里发了消息，以后谁要是想去遛狗，需要找他来拿钥匙。不仅如此，他还要求钱老板在狗舍周围多安装几个摄像头。

　　狗哥对狗，是真的用心，体现在每一个细节。

　　当天下午，溪玥带队回到昆明，结束了上一个商业单，回到公司就听说了苍云峰逼申东旭下跪的事。对于下属之间发生的矛盾，溪玥并不关心，当看到苍云峰右手包扎得像馒头时，她倒是真的心疼了，看着他问道："怎么搞的？"

　　苍云峰把昨天右手被刀刺穿的全过程说了一遍，听得溪玥频繁皱眉，很不理解地问道："你至于当这个救世主吗？"

　　苍云峰没心没肺地笑道："支教的女老师挺漂亮的。"

　　溪玥听后极其厌恶地瞪了他一眼，低声说道："臭流氓。"

　　苍云峰把自己送物资时所产生的费用发票拿给溪玥，对她说道："这次去格聂神山脚下差不多五千公里，油费花了八千块钱。过路费和吃喝拉撒一共给我报一万块钱吧，前几天借了你五千，你再给我五千就行了。"

　　溪玥皱眉问道："你那破车油箱漏了吗？"

　　苍云峰坐在溪玥办公桌的对面，靠在椅背上跷着二郎腿说道："二十多岁的化油器LC80，4.5的排量，你以为是闹着玩的？一百公里油耗二十多升呢。"

　　溪玥特别无奈，对苍云峰说道："下次出门你能换个别的车吗？现在4.0的途乐空间也很大啊，拉物资也挺好的。"

　　"不行，现在这些车电子元件太多，各种传感器出了问题很难修，过个水都很有可能挂掉把四驱故障灯搞亮了。还是这种纯机械的东西靠谱，出门开着放心。"

溪玥把苍云峰给她的加油发票、过路费发票整理起来。

苍云峰催促道："再给我五千呗。"

"前几天不是刚给你五千吗？你干什么了？又赌博去了？"

"没有，我没去赌博。"

"那你为什么又要钱？"

苍云峰解释道："那个支教的欧老师今天晚上到昆明，我想去温德姆给她开个房间安顿一下。晚上再带她去吃个牛排，开一支红酒，顺便点上个蜡烛，有没有觉得很浪漫？"

溪玥无奈地摇头说道："我看你是疯了，赚点钱就不知道怎么嘚瑟好了。都二十多岁奔三的人了，也不知道给自己攒点钱买套房交个首付，你这样怎么给女孩子安全感？我现在好像知道你相处了好几年的女朋友为什么抛弃你嫁给一个公务员了。"

"闭嘴！"苍云峰瞬间翻脸，很厌恶地看着溪玥问道，"能不能今天就把这次垫付的费用结算给我？不能就算了，我走。"

"等等。"溪玥拿出自己的手机，在微信上给苍云峰转了五千块钱过去，叮嘱道，"钱给你了，你省着点花。"

苍云峰并没有把溪玥的话听进去，起身离开她的办公室准备去联系欧敏君。

下午五点半。

苍云峰预订温德姆的豪华大床房花了六百八十八，心疼了好半天，订好房间后又打电话预订了奢华餐厅的晚宴位置。全部搞定之后拨打电话给欧敏君，本以为她还没到昆明呢，没承想电话拨打过去就听到了黄老二的声音。

这对苍云峰来说不亚于晴天霹雳，他想不明白为什么欧敏君到昆明之后没联系自己，竟然直接去见了黄老二，是不是觉得没必要见他了呢？

就在苍云峰乱想的时候，欧敏君小声说道："我在跟肇事司机的家属见面谈事情，晚点打给你行吗？"

第22章 约会

那一瞬间苍云峰的火气就上来了，他拿着电话冷冷地问道："是我不值得你信任吗？到昆明就找黄老二，在你心里，见黄老二比我还重要呗。你有没有把我当朋友？"

欧敏君身边应该是有很多人，她尴尬地小声解释说道："我不是这个意思。你等我一下，我给你打过来。"

苍云峰的倔脾气上来了，直接把电话给挂断，举起手机恨不得直接摔了，不过还是心疼自己的钱。虽然心里有气，但是能忍还是忍一忍吧。

大概过了三分钟左右，欧敏君主动把电话打过来，苍云峰还故意挂断了没接。欧敏君打第二次的时候，他才极不情愿地接起来。欧敏君解释说道："我不是不想联系你，是刚刚跟随警察到这边对接，正好遇见了肇事司机的家属。他说他弟弟昨天被人打伤了，此时正在医院躺着呢，听说伤得还挺重。"

苍云峰很平静地说道："是的，我动的手，有问题吗？"

"你？"欧敏君特别惊讶，因为苍云峰没跟她说打架了，警察也没说，她一直都认为是找到了这个肇事司机，所以让她过来协商赔偿呢。谁知道见面就被告知司机住院了，她很不理解地问道："你打人干什么？”

苍云峰懒得向欧敏君解释，直接回答道："我手痒痒行了吧。既然你都跟那边对接上了，看来也不需要我了。你自己忙吧，我还有事。"

说完，苍云峰就把电话给挂了，别提心里有多郁闷了。

欧敏君马上给苍云峰发了一条信息：你别那么小气好不好？我本打算这边安顿好就联系你的。你在什么地方？我一会儿过来找你，我请你吃饭。

苍云峰回复：没空。

欧敏君感觉到苍云峰的失望与不爽，回了一个无奈的表情。

两个人的沟通暂时结束了。

在高规格的西餐厅预订了位置，温德姆的豪华大床房也开好了，结果这一切都白准备了，结果并不如愿。退房已经过了最后时间，即便是退掉也要收一部分的费用。想到这里，苍云峰索性决定换个人约一下算了。他拿起手机查看通信录，最后视线落在了溪玥的名字上，便拨通她的电话，问道："吃饭没？"

溪玥说："刚刚洗完澡，正准备去餐厅呢。你接到你倾慕已久的支教老师了？"

苍云峰哈哈笑道："你别这样好吗？其实我是想给你个惊喜，你带队那么辛苦，今天刚刚回到公司我必须犒劳你一下啊。西餐厅位置预订好了，红酒牛排都在等着你了，有没有很惊喜？给个面子，让我讨好你一下呗？"

溪玥很警觉地说道："为什么我觉得你是被放鸽子之后觉得食物不能浪费，才给我打电话的呢？"

"你看你，要是这么说就没意思了，对吧？怎么说咱也是有过命交情的，我请你吃顿饭怎么了？就在西城时代的顶楼花园餐厅。"

"这么奢侈啊？没骗我？"

"我在这儿等你，不见不散。"

"那行吧，我现在过来。刚刚钱老板找过我聊了点关于你的事情，我正好过来和你当面交流一下。"

苍云峰并不关心钱老板找溪玥聊什么内容，用屁股猜也猜得到，无非就是关于他逼申东旭下跪的事。这件事也不能完全怪苍云峰，毕竟最无辜的还是黑背，无缘无故地饿了一天的肚子。

西城时代顶楼的花园餐厅内。

苍云峰坐在这里看着下面繁华的夜景，心痛今晚这一餐要花掉六七张百元大钞，真的是偷鸡不成蚀把米。

溪玥从电梯走出来的时候，让顶楼餐厅内的所有女人都黯然失色。她脚上穿着一双红色的高跟鞋，修长的双腿被黑色的丝袜包裹，丰臀细腰，全身勾勒出完美的曲线，干练的短发给人一种"女中精英"的感觉。她来到苍云峰对面坐下，这一刻，苍云峰成了在场所有男人眼中"羡慕嫉妒恨"的对象了。

苍云峰打了一个指响，对服务生说道："可以上菜了。"

服务生礼貌地弯腰，转身去安排上菜。苍云峰把醒酒器内的红酒倒入杯中，递给溪玥说道："领导辛苦了，欢迎凯旋。"

溪玥拿着酒杯和苍云峰碰了一下，然后问道："是不是支教的女老师放你鸽子了？"

苍云峰死不承认道："你少来，我这么风流倜傥的帅哥，怎么可能被人放鸽子？我今天这份惊喜就是给你准备的，你可别说这些让我寒心的话。多关心关心我，我才觉得这钱花得不冤枉。"

溪玥笑着放下高脚杯说道："好的，我多关心关心你，你的手没事吧？伤得重不重？"

"匕首刺穿了，对我来说，死不掉的伤都是小伤。"

这时，服务员把鱼子酱、鹅肝酱、熏鲑鱼等前菜送上餐桌，溪玥看到这排场有点惊讶了，对苍云峰说道："平时抽烟都舍不得买超过十块钱的，今天怎么这么大方？拿出整个月的薪水来请我吃一顿饭？我会怀疑你对我有想法。"

苍云峰是心里有苦说不出啊，这顿饭的确是有想法，但这个想法并不是对溪玥的。既然溪玥这么问了，苍云峰就顺水推舟地说道："你是我的领导、我的队长，作为下属我请领导吃顿饭讨好一下，也说得过去吧。"

"那完了。"溪玥开玩笑说道，"你这么说，我会怀疑你有什么重大的事要求我。要真是这样的话你就说吧，要是说出来我办不到，我就不吃了。"

"滚犊子，好好吃东西，哪来那么多废话。我没事的时候就没请你吃过饭吗？"

"路边十块钱一份的长沙臭豆腐不算的话，你还真没请我吃过饭。"

苍云峰彻底蔫了，跟溪玥斗嘴从来没赢过。

周围用餐的男士都向苍云峰投来鄙视的眼神，同时也在暗自惋惜，这棵好白菜今晚可能要被猪拱了。

服务员将牛排送上来，苍云峰笨拙地用受伤的手去摆弄刀叉，动作十分不协调。溪玥有点看不下去了，对苍云峰说道："你放下吧，我帮你切成小块，你用叉子直接吃就行了。对了，我刚刚回到公司后，钱总找了我一趟，和我谈了关于你的事。"

"他是跟你说我逼申东旭下跪的事吧？"

"不是。"溪玥如实说道，"和我聊的是你受伤这件事。听说你把黄老三的两条胳膊都扭断了？还有一条腿也踹骨折了？"

"是。"苍云峰毫不避讳地说道，"是他动手要弄死我，我正当防卫而已。昨天晚上律师也和警察沟通过了，我现在属于保释阶段吧，不能离开昆明。警察找我随时都得过去报到。对了……钱老板找你聊的重要内容是什么？肯定不只是拉家常吧？"

　　溪玥一边耐心地拿着刀叉帮苍云峰切割牛排，一边说道："老板的意思是让你离开昆明，去其他地方发展吧。"

　　初听这话，苍云峰并没有多想，拿着叉子将溪玥刚刚切好的一块牛排放在嘴里，一边嚼一边说道："守财奴这么好心吗？还让我离开昆明去其他地方发……"说到这里的时候，苍云峰瞬间反应过来。

　　他看着溪玥问道："这个王八蛋的意思是要把我炒了？"

第23章　调解

溪玥为了照顾苍云峰的自尊心，并没有把话说得那么直白，但是苍云峰自己说出来后，她也选择了坦白，低声说道："老板说你得罪了姓黄的，他们三兄弟的背景有点大，他今天已经收到了威胁。现在能做的就是尽量帮你多拖延一下时间，给你寻一个跑路的机会。"

苍云峰听后并没有什么过激的反应，反而很平静地问道："你是怎么回他的？"

溪玥切完牛排，把盘子放在苍云峰的面前，看着他说道："我告诉老板了，你的去留、你的选择是要你自己做决定，我不会帮他来说服你离职。如果你怕姓黄的报复，选择离开昆明我也支持；如果你选择仍旧留在公司跟我们九队继续做事，我会站出来支持你。"

苍云峰低声说道："谢谢。"

溪玥再次拿起刀叉，开始切自己的牛排，一边切一边说道："你不要把事情想得那么复杂，老板也说了，他会用自己的关系来保你，至少不让你承担刑事责任。至于民事赔偿，该怎么解决就怎么解决。如果要用钱我可以借给你一些，这几年我存了一点钱，拿给你应个急没问题；如果还不够赔偿的话，我可以用个人名义向公司做担保借钱。现在就怕姓黄的用其他手段对你报复，毕竟这些人开夜总会、开迪厅的，你懂我说的是什么意思。"

"我懂，我知道你是为我好，但我不打算因为这点屁事就离开昆明。我今年才二十六岁，就因为害怕别人报复我就要背井离乡去东躲西藏地过后半生？呵……这太可笑了。"

溪玥吃了一小口牛排，咽下去之后说道："你不想走，我就在老板面前极力保你。还是刚刚那些话，如果民事赔偿需要拿钱，我把存款都借给你。"

"谢了。"

"支教的老师到了吗？"

"已经到了，正在跟肇事司机家属协商赔偿吧。她是跟随理塘那边的警察一起过来的，不知道什么时候能协商出个结果，我现在也在等黄老三那边。我猜他们会上诉吧，我得给自己找个好点儿的律师了。"

"这事儿你不用操心，老板已经安排了，咱们公司的法务团队也不差。"

这顿饭吃了苍云峰一千多块钱，想约的妹子连人都没看到。回到公司的宿舍后，发现欧敏君给他打了好多个电话，因为手机静音都没听到。微信上有欧敏君发来的道歉信息，解释自己为什么没有第一时间联系苍云峰。

苍云峰本来不想回复任何消息的，他是真的伤心失望了，但想到开好的房间不去住有点可惜，就把酒店订单截了个图，发微信给欧敏君。发完截图还带了一条文字消息：

我喝多了，酒店房间给你开好了，已经付款，你过去住就行了，我要睡了，晚安。

发完这条信息也不等对方回复，苍云峰直接关机。至于欧敏君去不去睡，他并不关心，反正自己已经做到仁至义尽了。

第二天早上，派出所打电话给苍云峰，让他过去一趟，做一个当面调解。

在派出所的调解室内，苍云峰终于看到了欧敏君，还有理塘过来的三个警察。

黄老二承认了自己弟弟撞人逃逸这件事，认错态度十分诚恳，并且表示愿意承担一切责任，绝对不逃避。当聊到如何赔偿格木的时候，欧敏君代表格木家属提出了要求：肇事司机须承担格木小朋友的全部医疗费，还有格木母亲的误工费、格木后期的营养费、格木残疾之后的赔偿。除去医疗费目前不能确定之外，其他费用加一起要七十万。

黄老二听后也没砍价，当场就表示可以立即支付这七十万。住院的治疗费、医药费什么的，可以通过发票找他进行赔偿，并且主动提出来两地警方共同监督。

讲真，就黄老二这认错态度，任何人都挑不出毛病来。他这么做的目的也很直接：无非是花钱买谅解书呗。

谈妥之后，黄老二在现场就给了欧敏君七十万现金，动作麻溜利索，欧敏君也代表格木小朋友的家属当场签了谅解书。黄老二毕竟是有背景的人，双方达成私下调解之后，警察这边也不再移交起诉，而是对黄老三的行为进行了拘留和罚款的行政处罚决定，但黄老三现在受伤躺在医院，拘留也只能是暂时放在医院。

前前后后的谈判一个小时就全部搞定了，苍云峰作为“调查员”却一直被冷落一旁，最后只有理塘的三个民警象征性地对苍云峰道了谢。

处理完格木小朋友的事之后，黄老二转向一边的苍云峰说道：“现在该聊聊你和我三弟之间的事了吧？”

苍云峰面无表情地仰起头看着黄老二问道：“你想怎么处理？要告我吗？让我承担赔偿？你不要欺负我不懂，我是正当防卫，不可能承担刑事责任的。”

黄老二当着所有人的面对苍云峰说道："你别跟我讲什么正当防卫，我不再和你讨论这个。我现在给你两条路，第一，二十四小时之内给我筹到三百万赔偿给我三弟，这事儿就算了，前面的一笔勾销。如果你做不到，那我就说第二条路了。"

苍云峰低声问道："要提起诉讼啊？"

黄老二嘴角扬起一抹冷笑，起身用双手支撑在桌边，探身恶狠狠地看着苍云峰说道："起诉对你来说惩罚太轻了，你要真的被关起来反而不好玩了。决定吧，是你选择赔钱还是我帮你做第二个选择？"

欧敏君听不下去了，对周围的警察说道："你们不管管吗？这明显是威胁。"

黄老二打断欧敏君的话，道："欧老师，我们之前的事已经解决了，现在这件事与你无关，你最好别插嘴。何况我也没威胁谁，在派出所当着警察的面你胡诌我威胁，这样好吗？"

苍云峰缓缓地从椅子上起身，正要开口说话，黄老二率先说道："我给你三个小时的考虑时间，午饭后你联系我，告诉我你的答案。是今天赔钱三百万做后续的医疗费、营养费，还是让我选择第二条路，我等你消息。"

说完这些话，黄老二转身，对派出所的警察说道："叨扰各位了，感谢。"

警察没有为难黄老二，何况黄老二又不是当事人，处理问题的态度又那么好，该道歉就道歉该赔偿就赔偿，做事方式的确让人挑不出毛病。

苍云峰明知道黄老二是在威胁自己，却也没办法。

离开派出所后，欧敏君从后方追了上来，拦住了苍云峰问道："你去哪儿？"

"上班去。"说完，苍云峰继续往前走。

背后，欧敏君大声叫道："你站住，等我一下。"

"干什么？"

欧敏君追过来问道："你是不是没有钱赔偿给他们？"

苍云峰冷笑道："赔钱？三百万？凭什么格木被压断了腿，就只能赔偿七十万的市场价？凭什么他黄老三就值三百万？他仗着自己是城市户口就多要钱吗？妈的，别说我没有，就是有我也不给他。"

"你等等。"欧敏君拿出自己的手机拨通了，然后开始用理塘那边的方言"叽里呱啦"地交流起来。虽然苍云峰长期混迹在川西一带，但是对于当地的语言，仍旧是听不懂。

欧敏君的电话打了差不多三分钟，挂断电话后对苍云峰说道："我刚刚是打给格木家长，和他们说了一下这边的情况。我的解决方案是先带二十万回去给格木治疗，另外五十万转给你，你拿去赔偿给他们吧。先给这些让他们容你缓一缓，剩下的钱慢慢凑吧。"

苍云峰反问道："我为什么要妥协？"

欧敏君慌慌地说道："他们不是好人啊，你不给他们钱，他们会找你麻烦的。难道你看不出来吗？"

苍云峰嘴角扬起一丝不屑的冷笑，回绝了欧敏君："格木的钱你带回去，我一分都不会用的，好好给孩子看病治疗。接下来的事都跟你无关了，我自己会处理的。"

欧敏君急了，拉着苍云峰手臂说道："你是不是在生我的气？你觉得我昨天到昆明没有第一时间联系你，没有把你当朋友，你现在才赌气说这些话的，对吗？好，我给你解释清楚，昨天理塘县的警察开着车到昆明已经是下午四点半了，昆明这边的警察早就在跟他们对接了，所以从理塘县开车过来的警察直接过去和昆明这边对接，我也就被带过去了。我第一次来昆明，人生地不熟的，又是代表格木的家人来的，昨天那种情况我走不开啊。我没办法拒绝见面协商，如果你认为我做错了，我给你道歉行吗？求求你现在别固执了，先拿着这些钱还给他们。格木的妈妈说了，这笔钱不用你偿还，她还很感谢你为格木做的一切，只要格木的医药费够用就行了，后续赔偿什么都不要了。"

苍云峰见欧敏君一口气说了这么多话，感触最深的还是转述格木母亲这一段。他摇头，很平静地对欧敏君说道："赔偿给格木的钱，我一分都不要，孩子的一生还很长呢。我把黄老三打成残废，跟黄老三肇事逃逸是两件事，不要混为一谈。你第一次来昆明，我请你吃碗米线吧，昨天的事就不提了。"

"行。"欧敏君答应下来，对苍云峰说道，"我们边吃边聊。"

苍云峰掂量了自己的钱，昨天浪费了近两千块钱，说起来也有点心痛。晚上回去还要还给狗哥两千，剩下的钱要挺到下个月发工资，感觉钱不够花了。琢磨之后，苍云峰决定请欧敏君吃得简单一些。

连锁米线店内买了两份状元过桥米线，八十八一份。即便是如此，欧敏君都觉得苍云峰浪费，常年生活在支教的乡村小学，能花八十八块钱吃一碗米线的机会也的确不多。

在吃米线的时候，欧敏君几次提起来要把钱拿给苍云峰，都被苍云峰拒绝了。最后欧敏君提出一个很实际的问题：如果黄老二这些人背后找你麻烦怎么办？

苍云峰不屑且霸气地回答道：我就再折断他们几条胳膊。

这种自信，源于一个退伍侦察兵的实力！

下午三点，黄老二的电话打到了苍云峰的手机上，通知苍云峰已经错过了最后还款的时间，言外之意就是要弄他了。

派出所也联系了苍云峰，让他过去处理一下殴打黄老三的这件事。不论如何，他们都要得出一个结果，有了结果才能结案。

这一次的见面就比较正式了，派出所这边作为"第三方"，秉着公平公正的"省事"态度进行调解。

黄老三动刀子伤人在先，苍云峰正当防卫在后。虽然黄老三伤得比较严重，但防卫过当并不成立，判断依据是：刀始终握在黄老三的手里，并且刺穿了苍云峰的手掌。在这种时候，苍云峰不能判断放开黄老三之后，自己是否仍会受到攻击，打断黄老三的两条胳膊和一条腿是出于自卫本能的反应。当黄老三倒地没有反抗能力之后，苍云峰并没有继续攻击。

根据现场监控视频的内容来看，即便送去做司法鉴定，也很难判定苍云峰防卫过当，所以他应该不承担刑事责任。

就是否承担相应的民事责任上，派出所警察让他们自己协商，苍云峰抬起自己的右手当着民警的面说道："我要求做伤情鉴定，黄老三持管制刀具刺穿我手臂，这肯定构成刑事案件。不是他不追究我的责任就可以了，我也有追究他责任的权利。"

黄老二当时脸色就不好了，隔着桌指着苍云峰说道："你不要得寸进尺。"

第24章　就怕流氓懂法律

其实在上午离开派出所的时候，他就已经有了想法。既然这件事已经不可能善了那么简单了，不如就往死里整吧。他歪着头看着在愤怒边缘的黄老二，说道："摆正你的态度，这事或许还有的商量。这个案子提交到检察院就不是你能左右的了。真要闹到法院去提起公诉，那黄老三怕是要进去住上个几年了。交通肇事后逃逸或者有其他特别恶劣情节的，处三年以上七年以下有期徒刑；再加上持管制刀具将我手掌刺穿，伤情鉴定是轻伤他就得再加个三年。现在国家正在扫黑除恶，三人以上就是团伙作案，我帮你算了算，至少是十年起吧。"

黄老二没想到苍云峰竟然懂法，被气得有点牙痒痒了，但是又不敢把事情闹大。

派出所负责调解的民警咳嗽了两声，然后对黄老二说道："他说得没错，这事儿要是提交到检察院，就不是你们协商能解决的了。今天你们最好协商出一个结果，请对方写一个谅解书。现在的证据很充分，黄老三就是肇事逃逸、聚众闹事、持刀伤人，一旦提起公诉，对你们很不利。我看这位小兄弟也算通情达理，包括在他们打架之前的录音都听得出来，人家是来解决问题的，是黄老三有点过分了。"

　　黄老二听后皱眉问道："你想要多少赔偿？"

　　苍云峰本想开口说要一万，但是想到自己开口要一万和要五万的结果都一样，反正都得罪姓黄的了，他们不可能放过自己，不如就趁此机会多要一点，回去也能买一包好烟。

　　于是，苍云峰看着黄老二说道："五万，医疗费、营养费、误工费都算在内了，一次结清，后续有任何问题与你无关。"

　　黄老二并不缺钱，五万块钱不过是夜总会一晚的营业额而已，他掏出手机打开网银，冷冷地说道："卡号，我现在就给你。"

　　苍云峰报完自己的卡号之后，抬起右手说道："你看，你弟弟把我的手刺穿了，我现在提不了笔没办法写谅解书，这有点儿尴尬。"

　　"我告诉你，别给我耍花样。"

　　民警在一边说道："写不了字没关系，你口述，我们这边的工作人员帮你写，然后你按手印就行了。"

　　原本还想再摆一道的苍云峰计划破灭了。在民警的见证下，一份谅解书写好送到苍云峰面前，他反复看了几遍确定没问题之后，这才按了手印。

　　黄老二前前后后各种打点、各种赔偿花了一百多万，这笔账他都算在了苍云峰的头上，发誓要把苍云峰弄到绝望。

　　离开派出所后，苍云峰准备请欧敏君吃个晚饭，却被委婉地回绝了。她对苍云峰说道："我买了今晚去成都的火车票，明天回家看一看。你方便的话，就送我去火车站吧。"

　　"这个时间你回成都？会不会太晚了？"

　　"不会啊，现在高铁通了挺方便的，晚上我就在成都火车站附近找个地方休息一下，明天回老家。"

　　"你老家在哪儿？"

　　"在自贡。具体地说，是自贡下面的一个小地方，一个多小时就到了。"

"好吧。"苍云峰对欧敏君说道，"我送你去火车站，有空的话我再去柯拉乡看你。上车吧。"

欧敏君爬上那辆老旧的丰田80，坐在副驾驶时仍旧有些担心地说道："你一定要小心啊，看姓黄的就不是什么好人。其实我觉得你跟他和解就好了，你要他五万块钱，他肯定更记恨你了。"

苍云峰一边开车一边很无谓地说道："我多管闲事让他损失了一百多万，他弟弟也因此成了残废，这笔账他是迟早要算在我头上的。即便我不找他要这最后五万块钱的补偿，他也不会放过我，事已至此也没什么好怕的，就这样吧。"

欧敏君深深地吸了口气，道歉道："对不起，如果不是我和王少华在晚上拦你的车就不会发生这么多事了。"

苍云峰缓和气氛说道："释迦牟尼说过一句话：无论你遇见谁，他都是你生命中该出现的人，绝非偶然，他一定会教会你一些什么。所以我也相信：无论我走到哪里，那都是我该去的地方，经历一些我该经历的事，遇见我该遇见的人——若无相欠，怎会遇见？"

欧敏君听后，挤出微笑说道："好，我欠你的，我记住了。"

苍云峰想表达的真不是这层意思，只不过欧敏君误会了。

昆明高铁站，苍云峰目送欧敏君走进车站，自己点了一根烟默默地抽着。在烟雾中他又迷茫了，想不明白自己到底追求的是什么。

几年前，母亲患了胃癌，苍云峰向部队申请退伍回家照顾母亲，拿到的专业补贴都被病魔吞噬了。家里原本给他准备结婚的钱也都花在这胃癌上，最后人财两空，还欠了一屁股债。女友家嫌弃苍云峰没本事，逼着女友嫁给了一个小公务员，理由就是公务员是铁饭碗，不用担心失业。

这件事让苍云峰很费解，他想不明白为什么一个在边疆战功赫赫令阿三边兵闻风丧胆的兵王，竟不如一个小公务员有竞争力。

从那之后，苍云峰就像变了一个人一样，开始纵情享受当前的生活，至于未来……那不在他的思考范围内。

开车回到家看了一眼，自从母亲过世之后，父亲一个人生活了两年，后来在社区认识了一个岁数差不多的吴老太。吴老太的儿子在上海打拼，一年也回不来两次，在邻居的撮合下，两个老人凑到一起搭伙过日子。凑到一起之后，吴老太看不惯苍云峰，苍云峰不想让自己的老爹为难，主动搬到公司宿舍去住了。去年春节，吴老太的儿子带着在上海交的女朋友回家过年，老苍头还给了人家女孩子两千块钱当见面礼。

苍云峰从高铁站开车回家看了一眼，老两口正准备吃晚饭呢，见苍云峰回来，吴老太表面热情地放下碗筷问道："吃了没？没吃的话自己煮碗面吧，我俩不知道你要回来，没做你的饭。"

苍云峰面无表情地坐在餐桌边说道："我就是回来看看你和我爸，家里还缺点什么不？我发工资了，给你们买点儿。"

吴老太不带任何表情地说道："我和你爸岁数都大了，吃不了多少，你爸的退休工资就够我们花了，你赚的钱就自己攒着吧。也是时候找个对象考虑结婚了，要不你爸总惦记着是个事儿。"

老苍头对苍云峰说道："你吴阿姨也是为你好，你把这话听进去，二十好几的人了你就别挑了，差不多就行了。"

苍云峰掏出烟叼在嘴边应付着说道："我知道了，有合适的我会考虑的。我发奖金了，这次发的有点多，给你拿点儿用着。"

吴老太一听这话，急忙插嘴问道："发了多少啊？"

苍云峰很实在地说道："发了五万。"

"那刚好。"吴老太对苍老头说道，"咱大儿子昨天不打电话来说要买车差点钱嘛，先把这钱借给咱大儿子应个急。"

这些话让苍云峰十分反感，吴老太口中的"大儿子"是她自己的亲儿子，老苍头也知道心疼自己的儿子，支支吾吾地说道："云峰的钱还得自己攒着买房呢……"

"怕啥啊？先借给咱大儿子用着，大儿子在上海混得不错，每个月都有八九千的工资呢，云峰结婚的时候他能还回来。"

苍云峰抽着烟低声说道："这钱不是全给我爸的，我自己还要用呢。我过来就是看看我爸缺点啥，缺什么我去买回来给你们，既然你们有吃有喝那我就不操心了。"说完之后，苍云峰把溪玥前几天给他的现金拿出来两千放在桌面，对老苍头说道："这钱你拿着买点好烟抽，别成天抽那几块钱一包的烟，辣嗓子。都到你这个岁数了，好好享受生活吧，别什么都节省了，该吃吃该喝喝，我结婚买房还早呢。再说了，这老房子我重新装修翻新也能当婚房。"

吴老太听到这话有点急了，问道："你要是结婚用这套房子，那我和你爸住哪儿啊？"

苍云峰皱眉看着吴老太说道："你和我爸凑一起之前，不是自己还有一套房吗？这几年你住我爸的这套房，过两年我结婚了，我爸搬过去住你的也合情合理啊。"

老苍头叹息解释道："云峰啊，你可能不知道，你吴阿姨的儿子在上海买房交首付不够，然后你吴阿姨就把自己的房子卖了。现在你吴阿姨没房子了，上海的房子贵，月供高，现在你吴阿姨的退休金都要帮大儿子还还贷款什么的，我俩生活也就省着点了。等你结婚的时候，我们再想办法，看看是把这套房给你还是再凑钱给你买套新的。"

吴老太的脸当时就耷拉下来，带着情绪问道："云峰结婚不能用我们的房子啊，房子给他我们去哪儿住？年轻人得为自己的未来负责，你好意思啃老让你爸给你腾房子结婚吗？"

苍云峰叼着烟讥笑道："吴阿姨，您儿子怎么就好意思啃老，让你卖房给他付首付呢？付了首付后贷款都得要你救济？你这儿子算不算啃老啊？"

吴老太气"啪"的一下就将手里的筷子丢在了桌面上，那眼泪说来就来，对着老苍头就是告状道："老头子你看你儿，这不是存心回来气我的呢？你说我容易吗？我每天给你洗衣做饭的伺候你，他不说我声好也就算了，还在这儿说这些，这日子还能不能过了？"

第25章　是个纯爷儿们

　　苍云峰面带微笑地看着吴老太小丑一样的演技，满脸的不屑，他起身对老苍头说道："这钱你自己收好，买好吃的时候别光顾着自己吃，也分给吴阿姨一点，毕竟人家给你洗衣服做饭挺辛苦的。不过话说回来了，她好像也没付给你房租，你也活了五十多岁了，吃亏还是占便宜你自己琢磨着来，我走了，过段时间再回来看你。"

　　老苍头无奈地摆手，示意苍云峰快点忙自己的去。

　　苍云峰打了一个响指，潇洒地把手插在裤兜，然后话里有话地说道："老爹啊，别犯傻，都到这个岁数了闹个人财两空可真不值得。走了，家里缺啥和我说，我买了给你送来。"

　　说完，苍云峰转身走向门口，他想不明白为什么两个老人没凑到一块的时候，看这个吴老太也没那么势利那么讨厌啊，为什么现在住到一起才半年，就觉得这个老太太像变了一个人一样。

　　在苍云峰走后，吴老太气得也丢下碗筷不吃了，还向老苍头哭着抱怨道："你就没把我儿子当成是你自己的儿子，我都跟你一起过日子了，你这样做合适吗？大儿子买车差点钱，你没有办法也就算了，云峰这不是发奖金有钱了吗？你借过来用一下怎么了？又不是不还给他，都是一家人，你至于这么计较吗？"

老苍头轻叹说道："云峰那钱都是怎么来的你不知道吗？每次出差都是高风险，说是九死一生都不为过。你看他那右手又包扎起来了，我都不忍心问这次又怎么受的伤，他那点钱就让他自己攒着用吧。我不是已经把我的退休存款都给咱大儿子拿去买房了吗？你还让我怎么做啊？现在工资卡都给你保管了，你还不知足啊？"

"我不管，大儿子买车，你再弄五万块钱去。"

"我去哪儿给你弄这五万块钱啊？"

"你去借，应急而已。"

老苍头无语到了极点。

苍云峰离开家之后并没有回公司，主要是这个时间回去食堂也没吃的了，现在手里有钱了，他也准备好好犒劳一下自己，于是把车停在小吃街附近，从街头扫到结尾，这一趟走下来吃得也差不多了，那种感觉，倍儿爽。

吃饱喝足，又找了一家酒吧开了卡，桌面上的酒水价值决定了一会儿会有多少妹子来凑近乎，这是经验之谈。

玩到一半的时候，申东旭带着几个姑娘也来着消遣，就坐在苍云峰的斜后方。这让苍云峰想起了因为自己的冲动导致他下跪道歉的事。讲真，苍云峰还是挺佩服申东旭的，就替朋友下跪磕头认错这件事，刷新了他对申东旭的认知。

申东旭的确是眼高于顶，看谁都不如自己，很多人都因此不喜欢他，但是替下属扛事并且下跪，这也的确是纯爷们才能做出来的事儿。

想到这些，苍云峰叫了服务生给申东旭那边送一个酒塔，价值3888元，也算是个能拿上台面装范的东西了。

安排完之后，苍云峰起身去了洗手间。从洗手间出来的时候看到申东旭的桌面上已经多了一个酒塔，而申东旭还在四处张望寻找送酒塔的人。

　　桌子上放了酒塔自然吸引妹子，没过多久，去申东旭那边敬酒加微信的妹子越来越多，这惹得其他酒桌的人有些不满。毕竟大家都是来酒吧泡妞的，凭什么申东旭那桌的妹子就特别多？

　　既然有了不满，就肯定会有人挑刺，一个喝得微醉的男子过去找麻烦，指着申东旭身边一个女孩说道："妹子，来哥这桌喝几杯？"

　　这看似在和妹子搭讪，实际上是对申东旭的一种挑战，尤其是当时申东旭还搂着这个妹子的腰呢。申东旭的跟班高继伟看到了拍马屁的好机会，抓起桌面上一个酒瓶指着男子问道："去你妈的，瞎吗？当我们这桌没爷儿们啊？"

　　这个挑衅的动作给对方抓到了打架的借口，男子那一桌十几个人全围了上来，申东旭这边除了他和高继伟之外，就是两个一队的后勤保障司机，属于没什么战斗力的。对方仗着人多势众再加上酒精的刺激，都想在美女面前表现一番，一言不合就开始动手。

　　申东旭体力倒是好，一人招架两三个不成问题，但其他人就不行了，分分钟就被围殴起来。

　　苍云峰坐在一边抽着烟默默看着这一幕，他手里的烟还剩下三分之一，看着申东旭几个人被揍得那么惨，实在忍不住摇头了。于是右手的拇指和食指捏着烟屁股，潇洒从容地起身，一边走向申东旭那桌，一边顺手从隔壁桌抄起一个酒瓶……

　　混乱中，闪烁的灯光下没有人看清楚苍云峰是怎么动手的，看到的只有那一个个倒在地上痛苦哀号的人，转眼间十多个人没有一个能站起来的。再看申东旭这边，被打得有点惨，两个司机都挂了彩，申东旭的眼角紫了一大片，嘴角还带着血迹。最惨的就是高继伟了，只能用"鼻青眼肿"来形容，比中了"面目全非脚"的秋香都夸张。

　　酒吧看场子的人过来时打斗已经结束了，他们观察了一下，申东旭这边酒桌上放着酒塔呢，算是酒吧的高消费VIP客户，而另外那边就是几打啤酒，明显是消费实力不足的。这些看场子的人很快就站在了申东旭这边，又安慰道歉又送果盘的，希望申东旭别计较不要报警，他们会处理的。

对这种营业性酒吧来说，他们最不愿意看到的就是打架斗殴惊动警察，严重的话会让他们停业整顿。

打完架，苍云峰默默地离开，深藏功与名。申东旭看到苍云峰的背影，心里有一种说不出的感觉，好像是错过了什么，又有点固执的倔强。

回到公司已经是十一点半了，狗哥刚刚从狗舍巡查回来，对苍云峰说道："今晚给黑背准备了一斤生牛肉，切成小块送过去的，黑背分分钟就吃完了。"

苍云峰伸了一个懒腰说道："以后不用切，直接一整块丢给它，它能吃就吃，不能吃就饿着。"说到这里，苍云峰突然想起自己还欠着狗哥的钱呢。他直接掏出手机转给狗哥一万块钱，说道："之前欠你的三千先还给你，剩下的七千块钱给黑背买肉。先吃生牛肉，适当的时候把牛肉带点血丢给黑背。"

"你这是想把黑背当狼养啊？"

"它本来就有狼的血统，训练它的野性也没什么不好。"

"对了，今晚钱总来寝室找你，看到你没在就走了。他让我转告你明天上午去找他一趟。"

"嗯，知道了，先睡觉，有事明天说。"

次日清晨，天空下起了小雨，很多人都选择在公司的健身房内做晨练，顶着雨在操场跑步的人并不多，但苍云峰就是其中一个。他喜欢将自己融入自然环境中锻炼，这样才能在执行任务的时候更好地适应。

他曾经在西藏边境当兵，在班公错边殴打"阿三"时，那都是一门心思地想整死对方，除了不能动用武器之外，狗链子、狼牙棒、石头……哪能说因为下雨就暂停群殴？

晨练结束后，苍云峰回到宿舍冲了澡，吃完早饭就去找钱老板了。

钱老板的办公室内装修简单，没什么花哨的配置，毕竟钱老板把钱看得很重要，即便是对自己，也是很节省的。

苍云峰坐在写字台前面的椅子上，随手拿起钱老板放在桌面的烟抽了一根点燃，靠在椅背上问道："找我干什么？"

钱老板满脸无奈地看着苍云峰说道："你勒索了黄老二几万块钱？"

苍云峰抬起右手问道："什么叫我勒索他？黄老三拿刀刺穿我手掌，这不得赔点钱啊？我没起诉他就已经很给面子了好吧，五万块钱很多吗？我这至少是个轻伤，持管制刀具给我造成轻伤，那至少是三年起的有期徒刑，我已经很给他面子了。"

钱老板皱眉，脑门上出现了一个"川"字，心情复杂地看着苍云峰问道："你觉得黄老二的钱那么好拿吗？你想过后果没有？"

"想过。"苍云峰抽着烟淡定地说道，"我把他弟弟打成残废了，就算我不开口要这五万块钱，他也不会放过我，横竖都是死，我为啥不要这钱呢？"

"你糊涂啊，你不要这五万块钱，我还能找找人托托关系帮你谈一谈。现在你等于是把自己的后路给堵死了，得罪黄老二那样的人，你能有啥好果子吃吗？"

"我就没想过有什么好果子吃。"

钱老板特别无奈，对苍云峰说道："算了算了，和你讲不通这道理。你把那五万块钱给我，我想办法把钱给黄老二还回去，然后看看能不能让你道个歉赔偿点什么，这事儿就这么过去吧。"

"不用，我没打算把钱还回去，何况也还不回去了，昨天就花了一万多享受去了。这事儿你别操心了，我没把黄老二放在眼里。"

钱老板看着苍云峰说道："我实话和你说了吧，黄老二昨天晚上就安排人来找我了。你要是不处理好这件事，我就没办法留你了，你得走。"

"什么意思？"

"荒野俱乐部不敢再留你了，你另寻其他出路吧。"

这次苍云峰算是听明白了，他用手指着自己的鼻子问道："你的意思是要开除我？让我滚蛋？"

第26章　劝退苍云峰

钱老板也靠在了椅背上，仰望着天花板说道："不是我想让你滚蛋，是我留不住你了。得罪黄老二以后麻烦会很多，你既然不想好好解决这件事，那你就走吧。算是为了公司着想，你别让我为难行吗？"

"你为什么那么惧怕黄老二？"

"是你不了解他们兄弟三人都是干什么的！黄老大是搞房地产开发的，认识不少大领导，关系摆在那儿呢。黄老二是搞娱乐的，开了好几家KTV、夜总会什么的，黑白都有人。黄老三是做二手车的，专门搞事故车、套牌车去卖，他为什么能做这些生意，我不说你也懂吧，上面有人罩着啥都好办。我不想给自己惹麻烦，也请你高抬贵手放过我、放过其他同事吧，毕竟我们都还要赚钱吃饭。"

苍云峰起身说道："行，我走，给我几天时间行不？我找到合适的房子就搬出去，宿舍再给借我住几天。"

钱老板见苍云峰答应离开，他终于松了一口气，对苍云峰说道："怎么说你都跟了我三年了，宿舍多住几天肯定没问题。以后不管你在哪儿，需要帮忙的时候打个电话，当哥哥的还是会照顾照顾你的。"

苍云峰笑了笑没多说什么。钱老板的嘴巴是超级厉害的，和他聊天你会觉得他是世界上最仗义的人，但真的做起事来，你得把钱送到位，他才跟你仗义，送不到位，他都不带承认自己认识你的。

苍云峰离开钱老板的办公室回宿舍收拾东西，这一幕被狗哥看到了，随口问道："干啥？大扫除啊？"

苍云峰苦笑道："守财奴把我开除了，我收拾一下东西准备搬走了。"

狗哥压根儿就没相信苍云峰说的话，递给他一根烟说道："下雨天能不能开点靠谱的玩笑？守财奴开除你？他舍得开除你吗？你不在公司了，以后高原探险的单子给哪个队接？"

"哪个队都能接高原探险的单子，你可别把我太过神化了，大家都是普通人，公司没了谁都一样运作。"

狗哥还是不相信，点燃了自己唇边的烟说道："咱不说别的，公司有几个领队能进入海拔四千五百米的羌塘，在里面生活超过一个月的？一个巴掌都数得过来，守财奴他能不知道你的价值？"

苍云峰也点燃了烟，坐在床边看着狗哥说道："狗哥，真没开玩笑，守财奴真的把我开了。"

狗哥见苍云峰如此认真，这才有一点点相信，看着他问道："为啥啊？守财奴的脑袋犯浑了？"

苍云峰抽着烟，低声说道："因为我把黄老三打成了残废，黄老二要打击报复我吧。守财奴不想受到牵连，把我劝退了。"

狗哥瞪着大眼睛，愣了足足三十秒："你真的被劝退了？"

苍云峰点头。

狗哥当时就不淡定了，低声骂了一句，起身走出宿舍。他和苍云峰在一起住了差不多三年的时间，苍云峰是什么样的人他太清楚了。如果说苍云峰犯了错被劝退也就算了，因为伸张正义教训了恶人，老板怕报复劝退苍云峰，狗哥是第一个不同意的。

狗哥走后，苍云峰一边收拾东西一边哼着小曲，对被"劝退"这件事，他是一点儿都没觉得悲伤，天下之大还愁自己没地方容身吗？

最主要的是，苍云峰是有一身真本事的。

没多久，苍云峰被守财奴"劝退"的消息就在公司内部传开了，这在公司引起了不小的轰动。毕竟苍云峰是"荒野俱乐部"神一样的人物，三年不到的时间，六次带队穿越阿尔金山、可可西里、羌塘三大无人区；在素有"死亡之海"的罗布泊找到失散队友并安全将人带出来；单人单车在N39塔克拉玛沙漠规划路线，埋汽油、埋补给为后续车队开路……

要说苍云峰的故事，三天三夜都说不完。

而此刻苍云峰被"劝退"了，大家首先想到的就是苍云峰和一队队长申东旭发生的过节，甚至很多人认为，守财奴把苍云峰"劝退"就是为了安抚申东旭，是在给他出气。

因此，有很多人对申东旭另眼相看了。

针对苍云峰被"劝退"这件事，大家众说纷纭。九队的人听说这件事后，集体"爆炸"，最先发飙的是九队的厨师小胖，他直接在公司的大群里面@钱老板，特别直爽地说道：你给我们九队一个合理的解释，凭什么劝退峰哥？没有一个合理的解释，老子也不干了。

九队的其他人见小胖在群里发这样的信息，仿佛受到了鼓舞一样，纷纷在下面力挺小胖，要求钱老板给一个合理的解释。

另一边，一队的人看到老板要开除苍云峰的消息，都高兴得手舞足蹈。尤其是高继伟，凑到申东旭面前说道："这个王八蛋终于遭报应了，开得好，这就是和你装范的下场。"

申东旭听着高继伟的附和，沉默着一句话都没说。

钱老板受不了舆论的压力，给溪玥发了信息，让她到办公室来。看到信息的溪玥已经猜到钱老板找她要说什么了，所以在进入钱老板办公室时她就摆明了态度，对钱老板说道："你别想借我的手来掌控九队队员的嘴，嘴长在他们身上，他们说什么我没办法干涉，言论自由的时代，你别搞什么'禁言令'。"

钱老板无奈地说道："溪玥啊溪玥，你帮我分分忧好不好？你看现在公司群里面发的都是什么消息？我作为一个老板，我连开出一个员工的权利都没有吗？他们这是干什么？想造反吗？逼宫吗？我还真不吃这一套。"

溪玥坐在椅子上跷着二郎腿，双手抱在丰满的胸前很无谓地说道："你吃不吃这一套是你的事，与我无关！如果你坚持要我管理九队的人不要帮苍云峰说话，那我做不到，你要是觉得我能力不行，就顺便把我也劝退了吧。"

"你……"

钱老板被气得说不出话来。

溪玥深深地吸了口气，对钱老板说道："我客观地讲一句，这事儿你做得忒差劲了。苍云峰在公司两年多，做过多少贡献我不说你自己心里清楚。我不知道姓黄的给你什么好处了，让你做出这样的决定，但是我真的鄙视你。"

说完，溪玥起身向外走去，走到办公室门口的时候，她停住了脚步转过头对钱老板说道："我劝你最好三思后行，没有了苍云峰，九队也就失去了灵魂与信仰，一支没有灵魂与信仰的队伍，还能走多远呢？"

钱老板陷入了沉思，他是真的没意识到苍云峰在九队有这么高的人气。

黄老二的确是找到了钱老板，他要求钱老板辞退苍云峰，给出的条件是交个朋友，以后有事相互照顾。

钱老板觉得黄家三兄弟有钱有势，认为这是一次高攀的好机会，所以他毫不犹豫地就答应下来，觉得用苍云峰换来黄家人的交情是一件很值的事。

现在看来，钱老板有点怀疑自己的决定了，但他仍旧没有后悔的意思，毕竟公司有十几支探险保障队伍，九队只是其中一支。苍云峰的个人能力固然很强，但"个人能力强"与"强大的关系网"相比，又显得那么微不足道了。

公司内部群舆论高涨，如果再不处理恐怕会有问题，想到这里，钱老板在群里发了一条消息：谁想知道为什么劝退苍云峰就来大会议室，我给你们一个合理的解释。

公司的人看到这个消息纷纷冲向会议室，大家都很好奇苍云峰究竟犯了什么错。

而钱老板也做好了割舍的准备，不就是一个"九队"嘛，大不了整个队伍都不要了。公司十几支队伍，缺少一个九队也没什么大不了。

第27章　惊动了大股东

　　当钱老板走进大会议室的时候，意外发现过来凑热闹的人还真不少，至少有五六十人。此时此刻，他有点后悔了，没出去执行任务的团队太清闲了，就应该每天把训练安排得满满的。现在可倒好，人都来了，他也不能把人赶出去。

　　在会议室最前排坐着的，都是刚刚执行任务归来的九队成员。全队一共有十三人，除了苍云峰，其他十二个人全都到了，随队厨师小胖情绪最为激动，他表现得相当激进，见到钱老板就嚷嚷着要给一个说法。

　　钱老板走上台的时候，瞄了一眼坐在第一排的溪玥，示意她阻止小胖的吵闹。但溪玥对钱老板的暗示视而不见，任由九队的人起哄。

　　钱老板走上台，拿着麦克风，清清嗓子说道："大家都安静一下，我知道你们在讨论什么。关于苍云峰被开除的事，我想解释一下……"

　　话才说到这儿，小胖直接站在凳子上指着钱老板说道："今天你要是不给一个合理的解释，老子就他么不干了。"

　　"对，我也不干了。"

　　"必须给一个合理的解释，凭什么把我们九队的人说辞退就辞退？"

"峰哥做错什么事了？凭什么开除？"

"要个解释。"

"……"

大家七嘴八舌地嚷嚷起来，台上的钱老板抬起手做了一个噤声的动作，然后解释说道："大家请安静一下，我来解释为什么要辞退苍云峰。首先，苍云峰在公司工作期间，屡次不服从安排擅自离岗，造成了极其不好的影响。第二，苍云峰闯入一队的宿舍企图殴打同事，大家也是有目共睹的，这是严重的违纪行为。为了整顿风气，这种行为必须要得到严惩，我们……"

"钱老板！"溪玥打断钱老板的话说道，"你要是撒谎就没意思了，你辞退苍云峰的真正目的不是因为苍云峰得罪了姓黄的吗？我不知道你是收了姓黄的钱，还是怕姓黄的打击报复，总之这才是你辞退苍云峰的真实原因。你既然都做了，有什么不敢承认的？"

钱老板的脸色瞬间变得惨白，直到这一刻，他才意识到自己低估了苍云峰的影响力。溪玥敢把话说到这份儿上，就证明她是要为了苍云峰跟他闹个鱼死网破。好在钱老板早有心理准备，为了高攀黄家的关系，整个九队他都可以割舍。所以面对溪玥的逼问，钱老板故作镇定地说道："开除苍云峰是公司经过深思熟虑的决定，原因有很多，我只挑了主要的说。如果你们觉得公司的哪个决定让你们不满意了，让你们心寒了，你们也可以走。"

顿时，整个会议室安静了，很多人是抱着来看热闹的心态，他们并没有想跟着起哄维护苍云峰，真正维护苍云峰的只有九队这些人。

溪玥面无表情地看着钱老板说道："行，既然你这么说了，我也不问你究竟为什么辞退苍云峰。你是老板你说了算，我现在正式通知你，我裸辞。"

"还有我。"九队的厨师小胖指着钱老板说道，"你别以为我不知道你为什么辞退峰哥，峰哥为了柯拉乡的一个孩子得罪了姓黄的……"小胖一口气把自己知道的事当着众多同事的面说了一遍，然后对钱老板说道："没有峰哥的九队是没灵魂的九队，我们宁愿跟着峰哥东山再起也不跟你玩了。"

钱老板指着小胖吼道："反了你们啊，我少了你们九队公司就要垮吗？谁惯着你们的臭毛病？爱干不干，你们九队还有谁要辞职，一起说。"

瞬间，九队的其他人都站了起来，动作整齐划一特别有气势，包括副领队老唐。与此同时，一队的队长申东旭也站了起来，他看着台上的钱老板说道："老板，我劝你慎重考虑，苍云峰虽然为人桀骜不驯不服管教，但这并不影响他是一个难得的人才。如果你将他辞退，是我们整个公司的损失。"

在场的人都没想到申东旭会主动为苍云峰说话，这是什么意思？

有人猜测是申东旭想借此树立自己的形象，也有人认为是申东旭被苍云峰打怕了，还有认为是申东旭亏欠苍云峰什么，以此来讨好苍云峰……总之，看热闹的人都认为申东旭另有所图，却没有人看得到他讲义气的那一面。此时此刻的申东旭为什么会帮苍云峰说话？是因为昨天晚上苍云峰在酒吧帮他出手，这一举动是出乎他预料的，或多或少有点感动，甚至觉得自己欠了苍云峰一个人情，干脆借此还了吧。

人性的险恶就是只能看得到别人的坏，却不愿意承认别人的好。

九队的副领队老唐算是跟着钱老板一起创业的老人了，荒野俱乐部注册那天他就在了，是元老级别的大人物。其他一同创业的人早就拿股份当甩手掌柜了，但老唐是真的热爱户外、热爱荒野。身为荒野俱乐部大股东的他开口对钱老板说道："老钱，这事儿暂且放一放，作为公司的股东，我不同意你开除苍云峰和解散九队的决定。我提议让公司董事会做决定。"

钱老板指着老唐问道："老唐，你和我对着干是不是？"

老唐走上台，站在钱老板的身边拍着他的肩膀说道："老钱，你现在情绪有点激动不稳定，做出的决定欠佳思考。我不是和你对着干，我也是公司的一个大股东，我也是本着公司越来越好的想法才劝你的。"说到这里，老唐对溪玥等人说道："大家都少安毋躁，回去冷静一下，这件事一定会给大家一个交代，都散了吧、散了吧。"

会议室这边吵得火热，苍云峰却全然不知，自己在宿舍已经把衣服什么的都装在拉杆箱内，等找到房子后随时可以搬走。

狗哥回来看到苍云峰已经收拾得差不多了，对他说道："你还没得到消息吧？"

"什么消息？我一直在收拾东西，发生什么事了？"

"九队因你被辞退这件事，全体表态要随你一起离职，老唐以公司股东的身份劝守财奴不要冲动，还要求召开董事会讨论这件事。你的劝退暂时被挡下来了。"

苍云峰听得一愣一愣的，问道："溪玥带队逼宫老唐？"

狗哥摇头说道："不是带队逼宫，更像是大家自发的，你在九队的影响力真无人能及。对了，申东旭还替你说话了，这有点奇怪，出乎了所有人的预料。"

苍云峰听后笑了笑，没做什么评价，仍旧继续收拾着自己的东西。

狗哥坐在一边默默地看着苍云峰，两个人陷入了沉默。苍云峰忙乎了整个上午，才算把属于他的东西收拾完，至于去留……他已经看淡了。

有一种感觉叫：心寒。

守财奴的办公室内，荒野俱乐部的几个投资人都到齐了，针对辞退苍云峰这件事展开了讨论。守财奴钱老板也是直言不讳地对其他几个股东说道："苍云峰把黄老三打成残废，黄老二现在放出话来要报复苍云峰，我们公司没有必要掺和进去。的确是黄老二找到了我，他希望我辞退苍云峰，算是卖他个面子。黄老大是做房地产的，黄老二是开KTV、夜总会、迪厅的，能做这行的人都是黑白通吃的，得罪这种人对我们没任何好处。不如就辞退苍云峰趁机卖个人情，对我们公司以后的发展也是好的。"

马上有股东附和着点头，认为从公司的角度考虑，钱老板这么做并没错。

也有反对意见，老唐就是一个代表，他分析道："姓黄的几个兄弟能不能给我们带来什么价值暂且不谈，这都是虚的。我们就谈眼前的，苍云峰的个人能力有多强，你们是有目共睹的。三年时间他几次带团进入无人区？几次救援？他对高原无人区的情况了如指掌，有他在，我们可以更好地开发西藏大北线以及羌塘无人区的项目，苍云峰走了，九队散了，哪个队还能接这种项目？"

钱老板反问道："哪个队不能接这种项目？我十三个队伍都是好样的，不是离开他九队就活不下去。"

老唐反驳道："你看一下公司去年的收入明细，的确是十三个队伍都没闲着，都在给公司创造收益，但一个九队创造的收益，是其他十二支队伍的总和。在这种情况下你把九队弄没了，等于公司失去了一条腿。"

"九队之所以创造这么高的收入，是因为我们把高端客户都分给了九队。"

"那是因为你心里清楚，只有九队去服务这种高端客户，才能确保万无一失。"

两个人争吵得十分激烈，谁都不服谁的那种。

这时，另外一个股东开口说道："消消气、消消气，我们也都听出来了，你们俩争吵的根本都是为公司考虑，都希望公司能有更好的发展。"

老唐点了一根烟说道："你们也看到了，我没有为苍云峰个人说话，我是站在公司的利益考虑的。如果我站在我和苍云峰的个人交情上来表态，我更是不希望开除他。既然我现在坐在这个办公室和大家开的是董事会，那我就一定是以公司的利益为出发点，考虑公司的得失。"

另外几个股东纷纷点头，其中一个年长的女人说道："钱大哥，这次我站在老唐这边，我支持老唐的做法。我总不能为了一些虚无的承诺就自断财路，去年的确是把重点高端的客户都安排给了九队，但是我们也不得不承认，这么做的原因是因为九队有溪玥、有苍云峰，论综合实力，十三支队伍中，没有能超越九队的。我们不管姓黄的他们三兄弟是做什么的，我们要管的是自己的腰包，你们觉得对吗？"

说话的女人是公司最大的股东，个人占股就有51%，说白了，连钱老板都是给她打工的。

其他几个人见最大股东都表态了，再争论下去也没什么意义了，劝退苍云峰这件事就暂时搁浅了。

第28章　背后的交易

当天晚上，黄老二约钱老板去他的酒吧喝酒，主要目的还是关心劝退苍云峰这件事的进度如何了。

钱老板十分无奈地叹息道："二哥，我不是不办事，是压力太大了。你也知道我在公司名义上是老板，实际上还不是给几个大股东打工的。赵姐不松口我也没办法，开除苍云峰这件事有点难办。"

黄老二晃动着手里的红酒杯，点头说道："理解你的难处。我就好奇问一下啊，这个苍云峰在你们公司很牛吗？"

钱老板靠在椅背上解释道："说是公司的NO.1也不为过。"

黄老二点头道："你这么说我就明白了。把一个公司的骨干精英开除的确需要适合的理由，但是我弟弟被苍云峰打成了这样，先不说医疗费花多少钱，就算我把钱花了，三弟以后的行动也是有影响的。这口气我肯定咽不下去，弄他是迟早的事。"

钱老板拿起酒杯说道："二哥，喝酒、喝酒，你和他之间的过节与我无关，也和公司没关系，公司不会出面干涉的。我个人也不知道你要对他做什么，你从来没和我说过，咱们也没见过面。"

黄老二听后，微笑着和钱老板碰了碰杯，问道："苍云峰家里还有什么人吗？"

"他母亲前几年癌症去世了，父亲又找了一个新老伴在过日子。他还有个妹妹，在艺术学院上大学，具体学什么就不知道了。"

黄老二点头说道："干杯。"

公司内，苍云峰被保下来的事已经传开，大家都认为是老唐的功劳，想一想也算合情合理。老唐和苍云峰一起外出执行过很多次任务，彼此也都熟，再加上老唐是公司的股东，在会议室反对守财奴，力挺苍云峰和九队，这些都证明是老唐留住了苍云峰。

苍云峰对老唐一直都很敬重，并不是因为老唐是股东，是副领队。他敬重老唐是因为老唐这个人特别实在，在荒野执行任务的时候，老唐永远都是全队起得最早、睡得最晚的那个人，他甚至比负责餐饮的小胖都早半个小时起床，烧开水、给车加油、巡视营地等等，他做这些不是为了邀功也不是为了炫耀，就是他愿意为队友多承担一份责任，多付出一份辛苦。

老唐脾气随和，从不会发火。论荒野资历，他比队伍中任何一个人都深，就是这样的一个人，甘愿当九队的副领队，当溪玥的下属。

苍云峰的生活依旧，在没有出行任务的时候，大家基本上都很清闲，除了日常的体能训练就是各种专业知识的学习。

这天下午，苍云峰闲着没事，把九队一辆排量为3.5T的猛禽拆了，纯属手痒没事干。

当溪玥来到车间，看到变速箱、分动箱、发动机都脱离车身的场面，差点被气过去。她单手叉着腰，指着趴在车底的苍云峰问道："你又在瞎折腾什么呢？好好的一台车，你非得给它拆成零件才开心吗？"

躺在车底的苍云峰右脚用力蹬了一下，身下滑板车将他的身体送出了车底。他的脑袋从车头前探出来，看着高高在上的溪玥解释道："这不是闲着没啥事熟练一下业务嘛，拆装几次就知道这车都……"

说到这里，苍云峰就说不下去了。因为今天溪玥穿的是短裙，而躺在车下的苍云峰自下往上看去，刚好看到了溪玥的白色小裤，看得眼睛都直了。

溪玥也发现苍云峰的眼神不对劲，抬起腿就踢向苍云峰的头。苍云峰反应十分机敏，躺在滑板车上"嗖"一下缩回车底了，还狡辩说道："你不要这样光明正大地诱惑我行吗？大家都那么熟了，你让我怎么下得去手？"

溪玥真的是要被这个无赖气死，对苍云峰说道："起来，换身衣服，守财奴安排一小时之后去接一批客人谈个单子。"

听到有单子，苍云峰马上从车底爬出来问道："什么客人？什么样的单子？"

"要去羌塘采风的队伍，具体什么人我也没见到，约了一小时之后来公司，守财奴让我们亲自去谈单子做报价。老唐不在，只有叫着你一起去了。"

苍云峰爬起来说道："没问题，我回宿舍洗漱一下，马上过来找你。"

溪玥提醒苍云峰说道："加油啊，尽量谈下这个单子。这种去无人区拍摄野生动物的都是有钱人，争取再做一个大单子。"

苍云峰心里也清楚，那些扛着"长枪短炮"到无人区拍摄野生动物的都是装备党，一个镜头都要大几万甚至十几万，而且镜头是准备着好几个，相机也是带了好多部。带这样的队伍去羌塘，开价太低人家都会怀疑队伍是否专业，而且这种大客户单子的提成都是很高的。

他回到宿舍洗了澡，换上衣服和溪玥碰头去见客户。

一小时后，苍云峰和溪玥两个人出现在接待室内，客户们如约而至。一共来了四个人，一对姓宋的年迈老夫妻，看起来大概有六十多岁的样子，除了老夫妻之外还有一个四十多岁的男子，据说跟随老夫妻也有五年的时间了。平时帮老夫妻开开车，外出摄影的时候帮忙提一提装备。另外是两个不满二十岁的孩子，刚刚高考结束有时间出去亲近大自然，这两个孩子是亲兄妹，一同出生的龙凤胎，也是老夫妻的孙子和孙女。

宋老对苍云峰和溪玥说道："我是听朋友介绍说你们荒野俱乐部做高原自驾这一块很专业，所以带着一家人亲自从北京飞过来和你们面谈，你们听说过勒斜武担湖吗？"

苍云峰微笑说道："当然。"

宋老继续问道："那你们听说过李聪明吗？"

苍云峰点头说道："李先生生于1968年，自行车长途旅行者，说他是中国骑行第一人也不为过，常被车友称呼为李哥。1989年李先生骑行西南六省，1993年骑行东部十六省，2001年开始一边打工一边骑行全中国，自行车辙遍及中国三十一个省市自治区。2014年7月，李先生完成羌塘无人区西线纵穿。2014年10月4日，他从西藏日土县界山达坂出发再次穿越无人区后失联，前几年被北京老男孩车队发现丢弃在勒斜武担湖边的自行车，还找到了他的相机、内存卡、笔记等等。"

听到这些，宋老有点激动了，他看着苍云峰说道："好、好啊，你知道这些太好了。不瞒你说，我这次去羌塘拍野生动物，更想去勒斜武担湖边看一看老朋友，哪怕是看一眼他的自行车也行。这一趟费用要多少钱，你们开个价吧，我就选你们了。"

苍云峰看了看身边的溪玥，她略带担心地提醒宋老说道："宋老您好，在谈价钱之前我们要做一个简单的风险评估，要问一些问题，希望您能如实回答。在提问的时候我们会有现场录像，您看方便吗？"

宋老点头道："没事，你问吧，可以录像。"

溪玥打开了一台录制视频的装备放在一边，然后拿出了一份提问表开始做评估："您的身体有做过什么大型手术吗？尤其是心脏搭桥这种？"

宋老自信地说道："没有的，我身体好得很，我和老伴都是定期体检。"

溪玥继续问道："您有过高海拔生活的经历吗？如果有，请详细说明是几次，时间具体是多久……"

类似这样的问题，溪玥问了很多，做了一个全方面的评估，最后得出结论，对宋老说道："如果之前您回答的全部都是真实的，我们可以接这个单子，满足您到勒斜武担湖祭奠好友的心愿。接下来可以说一下您的具体想法，然后我们沟通一下。"

宋老说道："孙子孙女放假刚好带着他们去一趟荒野感受一下，我的具体要求就是由你们带路负责找到李聪明的衣冠冢。到了勒斜武担湖边，我想在那儿住三天以上，拍一下野生动物，我们毕竟没有经验，还请你们多费费心。"

宋老的小孙女宋欣然说道："我要每天都有热水洗澡，一个人住一间帐篷。"

宋老笑呵呵说道："好，没问题，满足你的要求。大孙子，你呢？你有什么要求？"

男孩一脸无所谓地说道："吃的别太差就行了。"

宋老听后，对溪玥说道："吃住条件不能太差，另外我们五个人有自己的越野车，是一辆途乐Y62。"

溪玥面露难色，分析说道："这辆车的四驱系统不错，但前提是要换上越野轮胎，至少也是AT。至于在高原上洗澡，这绝对不是什么好的选择，尤其是在无人区里面……"说到这里，她就停顿下来，没有继续往下说，把目光投向了苍云峰。制定路书还是苍云峰更擅长，毕竟他在西藏当了五年的侦察兵。

此时的苍云峰正在沉思。

第29章 拿下订单

苍云峰察觉到溪玥把问题抛给自己之后，很沉着淡定地说道："行，我满足你们的要求，吃的不会太差，自己住一间帐篷，然后每天晚上能洗热水澡。"

宋欣然开心地说道："那我暂时没什么别的要求了。"

苍云峰打开了投影，将卫星地图投在了背景板上，拿着红色的激光笔打在了拉萨的位置，开始介绍道："宋老，我先大概给你们制订一个出行计划，高原无人区自驾游并不是去旅游景区游玩，什么都有。首先，保障这一块分两部分，其中一部分就是我们的后勤物资保障，另外一部分是您的自身保障。考虑到您已经有两年没进入过高原地区生活了，所以我要求您带着您的家人尽快出发去拉萨，在拉萨休整一段时间。"

宋老的孙子宋毅很不理解地问道："为什么要让我们在拉萨休整一段时间？"

苍云峰解释道："拉萨的海拔是三千六百米，你们从平原到高原地区需要有个适应的过程，其实最好的过程是自驾过去。但考虑到我们时间不是很多，所以建议你们先飞到拉萨至少适应一个星期，这一个星期你们不能戴吸氧器，住酒店不能使用制氧机，首先要身体克服高原缺氧，一周之后我会安排车接你们到双湖县，在那里停留至少三天的时间。双湖县的海拔是四千八百米，而勒斜武担湖边的海拔是四千九百米，实际上我们从双湖县出发之后，海拔都在五千米左右。若你们在双湖县适应了高海拔，那么接下来就不怎么会有高反了；如果到双湖县有严重高反，我们必须考虑第二个方案，放弃进入羌塘无人区。"

"为什么？"宋老看着苍云峰问道，"你们的装备不是很专业吗？难道连个制氧机都没有？"

苍云峰解释道："制氧机、氧气枕这些我们都有，但是这些东西是用来救援应急的，而不是日常使用。如果您连日常活动都需要依靠氧气来维持，那么在高原上您会很痛苦，一旦发生肺水肿将会有生命危险。就拿勒斜武担湖这个地方来说，您在这里发生肺水肿或者脑水肿，在不求助直升机救援的情况下，我们至少要三十六个小时才能来到双湖县，而一般人肺水肿坚持不到三十六个小时就会窒息的。为了安全起见，必须做到不借助氧气也可以在高原生活。"

宋老太开口说道："我们理解您的好心，如果按照这种安排，我们还没进入羌塘无人区就已经耽搁十天的时间了，从双湖县到勒斜武担湖要多久呢？"

"从双湖县到勒斜武担湖大概四百公里，这个季节雨水多，泥泞随处可见，保守估计要三天的时间才能到达，如果发生陷车什么的，时间就不确定了。"

宋老想了想问道："也就是说，全程我们至少要二十天？"

苍云峰点头道："至少要二十天。"

宋老问道："费用呢？全部费用是多少钱？"

苍云峰竖起来三根手指说道："全程按照二十天来计算，我们收取三十万的费用……"

还没等苍云峰说完呢，宋老太惊叫道："这么贵？你们怎么不去抢呢？”

苍云峰微笑解释道："您先别着急，我来给您解释一下为什么要收这么高的费用。首先，羌塘自然保护区是禁止任何人进去的，进去办证流程复杂，各种打点下来一个证至少要两千块钱。虽然你们只有五个人，但我们的保障团队也有十几个人，您算一下这办证就要接近四万块钱。同时我们会派出六辆车，每辆车上保证两到三个人。其中两辆拉物资的皮卡、三辆乘坐舒适度较高的越野车，同时还有一辆应急救援的保障车，随行人员十二人。按照每人每天五百的补贴，我们一天人工费就是六千块了。再除去油费、过路费、办证费以及生活补给等等，再加上您孙女每天都要洗澡，睡单独的帐篷，这无形中增加了很多承办，我这么算下来，您觉得我们的收费标准高吗？另外我还得补充一句，这三十万是二十天的行程费用，如果时间超过二十天，每天按照一万五的收费标准补费用。如果是我们的因素导致需要直升机救援，救援费我们承担，如果是您的原因，直升机救援费用由您个人承担。"

宋老点头说道："这么算下来的确收费不贵，三十万就三十万，合同可以现在就签。"

一边的溪玥用昆明话对苍云峰说道："你应该报价四十万的。"

听到这话，宋老一家人倒是没什么反应，宋老的那个司机把头转向了溪玥，让她尴尬地低下了头。她真没想到这个司机竟然能听懂昆明话。

苍云峰对宋老说道："如果您觉得没问题，现在就可以安排签合同，然后我们做前期准备，一周之后我们在拉萨会合。"

"没问题。"宋老起身和苍云峰握手，对苍云峰说道，"小伙子，我之所以这么爽快地答应你，是因为你知道李聪明，知道勒斜武担湖的事。朋友推荐说你们专业，真的是名不虚传，我来得值了。"

苍云峰和宋老握手说道："希望我们合作愉快。"

"合作愉快。"

溪玥代表公司和宋老签了履约合同，并且收了宋老的定金，这一单又给九队长了脸，守财奴得知签约了大单之后，更是高兴得在群内点名祝贺，其他队的人又是投来了羡慕嫉妒恨的目光。

九队的业绩总是那么招人恨，这是公司公认的一件事。

签完合同，当天晚上溪玥就召开了九队的内部会议，把这次活动命名为"寻找李聪明"。溪玥要求全队都参与这次活动，毕竟客户要求比较高，单单是在无人区每天洗热水澡就是一个"天方夜谭"。偏偏这样"天方夜谭"的要求，苍云峰也答应了。

老唐听后有点苦恼，但是也没说什么反对的话，分析道："二十天每天都要洗澡的话，对水量要求比较高。"

苍云峰叼着烟说道："这个季节的羌塘并不缺水，洗澡水直接里面去取就行了，准备好净化器，宋老的孙女要单独住一顶帐篷。我觉得这也就是小女孩不懂事才这么说的，到了那种荒无人烟的地方，你让她自己住，她都没这个胆量。"

其他人听了都忍不住笑起来，真的是无知无畏。

老唐很平和地说道："客户提出来的要求，我们就要满足。至于她最后是否坚持一个人睡，那是去了之后的事。接下来我们详细分组，云峰和溪玥做领航车探路，小胖带厨师组开丰田皮卡跟领航车同行为二号车。营地搭建组随厨师组一起出发，为三号车。我带队四、五、六号车载客户尾随。全队人员记住各自负责的事项，明天一天是准备时间，后天一早出发走滇藏线到拉萨与客户会合。有什么要处理的事明天尽快搞定，大家还有什么要补充的吗？"

"没了。"

"我没有了。"

"随时待命。"

"……"

九队再一次上演了什么叫"兵贵神速"。

散会后，溪玥单独找到苍云峰，提醒他后天要出发，那辆被"拆成零件"的猛禽皮卡要尽快修好。苍云峰也是牛，别人健健康康的都未必能把车修得这么快，他用带着伤的右手，领着四个汽修工连夜加班几个小时，彻底将车组装好，还顺带做了一个全车油水更换的大保养。

次日清晨甚至没耽误起床晨练！

出发的前一天，整个队伍都开始忙碌起来。从公司的仓库领各种保障物资，油桶、拖车绳、储水箱、发电机、救灾帐篷、柴暖、卫星电话、信号枪……除此之外，溪玥还领取了应急医疗包，其中有二十支救命针。

苍云峰这一天也没闲着，上午整理救援装备，下午去了一趟艺术学院看苍云婷，这也是除了老爹之外，跟他血缘最近的一个人了。

苍云婷在艺术学院读大三，是声乐表演专业的学生。她看到苍云峰来，就意识到哥哥可能又要出远门了，在学校饭堂吃晚饭时，她有些伤感问道："哥，你又要去忙了吗？"

苍云峰怜惜地摸着妹妹的头说道："干吗这么伤感呢？又不是第一次出去了，开心点。"

苍云婷看着苍云峰包裹的右手，心里很不是滋味地说道："你总是在工作的时候把自己的手弄伤，一点都不知道照顾自己，我很担心你这样呢。"

苍云峰收回自己的右手，拿起手机给妹妹转了一万块钱，对她说道："这钱你先用着，我这次出去可能要一个月左右，等我回来再给你钱。"

苍云婷看到手机屏幕上的转账信息，犹豫了很久都没收。她看着苍云峰说道："哥，我在学校不怎么用钱的，偶尔还能出去做兼职，商场开业去当个模特或者唱个歌，都能有几百块钱的收入。你不用总想着给我钱了，我挺好的。"

"收着吧。"苍云峰一边吃东西一边问道，"你有多久没回家看老爸了？"

云婷很无奈地说道："这学期开学之后就没回去过。我实在受不了吴阿姨那人了，跟爸一起过日子之前挺好的啊，怎么现在变成这副模样了。"

"不回去也行，眼不见心不烦。这钱你收着吧，吃完饭我就回去了，等我接完这个单子回来看你。"

"哥……"苍云婷看着苍云峰叮嘱道，"你路上小心点，千万别逞能。"

苍云峰微笑着起身，摸了摸苍云婷的头，然后大步走出学校的食堂。

苍云婷看着哥哥的背影，眼泪不禁在眼眶打转。她知道自己的哥哥看起来放浪不羁，在外人看起来是一个混混，只有她自己清楚，苍云峰是世界上最好的哥哥。

第30章 九队

回到公司后没多久，溪玥在九队内部群里发布集合交叉检查装备的通知。所谓的"交叉检查"就是各个不同的功能小组间相互检查，比如苍云峰主要是负责领队、车辆维修、救援的工作，车里准备的物资就是与这些相关的。小胖的餐饮组要准备各种食材、淡水、锅碗瓢盆等等，营地组是负责搭建营地、取暖等等。

大家抽签分头检查各自的装备，确认无遗漏之后开始装车。

从昆明出发前往拉萨，六辆车分成两组出发。这样做的目的是提高安全性，车队拉得越长，危险系数就越高，如果可以，单车行进是最安全的。

这次出发还带了六条搜救犬，苍云峰的黑背也在其中。羌塘无人区是中国海拔最高、面积最大的自然保护区，平均海拔五千米以上，年平均气温在零摄氏度以下，这里被称为"生命的禁区"，却是野生动物的天堂。成群的藏羚羊、藏牦牛、藏野驴，狼群、熊……这些动物随处可见，这也增加了到访者的危险系数。

带着狗是为了多一重保障，曾经就发生过棕熊夜晚到访营地的事。

滇藏线从昆明出发，第一天到达香格里拉，住在香格里拉。第二天从香格里拉出发，傍晚抵达左贡县政府，全程五百五十公里，普通人大概要用十二个小时左右，苍云峰的九队只用了九个小时就到了。第三天从左贡出发，十个小时抵达林芝八一镇，此时距离拉萨也只有两百公里了。第四天早上出发走林拉高速三个小时抵达拉萨与宋老一家人会合。

宋老已经带着家人到达拉萨三天了，司机却还在赶来的路上，预计还要一天多才能抵达拉萨。

苍云峰也没催促人家，而是耐心询问宋老一家人的身体状况。宋老开心地说道："我和我老伴的身体好好的，反倒是这两个孩子有些高反，不过已经好很多了。"

宋欣然有一点点大小姐的矫情，向溪玥抱怨道："为什么这里的东西都特别难吃？酥油茶也没有传说中的那么好喝啊。"

溪玥解释道："每一个地方都有属于自己的特色，藏餐的酥油味道比较重。但是酥油茶我还是建议你多喝一些，这个是可以抵抗高反的。"

宋毅满不在乎地说道："我倒是觉得酥油茶也挺好的。"

溪玥微笑说道："稍后我们请随队医生给大家做一个全面的体测。等司机到了之后，我们再给司机做，这是出发去双湖县之前必做的一件事。从拉萨到双湖县六百多公里，沿途都是铺装路面，但是我们要在色林错露营一夜，提前感受一下高原露营。然后我们到双湖县适应几天，身体都没问题后，我们出发去勒斜武担湖，从双湖县出发大概一百公里左右，我们将会从地球上第三大冰川——普若岗日冰川经过。出发的第一天晚上，我们也要在冰川附近扎营，宋老喜欢摄影，能拍到普若岗日冰川的摄影家可不多哟。这里属于自然保护区，想进来都困难。"

宋老听后特别兴奋地说道："好啊，很好，有生之年能看一看地球上第三大冰川也是不容易。明天司机到了，你们看看我还需要准备些什么。"

"等您的车到了,我们会在您的车上安装一个车台,就是大功率的对讲机,保证我们在行进的过程中保持通讯。"

车台主要的功能是通讯,但荒野俱乐部用的车台都是带GPS卫星定位的,可以追踪到每一辆车的具体位置,这一点苍云峰没有仔细说。

随队的医生给宋老一家人做了体测,数据都没问题,便提醒他们在高原地区一定要多喝水。喝水是防止肺水肿的重要手段,其次就是要补充维生素和蛋白质。

出发第五天中午,宋老家的司机开着一辆日产途乐Y62抵达了拉萨。司机四十多岁,长得膀大腰圆,给人的感觉是一个健身达人,胳膊上的肌肉块也挺大的。

体检之后同样是没有问题,于是队伍计划明天早上出发前往色林错,下午抵达色林错搭建营地,开始第一次的高原露营,算是一个演练吧。

"错"这个音在西藏特别常见,比如"纳木错""色林错""拉姆拉错"……用的都是这个"错"字,而"羊卓雍措"的"措"是另外一个字,基本上都是音译。"错"在西藏代表"湖"的意思,而高原上的湖随处可见,有蓝色的、绿色的,甚至还有黑色的。

对没有体验过高原露营的宋欣然和宋毅来说,这简直就是参加另类的夏令营。他们丝毫不认为这有什么难度,溪玥、苍云峰等人则是把明天的露营当成真正的第一次考验。

从拉萨出发大概五个小时就到了色林错的岸边,色林错是中国第二大咸水湖,第一大咸水湖是青海湖。色林错地处西藏自治区申扎、班戈和尼玛三县交界处,位于冈底斯山北麓,申扎县以北,湖面海拔4530米,形状不规则,长轴呈东西向延伸,长77.7千米,最大宽45.5千米,平均宽约20.95千米。站在色林错边和站在海边没什么区别,反正都是一眼望不到边，湖面也有波浪，每年七八月这里就是候鸟的天堂。

随处可见成群的候鸟飞舞，这可把宋老爷子高兴坏了，直接命令司机把车开到湖边，打开后备厢，慢慢地摄影器材显露出来。在司机的帮助下，分分钟就架起五个三脚架。放上不同的相机和镜头，有录像、有拍延时的，他还亲自摆弄着一个超长焦在抓拍飞鸟。

苍云峰走到宋老身边，递上老爷子自己的保温壶提醒道："老爷子，在这种高海拔地区可不能太兴奋啊，活动量太大容易高反的。多喝点温水，预防高反。"

宋老接过水壶激动地说道："云峰啊，找你们真是找对人了。安排今晚在色林错边露营，简直就是……就是……哎呀，我嘴笨，我都不知道怎么形容了，总之就是太让我高兴了。"

苍云峰笑道："您满意，就是对我们最大的认可，对了……我想问一下，您是怎么知道我们公司的？"

宋老仰头示意苍云峰往右侧看，右侧是他的司机正在帮宋欣然拍照："刘广才推荐的，他不是推荐你们公司，而是推荐你。让我到你们公司之后点名要你们带队就好了，小刘是昆明本地人，所以我就过来了。"

听宋老这么说，苍云峰猛然想起来刘广才能听懂昆明话的事。如果说荒野俱乐部在这个圈子里很有名气倒没什么奇怪的，但这个刘广才至于直接向宋老推荐自己吗？苍云峰有点摸不着头脑，总觉得这里面怪怪的，好像哪里不对劲。

营地组的工作人员有六个，每天搭建营地、收拾营地的工作量是最大的，即便都是老手了，搭建一个帐篷也要十五分钟的时间，稍微大一点的帐篷用时更久。忙乎了一个多小时，八顶帐篷全部搭建成功，宋老夫妻二人睡在一个金字塔帐篷内，宋欣然单独一个帐篷，宋毅主动要求和苍云峰睡在一个帐篷。他发现有苍云峰的地方，大家都习惯以他为中心，再加上苍云峰见多识广，他琢磨着晚上睡不着的时候和苍云峰多聊聊。

九队里一共有四个女性，其中领队是溪玥，唐嫂是老唐的妻子，跟随着老唐东奔西走无怨无悔，另外一个是溪玥的助理赵小佳，也是九队的财务，负责记账的。最后一个是随队的医生依依，她是溪玥的战友，曾经是部队里的军医。依依来当随队医生的另外一个原因就是，她和队伍里面的厨师小胖好上了。

每次外出这四个女孩子会睡在一个通铺内，不过住酒店的时候，依依就会去和小胖混在一起了。

营地边，五条搜救犬撒了欢地在高原上奔跑、玩耍，只有黑背自己趴在帐篷外。它似乎并不喜欢动。

吃晚饭的时候，宋欣然听说这里晚上还有狼和野熊出没的时候，就再也不敢自己睡了，要把自己的行军床搬到"女寝"，跟溪玥等人一起睡。高海拔地区昼夜温差大，帐篷内采用柴暖来维持温度，一台柴油发电机在五十米外轰隆隆地发出鸣叫，提供整个营地的照明以及用电。

宋欣然站在帐篷外仰望星空感叹道："这里的星空真的是太美了，我从未见过这么壮观的星空。"

宋毅直接拉出一张行军床躺在上面看星空，宋老的相机也没闲着，一会儿拍星座一会儿拍银河的，这内存卡要是不多带几张都不够用。

后勤保障组的工作人员怕这客人着凉，又用自带的木材点了一堆篝火，星空下的篝火显得格外迷人。

临睡前，苍云峰起身去远处解决大便。蹲在大石头后面正准备点根烟，突然营地方向传来脚步声，伴随着脚步声的还有一个男人的声音："对，九队已经到了色林错，今晚在色林错边露营，预计明天到双湖县做最后的修正，然后就进入羌塘无人区了。"

"……"

"到目前为止，一切都在计划中，就是不知道进入无人区之后车队行进速度怎么样。"

"……"

"你放心，我一定会盯紧我的财神爷的，不会让他有事，先这样啦，有什么事电话联系。"

第31章　你知道李聪明吗？

电话说到这里就结束了，然后是一个男人在嘘嘘的声音。嘘嘘之后，脚步声逐渐远去，回到了营地的方向。

苍云峰听出来了，刚刚打点的这个人是刘广才，就是跟了宋老五年的司机。他猜测刚刚刘广才说的财神爷，可能就是宋老一家人吧，毕竟他都是靠宋老养着呢。苍云峰拉完屎提起裤子往回走，才走两步就看到黑背蹲在黑暗中一直守着他呢。他走到黑背身边，摸了摸黑背的头，笑着问道："你是怕我有危险吗？所以在这儿守着我？"

黑背"嗷嗷"叫了两声，迈着优哉的步伐跟在苍云峰的身边。回到营地后，苍云峰拿出冷冻的牛肉丢给黑背。这些天它一直在吃这个，其他五只狗看到了，都整整齐齐地蹲成了一排，一个个伸出舌头看着苍云峰，期待着也有自己的食物。

苍云峰有点心疼给黑背买的牛肉，但这些狗都是九队自己人养的搜救犬。苍云峰也不忍心看这些狗可怜兮兮的样子，又从车载冰箱里面拿出几块冻肉给它们。结果这几只狗用鼻子闻了闻，最后竟然没有一个愿意吃，都走开了。

这一幕被依依看到了，她"嘲笑"苍云峰道："峰哥，你也太不了解这些宝贝疙瘩了。它们不吃狗粮的时候，只吃煮熟的肉，生肉是碰都不会碰的。"

苍云峰弯腰把丢在地上的冻肉捡起来，一边捡还一边嘟囔道："一个个都是惯得。这么好的牛腿肉都不吃，还要吃熟的，饿它们几天就什么都吃了。"

依依笑起来的时候有两颗小虎牙，她不屑地说道："它们怎么可能被饿着？在吃晚饭的时候，小胖就给它们喂狗粮了，开饭比你都早。"

苍云峰感叹道："吃饭竟然没比过狗。"

依依开玩笑说道："峰哥，如果你能和它们吃一样的东西，每顿饭你也可以第一个吃。"

苍云峰抬起手照着依依的屁股就打过去，但她早有防备，笑着逃开了。

临睡前，苍云峰检查了柴暖里面的燃料，又把柴油发电机关闭，帐篷内的照明设备采用的都是充电应急灯，至少满足十二个小时的工作量……这些工作是营地搭建组负责的，但苍云峰在队的情况下，他都会亲自看一看。有同样"毛病"的还有老唐，他也是养成了这种习惯，九队有苍云峰和老唐两个喜欢"多管闲事"的人，在执行任务的时候从未出过意外。

宋老还在帐篷前拿着照相机研究星空拍摄星轨，苍云峰来到他身边提醒他说道："宋老，该休息了，现在海拔是四千五左右，到了勒斜武担湖海拔五千米，星空更通透。"

宋老无比欣慰地说道："我今天是太兴奋了，下午看到那么多野生的鸟儿自由飞翔，晚上又是漫天星斗，挤压在心底的苦闷一瞬间都消失不见了。"

苍云峰递很理解地说道："进入羌塘无人区之后，风景会比现在好更多。早点休息吧，明天我们到双湖县休整两到三天，做最后的补给。"

"好，听你的，我这就收拾装备准备休息。"

听到老头说收拾装备，司机刘广才马上过来帮忙，他就是宋老请过来打杂的，伺候宋老一家人的起居。这个刘广才平时话不多，给人的感觉一直都是安安静静的，但是直觉告诉苍云峰，这个人好像看起来没那么简单。

次日清晨。

餐饮组在小胖的带领下早起给大家准备食物，用提前炸好的牛肉卤拌面。在户外能吃到这种早餐已经很舒服了，至少不是啃压缩饼干，但是宋老的孙女宋欣然并不喜欢这样的早餐，一脸不情愿地问道："有没有牛奶和面包呢？我想吃这些，如果能有个三明治就更好了。"

小胖犯难了，挠着头道歉说道："抱歉啊，这个没有提前准备。"

宋欣然天真地问道："那双湖县有吗？在双湖县买点面包带着啊，我早上要吃牛奶面包配鸡蛋的。"

"呃……"小胖不知道怎么回答了。

这时，溪玥过来解围道："欣然妹妹，你可能不知道，双湖县是中国最穷的贫困县，倒数第一。那里很那买到面包，别说是面包了，买个馒头都很费劲。"

宋老一脸严肃地走过来教训孙女："出发前我就和你说过的，这次不是什么旅游，是带你们来吃苦的。你提出每天晚上洗澡的非分要求我都答应你了，吃的这一块就别太挑剔了。"

宋欣然一脸不高兴，哥哥宋毅过来安慰她道："妹妹不要不开心，等回北京之后我每天早起给你做三明治。"

宋欣然嘟嘴道："谁要你做的三明治，难吃死了。"

宋毅尴尬地笑起来。

溪玥再次解围道："宋老，真是羡慕您啊，孙女、孙子都有了。

而且我们都看得出来，这对兄妹的感情一定很好，尤其是哥哥，太会照顾妹妹了。"

宋老太骄傲地说道："宋毅从小就懂事，知道照顾妹妹，自己有什么好吃的总是要留给妹妹一半。"

一旁捧着碗筷吃面条的宋欣然早就在偷笑了。她都十九岁了，怎么可能感觉不到哥哥对自己的疼爱呢?

看到这一幕，苍云峰想起了自己的妹妹苍云婷。兄妹俩相差五岁，可是小的时候他总是偷妹妹的零食。妹妹虽然年纪小，但是一点都不傻，她看哥哥来偷自己的零食时，就故意多拿一些放在外面，有时候还直接拿给他。家里的条件并不好，每当这个时候，父母都会骂他不懂事，可是苍云婷始终维护哥哥。

有这样的妹妹是一种绝对的幸福。

吃饱喝足准备出发，队伍又分成了两组。第一组是苍云峰和溪玥带队，带着客户和应急救援组的两辆车出发前往双湖县，餐饮组和营地组负责收拾营地，打扫垃圾后跟上。

沿途又经过了两个不知名的小湖，对讲机里传来宋老的声音，希望等一等他，他要下车去拍几张照。

这种事很常见，苍云峰等人早就习惯了。将车停在路边，等待宋老拍照的时候抽根烟，黑背也趁机活动活动身体，伸个懒腰后围着车开始巡视。他们一路走好一路拍，最后营地组的几辆车都追上来，并且超过了苍云峰的车。

抵达双湖县，海拔四千九百米，这才算是真正的高原。宋毅最先出现了轻微的高反，宋老有点慌，问队医要来氧气给孙子。依依上前看了看，做了一个体侧，然后拿出一个苹果和一瓶水，对宋毅说道："把这个苹果吃了，水喝完，今天哪里都不要去了，就在酒店的房间里面好好休息。我们刚刚到海拔四千九的地方，如果你依靠氧气维持的话，后面会更辛苦。"

宋毅似懂非懂地看着队医，虽然很想吸氧，但还是尊重了队医的安排。

抵达双湖县之后，老唐召集大家开了个会，商讨接下来的行程安排。就目前的情况来看，在双湖县停留两至三天是十分有必要的，不仅仅是宋老等人需要适应，九队的人也需要适应。苍云峰制定出发之后的路线，对众人说道："从双湖县到普若岗日冰川大概一百公里，其中绝大部分是硬化路线。第一天的扎营地点就安排在冰川西侧，这个地方海拔五千四百米左右，对身体是一个极大的考验。如果在这里出了问题，我们可以保证五个小时之内将客人带回到双湖县，至少双湖县有医院可以作为医疗保障。"

众人纷纷点头，毕竟苍云峰考虑得足够周到。

苍云峰继续说道："第二天从普诺岗日出发北上，具体能到什么地方我就不确定了。这个季节的羌塘昼夜温差大，那些若隐若现的水洼随时可能形成陷阱，前行的过程中会有很多未知。我们目前是四辆越野车和两辆皮卡，再加上宋老的车，一共是七辆车，至少要分三个小队前进。"

溪玥很放心地说道："这个事你比较擅长，我们具体要怎么规划呢？"

苍云峰拿出纸笔，一边画一边说道："首先，我们分成三组。第一组是我和保组的越野车，第二组和第三组分别是越野车搭配皮卡，我的车是一号车，作为探路用的，保障组的二号车跟着我，带着宋老的车作为第一组出发。一旦我发生陷车，二号车在背后用绞盘对我进行施救，宋老的车原地不动。在施救的时候，二组的越野车上前，皮卡紧随其后，然后对讲机内呼叫宋老的车，让宋老跟上二组继续前行。若二组的头车探路陷泥，皮卡立即用绞盘从后面进行救援，宋老的车不动，以此类推。这样做的目的是节省探路的时间，保证车队行进的速度。"

"明白——"

"我们预计三天抵达勒斜武担湖，李聪明的衣冠冢就在勒斜武担湖的北岸，我已经从北京老男孩车队那里要到了轨迹和坐标。"

队医依依好奇地问道："李聪明的衣冠冢到底是什么？"

第32章 中国骑行第一人

苍云峰讲解道："李聪明是中国最早玩骑行的一批人，生于1968年，在1989年的时候就已经骑行六省了。2014年7月完成了羌塘无人区的纵向穿越，同年10月，李聪明从日土县界山达坂出发，准备横向穿越羌塘无人区……"

听他说到这里，马上有人拿出卫星地图查看，忍不住惊叫道："横穿羌塘无人区，平均海拔五千多米，推着自行车在这种地方走上一千六百多公里？而且是十月份，羌塘的气温至少是零下了！"

众人屏住呼吸，都觉得这是一件不可能的事，便将眼神停留在苍云峰的脸上，等待着下文。

苍云峰抽了一口烟，继续说道："2014年10月之后，这个世界上就再也没有人见过李聪明了。直到两年后，也就是2016年4月25日，北京老男孩车队在穿越羌塘无人区的时候，一辆LC80在勒斜武担湖压破了冰层，车尾沉湖。车队在救援这辆车的时候，意外发现了岸边一个凸起的树干。要知道羌塘是没有树的，一个像树枝一样的东西会是什么？众人救援了LC80之后走向了插在土里面的树枝，意外发现这竟然是一个自行车的车把手。很快，老男孩车队在湖边陆续找到了李聪明的背包、日记本、相机、内存卡等等，经过分析判断，确认了这是李聪明的遗物。但是现场并没有发现李聪明的遗体，至今时隔两年了，哪怕是遗骨，都没发现。"

小胖紧张地握紧依依的手问道："人呢？李聪明去哪儿了？一直都没发现吗？"

苍云峰摇头说道："李聪明去哪儿至今都是个谜。关于他的去向有很多种猜测，有人怀疑他是体力不支丢掉自行车继续前行了，也有人认为是李聪明被野生动物袭击，还有人认为是李聪明晚上露营在湖边，帐篷被暴风吹入湖中，他也就此遇难了。总之猜测有很多，具体是什么情况，我们不得而知。"

溪玥的助理赵小佳很不可思议地说道："羌塘的风把帐篷吹飞，这种可能性大吗？我觉得最后这个猜测完全不成立。"

保障组的哥儿们笑着反驳赵小佳："你在羌塘里不觉得风大，是因为我们帐篷扎得稳，基本上都是四十厘米的不锈钢地钉扎在土里，每个帐篷至少三十二条风绳拉着，否则你怎么能感觉不到风大呢？"

苍云峰继续说道："李聪明的装备肯定跟我们没法比，他就一个人推着一个自行车，帐篷肯定选择便于徒步的。李聪明的去向暂且不讨论，我们继续往下说。2016年4月25日发现李聪明的遗物之后，老男孩车队返回了北京。在2018年的时候，他们再次来到了勒斜武担湖，带着提前做好的墓碑，以李聪明的自行车为象征，为他立了一个衣冠冢，同年还在另外一个湖边，为王勇也做了类似的衣冠冢。"

"王勇又是谁？"

苍云峰露出苦涩的微笑说道："也是一个牛人。你们感兴趣的话可以看一看杨柳松写过的一本书，《北方的空地》，或者看看电影《七十七天》。不过我个人觉得电影还是别看了，那玩意儿拍的……简直就是把《北方的空地》毁了，完全没拍出一个人推着自行车穿越无人区的感觉。这几年玩命穿越羌塘的人不少，但是活着的不多，在羌塘这种地方，死了想找尸体都难，野生动物能把你啃得渣都不剩。"

就在一群人听得入迷的时候，不知道谁来了一句："这岂不是杀人越货的好地方？"

老唐开玩笑说道："你还真别说，在羌塘这种地方，杀个人都留不下任何证据呢。"

"好了……"苍云峰起身说道，"今天的会就开到这里吧，大家回房间都早点休息。明天早上我建议大家都能早起晨跑，简单适应一下四千九百米海拔给身体带来的压力。毕竟我们是工作人员，后续的工作量还很大，客人可以坐在车里吹着空调等着营地的搭建，等着可口的饭菜，但我们不行啊，我们得干活服务人家。就这样吧，大家早点休息，明天见。"

"明天见——"

散场之后，苍云峰来到酒店……不，这里不能算酒店，最多算个招待所吧。他来到招待所的停车位，从后备厢的冰箱内取出两块生牛肉丢给了黑背。其他狗狗又过来凑热闹，闻了闻发现是生肉，纷纷散开，只有黑背大口地吃起来。

苍云峰发现自从投喂生肉之后，黑背的体格似乎更健壮了，野性十足。

喂完狗回房间休息，途经司机刘广才房间的时候，苍云峰再次听到他在打电话。不是苍云峰想听，而是这里的隔音特别差。

"没事，我们已经到双湖县了，接下来两天在这里休整。你们到哪儿了？"

苍云峰本来没打算偷听刘广才打电话，但是最后这句"你们到哪儿了"引起了他的好奇，心里捉摸着难道还有其他人要过来？便忍不住站在门外多停留了一下。

"……"

电话那边的人说什么，苍云峰是听不到的，只能通过刘广才的话来判断。

"双湖县是个很小的县城，今天我从东走到西也没发现几家酒店，破败不堪的小地方，否则怎么能算全国第一的贫困县呢！"

"……"

"你们别着急，预计休整两三天后出发，等出发了我告诉你。"

"……"

"我做事你放心，咱们回头再联系。"

"……"

"好的，二哥，我记住了，先这样。"

接着，苍云峰听到了马桶冲水的声音，刚刚应该是刘广才坐在马桶上打电话呢。而最后那句"二哥"又引起了苍云峰的注意，心想：该不会是黄老二吧？

但紧接着他就否定了自己的想法，这个刘广才跟随宋老五年了，负责给宋老开车什么的，平时也都是四处自驾游，应该跟昆明的黄老二搭不上边。最后这句"二哥"也不一定就是黄老二，很有可能是苍云峰自己敏感了。

他回到房间冲了个澡，准备好好睡上一夜。

第二天清晨，苍云峰起床下楼准备晨练的时候，发现老唐已经跑完一趟三千米，正在院子里拉筋。黑背见到苍云峰，主动凑过来，苍云峰跟老唐打了个招呼后就带着黑背去晨跑了。

苍云峰在昆明的早上跑上十公里也不怎么觉得累，但是在双湖县跑个两公里就已经开始气喘吁吁了，有点上气不接下气的感觉。队医依依和财务赵小佳更是白费，一公里没跑完就投降了。

宋欣然和宋毅两个孩子年轻气盛，看到大家都在晨练，他们也想尝试一下，才两百米就跑出了高反，不得不回房间继续休息了。

在双湖县休息了两天。第三天早上，宋欣然和宋毅勉强可以完成五百米的"长跑"了，并且跑完之后喝杯热水就能恢复。不得不承认，年轻还是好啊，身体的适应能力极强。

第三天中午，队伍开会决定明天出发进入羌塘无人区。临行之际，苍云峰给妹妹苍云婷打了一个电话。这是一种习惯，每次进入无人区之前他都会这么做。电话那边的苍云婷似乎早有预感，接起来电话问道："哥，你是不是明天就要到没有手机信号的地方了？"

苍云峰笑着说道："还是你聪明，我不说你都知道了。"

"你现在在什么地方呢？"

"双湖县，以前和你提到过的，明天就进入羌塘无人区了。"

"哥，我很担心你。"

"又不是第一次了，不用担心，你是不是也要放假了？"

"下周考试，考完试就可以放暑假了。"

"放假了就回家好好休息一下吧，玩得开心。"

苍云婷很小声地说道："哥，我不想回家，我不想看吴阿姨那张脸。自从她和爸一起生活之后，仿佛那个家跟我们俩就没什么关系了，吃家里一顿饭好像欠她多大人情一样。"

"那个吴老太就是那么不要脸。遇见这种不要脸的人，你就得比他更不要脸。"

苍云婷可做不到像苍云峰这么厚脸皮，她用商量的语气和苍云峰说道："哥，你看我今年都大三了，放假再开学就是大四。声乐表演这门专业在大四期间课程很少，我想趁着这个暑假出去打工。之前都是做兼职，刚好这一个多月可以做个全职锻炼锻炼自己。你觉得呢？"

苍云峰很支持妹妹的决定，开心地说道："哥支持你，但是找工作不要太为难自己。"

"我主要是不想回家。"

"哥懂你的想法，你不想回去就不回去了，在外面租个房子住一个月也行，身上还有钱吗？哥再转给你一些啊。"

“不用，我还有呢……”

这边的苍云峰打着电话呢，手机上提示老苍头的电话打了进来，便对苍云婷说道：“咱爸给我打电话了，我先接一下，你自己找工作找房子的时候注意啊。如果可以，尽量和女同学合租，相互之间还能有个照应。”

“嗯，我知道了。那你先接爸的电话吧，我挂了。”

苍云婷挂断电话的时候，老苍头的电话也停了，苍云峰点了一根烟之后回拨过去，心里还在琢磨着这算不算和自己的亲爹心有灵犀呢。

可是电话刚刚接通，老苍头就在电话那边支支吾吾地问道：“云峰啊……你……你在哪儿呢？吃了没？”

当苍云峰听到老爹问这种话的时候，他就已经懂了，握着电话问道：“是不是又没钱了？”

第33章　第一次救援

老苍头轻叹道："我的钱倒是够花，就是你吴阿姨的儿子不是要买车嘛，就差那么一点首付。你吴阿姨每天都唠叨着这件事，让我帮忙想想办法。我这不是也没办法了，只好给你打电话了。"

苍云峰冷哼道："有钱就买好的，没钱就买便宜的，实在买不起就挤公交车坐地铁。上海是没公交车还是没地铁啊，惯得他那臭毛病呢。"

老苍头擦汗道："话虽这么说，但是我也不能不顾情面地数落她儿子怎么样啊。毕竟那不是我亲生的，我也就是看在你吴阿姨的面子上，才答应搞点钱给他……"

苍云峰打断老苍头的话，说道："你那不是看在她的面子上，你是受不了她在你耳边嘟囔。"

"是是是。"老苍头尴尬地说道，"儿子啊，那你看……你手头宽裕吗？能不能给爸倒一下？"

"老爹啊，这都好几次了，吴阿姨让你帮忙倒的钱还过吗？"

"哎！"老苍头不吭气了。

苍云峰也不忍心见他这么为难，拿着电话说道："这样吧，这钱我借给她一些，但你让她来接电话。"

"你要干啥？"

"我能干啥？我就和她把话说清楚呗。"

老苍头想了想说道："你等一下。"然后，苍云峰就听到了电话那边老苍头叫吴老太的声音。

片刻之后，吴老太拿起了电话。她已经得知苍云峰要给钱了，所以态度特别好，笑嘻嘻地问道："云峰啊，吃了没？在外面出差忙不忙啊？你可得注意身体啊。"

苍云峰冷笑道："是啊，我可得注意身体，我要是病了谁赚钱给你儿子挥霍啊。"

一句话噎得吴老太脸色发青，都不知道该怎么接了。

苍云峰也不等吴老太吭气，继续说道："你儿子买车要用钱，我现在可以转过去两万给你。但是咱得把话说清楚，这两万块钱是我借给你儿子的，可不是我爹的钱，你用了得还。"

吴老太一听要给钱，哪还在乎后面说什么啊，连忙说好话："那是那是，借钱哪有不还的道理呢？这两万块钱是我儿子借的，自然是要还的。"

苍云峰继续说道："大家赚点钱都不容易，你和我爸生活在一起也知道，我爸这个人特别老实，嘴巴还笨，您可别欺负他，借钱找我就行了。我这就给你转过去两万，但是咱得把话说清楚，什么时候还啊？"

"下个月，下个月他发工资就还给你。我儿子在上海收入可高了，他不是没钱，而是把钱借给他同事了。同事还给他，他就还给你了。"

苍云峰提醒吴老太道："吴阿姨，我这可录音呢，你可别耍赖。"

吴老太只想着尽快拿到钱，承诺道："我这么大个人了，怎么能和你一个孩子耍赖呢。你放心吧，下个月就把钱还给你。"

"那我给你转过去,你没事别唠叨我爸了,我爸对你够好了。"

"行啊,你放心吧,我们老两口好着呢。"

"那你卡号发来吧。"

挂断电话后,苍云峰把两万块钱通过网银转给了吴老太。这边,吴老太收到到账的短信通知之后乐开了花,连忙通过微信转给了自己的儿子,还向自己儿子发了一条信息炫耀:你看,还是妈有办法吧,买车的首付凑够了没?还差多少啊?不够妈再磨磨老苍头,他压箱底的还有两个金镯子呢。据说是传家宝,实在不行我给他偷偷拿出去卖了。

遇见吴老太这样的人,绝对是老苍头的悲哀。

终于到了正式进入羌塘的日子,每个人脸上都带着一种莫名的兴奋。"无人区"这三个字是对人最大的诱惑,那里有太多太多的未知,那里与文明隔绝,一切的一切都是全新的。

从双湖县出发前往普若岗日冰川,出县城之后是铺装路面,一直到检查站都是很宽的路面。

森林公安拦下车队做检查,溪玥把提前办好的证件提交了上去,值班的森林公安看到是她,打招呼问道:"这次的团是几个人啊?"

"五个。"溪玥如实回答道,"是两个老人和两个刚刚高中毕业的孩子,还有他们的司机。"

森林公安检查完通行证便还给溪玥,还提醒道:"还是老规矩啊,垃圾一定要带出来,不能留在里面。另外不能碰野生动物,不能把野生动物的尸骨带出去,尤其是羚羊角什么的,即便是在路上捡到死的也不行。你要是带出来了,那就涉及刑事案件了。"

溪玥微笑说道:"放心,这个我们都懂。"

森林公安提醒道:"我知道你们懂,但是你们得和客人说清楚,别到最后挺好的无人区旅游以提《铁窗泪》收场。"

"哎哟，你还知道《铁窗泪》呢？"

森林公安开玩笑说道："看不起谁呢？要不要我给你唱两句啊？"

这个玩笑惹得溪玥忍俊不禁，临行前道别道："走啦，过几天见。"

"一路平安。"

第一天的行程大部分都是硬化路面，大概有八十公里。离开硬化路面之后，眼前是开阔的"平原"，除了能看到之前有车经过时留下的浅浅车辙之外，基本都是一样，平得一眼就能看到地平线与天相接的地方。

没来过羌塘的人，很难想象这里有多广阔。眼前的路面有起起伏伏，远处的山丘平缓且光秃，海拔五千米的羌塘是没有树的，一棵都没有。别说是树，就连低矮的灌木都没有，有的只是贴着地皮长起来的小草。也正是这些小草养活了数以万计的食草动物，食草动物又成了肉食动物的口粮，在这片土地上无休止地重复着生命的轮回。

起伏的地势让越野车的优势格外凸显，苍云峰开着车，溪玥坐在副驾驶当领航，身后跟着一辆救援组的越野车，在救援组的越野车后面是宋老那辆日产途乐。

可能是因为这里地势太广阔了，让人心旷神怡，情不自禁就想放纵起来。途乐离开了车队，一脚油门冲到了最前面，在这种高原上根本不存在迷路也不怕走丢。也正是因为如此，途乐车的司机才有的放矢。

溪玥连忙拿起对讲机提醒道："途乐、途乐，这里是领航车，我是领队溪玥。请你不要擅自离队，请你不要擅自离队，over！"

途乐车内的司机刘广才回应道："开车的是小毅，平时在城市里面没有这种感觉，让他撒欢跑一下吧。反正这里也没有其他车，也不会走丢，一会儿我们就归队。"

溪玥特别无奈，把对讲机的手麦握在手里，转过头看着苍云峰撇嘴。

苍云峰减了一个挡，深踩油门追了上去。他本意是想到途乐前面为其探路，宋毅却认为是对方想和自己飙车，车速又提了一节。

溪玥见状，马上再次拿着对讲机说道："小毅、小毅，你必须马上减速。羌塘无人区里到处都是暗河，你必须马上归队，跟着领航车前行。"

话音刚落，只见右前方的途乐突然一头扎到了泥土中，对讲机里面传来一阵尖叫。

苍云峰马上减速，与此同时，溪玥右手抓住车门上方的拉手，左手拿着对讲机的手麦说道："注意、注意！全队减速，途乐陷车准备救援。"

这时，宋毅的声音从对讲机内传来，很自信地说道："玥姐我没事，我的车是四驱的，我能倒出来。"

"不要——"

溪玥的话还没说完，车头扎入泥中的途乐已经挂上倒挡开始倒车。

看到这一幕，苍云峰忍不住低声说道："废了。"

大家以肉眼可见的速度见证了途乐车屁股的下沉，短短一分钟不到，途乐就进入了托底的状态，彻底失去了脱困的机会。

苍云峰拿过对讲机的手麦，对后面的车辆说道："救援组的三辆车全开过来，并排停在途乐后方二十米处，准备绞盘救援。"

途乐车内，宋毅从主驾驶这边下车，一脚踩在了泥浆里面，他被眼前的这一幕惊得目瞪口呆，完全不知道说什么好了。

司机刘广才从副驾驶的位置下来，同样也是一脚泥巴。两人十分艰难地走到车尾处，看到后轮下的两个大坑，陷入了沉思。

溪玥上前耐心地解释道："七月份的羌塘正处于夏季来临之际，

冰川融化导致出现很多地下暗河。早晚的时候看不到地面有水，当中午温度升高后，冰川融水就会慢慢从山上流下来，使地下暗河的水位增长，把原本是沙化的土地和草坪淹没变成了河。这种河边的泥土都是比较松软的，很容易陷车。实际上这种河流并不算可怕，至少是看得到的，开车避让就好了。怕的是那种泥土很松软且没有水的地面，当车头一旦扎入这种松软泥土就会瞬间失去动力。"

宋毅面子上有点挂不住了，红着脸道歉说道："玥姐对不起，我不知道这里会陷车。"

苍云峰上前安抚宋毅说道："小毅没关系的，你也是第一次。记得接下来的行程要听指挥，陷车后没经验的司机往往都会大踩油门试图脱困，这个时候你的前轮已经没有附着力了，前桥也卡在泥土上，单凭后轮是很难脱困的。如果车身自重轻一点还有可能，前提是后轮要有附着力，当你发现加油门后轮打滑的时候，就应该意识到这时后轮是没有抓地力的，也就不可能完成脱困。油门越大，后轮刨的坑就越深。当后桥牙包触碰地面的时候，你的四个轮子就相当于全部空转，这样会给救援造成更大的难度。"

宋毅感激地看了苍云峰一眼，主动要求帮忙救援。

依依看到宋毅的鞋子都被泥水浸湿了，提醒他道："去找一双干净的鞋子换上。在高海拔地区不能让自己着凉，一旦着凉感冒就会发生肺水肿。肺水肿是高原最常见的病，和平原低区的感冒流鼻涕一样普通，但也是最致命的，肺水肿会导致你窒息。"

宋毅听后再不敢乱来了，赶紧打开后备厢去拿自己需要更换的鞋子。

救援组的三辆车已经来到途乐的后方拉出了绞盘绳，无人区的第一次救援在离开硬化路面不到三公里的地方开始了。简单地总结就是三个字——出师不利。

第34章 救援

　　三辆救援车并排停在日产途乐的后方，救援组的三人拉扯绞盘绳挂在途乐后面的救援钩上。苍云峰仔细观察了一下目前途乐车的情况，后桥牙包已经碰到地面，前面的情况更是糟糕，车轮已经被"吸入"泥巴中，这绝对不是一次简单的救援。

　　苍云峰深深吸了一口气，开始安排道："宋老和家人全部下车，撤离到安全距离。每一条绞盘绳上都挂好揽旗，大家听我口令一起绞盘绳。"

　　负责救援的司机异口同声道："收到——"

　　宋欣然看到有个救援队的司机把大衣挂在了绳子上，很好奇地问道："他们为什么这么做？这么做的意义是什么？"

　　溪玥解释道："这个大衣是充当揽旗的，防止拖车绳断开的时候弹射到周围的人。这个揽旗会给绳子增加一个下压的力量，绳子即便断开，也不会乱弹伤到周围的人了。"

　　宋老站在孙女身后笑着说道："然然，这次跟爷爷出来学到不少知识吧？"

　　宋欣然翻了翻白眼说道："这些对我来说又没用，学到也浪费。"

宋老听孙女这么说并没有生气，反而是和她打赌说道："将来有一天你用到这些知识的时候，记得这是爷爷带你学到的就行了。"

从宋老的话语中，不难听出他对孙女的疼爱。

苍云峰拿着对讲机亲自上了途乐车的驾驶室，坐在主驾驶的位置上，将挡位挂在N挡上，然后按了第一下喇叭。随后三辆车鸣笛示意，开始同时收绞盘。

溪玥站在安全距离之外看着救援现场，仅仅过去二十秒，她就马上在对讲机内叫停了，对苍云峰说道："途乐陷得太深了，靠绞盘硬拽太难了，想想别的办法救援吧。"

苍云峰从车内下来，脚踩在地上很快就陷入了泥中，泥水淹到了他的小腿。他蹲下来，努力把手伸到下支臂的位置，果然不出所料，下支臂已经陷入了泥中。

一边的宋毅看得紧张，他站在硬泥浆的边缘问道："峰哥，下面托底了吗？"

苍云峰应了一声，然后对救援组的人说道："拿铲子先挖，把后轮那边挖出一个缓坡，再过来一个人从前面挖，把下支臂附近和前轮后方的泥巴挖走。"

救援组的人马上套上半身水裤，开始上前干活。

在海拔五千三百米干体力活是什么样的体验？宋毅内心过意不去想来帮忙，拿着铁锹挖了五下就出现了头晕的症状，险些栽倒在这儿。

依依见状，急忙阻止了宋毅。专业的事还是交给专业的人来做吧。

宋老的司机刘广才在一边叼着烟，对宋毅说道："你自己动手干什么啊？咱花钱雇他们不就是让他们干活的吗？"

宋毅看了一眼刘广才，眼里表现出很深很深的反感，从这个表情不难看出，宋毅很讨厌这个刘广才。

刘广才看起来也的确不像什么招人讨喜的人。四十多岁的男人不修边幅，尤其是那一口大黄牙，跟他面对面交流总会有一种特别不舒服的感觉。

苍云峰亲自带队挖泥巴，为的就是快点把车拉出来。宋毅才缓过来劲儿，再次走上前对正在挖土的救援组工作人员说道："您休息一下，我来挖一会儿吧。"

救援组的工作人员自然是不肯交出手里的铁锹，毕竟这是属于他们的工作。

反倒是宋老在一边对挖土的工作人员说道："小兄弟你休息一下吧，让小毅挖几下，他犯的错要让他接受教训。我这次带孙子和孙女一起出来，就是希望他们感受一下什么是生活。"

见宋老这么说，挖土的工作人员都不知道咋办了，还是溪玥开口让他把铁锹给宋毅，他才照办的。

宋毅拿着铁铲又是开挖，刚刚把铁铲给他的工作人员站在一边指导道："小毅，你把铁锹给我一下，我教你怎么使用。按照你这种挖法，的确是出力了，但是效果不好。"

宋毅把铁锹还给工作人员，一脸好奇地问道："这个还有什么说道吗？"

工作人员演示说道："你看我的手，左手在下，右手在上，两只手分别拿住铁铲不同的位置，往下挖的时候用脚踩着铁锹用力，这样可以挖得更深，身体的力在一条线上。这回你再试试。"

宋毅半信半疑地尝试，结果才挖了一下，就铲出很多泥沙，这把他高兴坏了，兴奋地说道："真的是比我刚刚挖出来的多，而且还省力。"

"加油……"

宋老在一边看着这一幕，忍不住对身边的溪玥感叹道："现在的孩子啊，在城市里长大，都没机会摸一下铁铲、锄头的，带他们出来锻炼真是我做过的最明智的选择。"

宋老太撇嘴，摆出一副不屑的表情。

挖了差不多二十分钟，四个轮子的后方都挖出一条沟壑，在沟壑里面又将脱困板垫在了下面。

苍云峰重新上车。这一次他不再挂N挡，而是将挡位挂在了R倒挡上，并且挂入了低速四驱，这也是越野车脱困的最强模式。之所以这一次挂入R挡而不是N挡，主要是考虑到之前四个轮子陷入泥中，即便是挂R挡倒车，那也是不停空转，对拖拽起不到什么作用。现在选择挂入R挡是因为车轮后的泥沙已经挖开，车轮下面也垫上了脱困板，现在的车轮是有足够附着力的，所以倒挡能起到一定作用。

对讲机和后面三辆绞盘车沟通之后，开始了第二次拖拽，三十秒轻就松搞定。在途乐脱困后，小胖上前帮忙，将挂在车子后面的三根绞盘绳拿掉，然后拍了拍车尾门。

苍云峰听到之后，鸣了一声笛，调整方向，一脚油门冲出了陷车的地方。

其他人开始有条不紊地收拾起来，三辆越野车的司机收绞盘绳，副驾驶开始去陷车的泥潭边将沉入泥土中的脱困板挖出来。

每个人都有自己负责的工作，看起来都很熟练，这些细节都体现了这支队伍的专业。

脱困后，宋毅主动到溪玥面前道歉。这个小小的举动，让溪玥对宋毅这孩子好感大增。

在接下来的行程中，宋毅仍旧开车，但比之前小心了很多，老老实实地跟在第一组的后面。小胖在对讲机里面和宋毅开玩笑，让他继续感受一下飞驰的感觉。宋毅尴尬地说道："小胖哥你就别逗我玩了，我已经给大家添麻烦了，真是不好意思。"

溪玥连忙拿起对讲机的手麦安慰宋毅，毕竟宋毅还是个孩子，并没有人怪他。

苍云峰作为一组的头车，自然免不了在探路的时候陷车。总结原因就是这个季节的羌塘暗河、暗湖都多，稍有不慎就会把车开到类似于沼泽的地方。好在苍云峰是绝对的老司机，感觉到前轮失去附着力的时候，他会立即停车，然后挂低速四驱倒车。如果感觉到车有往后退的迹象，就直接加大油门一口气倒出来；如果踩下油门五秒车都没动，就果断拿对讲机通知后面的车绞盘救援，顺带让二组的人上前探路。宋毅的车则跟随二组继续出发。

救援的时候，苍云峰和溪玥都是在车上不下车的。二号车副驾驶下车拉绞盘挂在前车的后拖车钩上，救援成功后负责挂绞盘绳的人再把绞盘线缠绕在起来，方便下次继续使用。

也正是因为有这样的配合，即便是发生陷车也不怎么影响全队的前进速度。

下午六点，车队到了计划的扎营地，右侧是普若岗日冰川，左侧是令戈错。扎营的地方可以明显看到有很多条河流，都是由普若岗日冰川积雪融化后流入令戈错留下的。考虑到冰川温度低，扎营的地点更倾向于令戈错，宋老又玩起了无人机，把无人机飞向冰川去航拍。

这个画面让苍云峰想起了前两年上映的一部电影——《藏北秘岭—重返无人区》。在苍云峰看来，剧中的女主角就是个傻子。其中有个桥段就是在暴风雪中拿无人机航拍冰川，结果可想而知。飞机炸了那就再重新找一个无人机继续拍呗，谁承想里面就一个无人机。

看这部电影的时候，苍云峰就在心里画了一个大大的问号：你是在逗我吗？这么大的录制团队就一台无人机？连个备用的都没有，闹呢？就算是演电影也要符合逻辑吧？

还有，车队用的都是普通的轮胎，在队友高反的要护送队友回双湖县的时候，竟然只安排一个司机一辆车出发，导演就没考虑过陷车咋办吗？陷车后让人弃车徒步回去？

这部电影被苍云峰贬得一文不值，甚至觉得看电影都浪费时间，真正来过无人区的都知道是怎么回事。

在安营扎寨的时候，仍旧是营地组的工作人员在忙碌。小胖带着另外一个助理给大家准备吃的，苍云峰则是带着黑背在营地边巡逻。走着走着，黑背突然就不动了。

苍云峰转过头叫道："走啦。"

黑背看了看苍云峰，然后又把头扭向右侧的小山丘。苍云峰也顺着黑背的目光看过去，发现不远处的小山丘上站着几只狗……不对，是几只狼。

苍云峰看到这几只狼的时候，本能地微微皱眉，在无人区被狼群盯上可不是什么好事。狼这种生物极其聪明，它们会评估猎物的"战斗力"，再决定是否发起进攻。如果是单独的一只或者一对，对车队是不会造成任何威胁的，甚至它们会主动躲开车队。但是这明显是一群狼，究竟有多少只还不确定。

苍云峰拿起挂在胸前望远镜看过去的时候，对面几只狼纷纷选择走相反的方向，消失在小山丘的后方。黑背往前走了两步，站在苍云峰的右侧，望着远处的小山丘，仿佛陷入了沉思。片刻之后，他放下手里的望远镜，拿起了挂在腰间的对讲机说道："这里是苍狼，这里是苍狼，我发现了西北方有狼群。营地组注意防范，搜救犬全部加餐，帐篷搭建得密集一点，over。"

"营地组超收，over。"

"餐饮组超收，over。"

"医疗组超收，over。"

"救援组超收，over。"

专业，体现在每一个细节。

就在大家沟通这件事的时候，一个人的背影缓缓地走向刚刚狼群出没的小山丘。这一幕被溪玥发现了，她在对讲机里叫了两声，发现对方根本没听到。最后她不得不小跑追上去，这个人正是宋老的司机刘广才。

溪玥追上他的时候已经气喘吁吁了，大声问道："你要干吗去？那边有狼群，你不要命了吗？"

司机刘广才本能地把手背到了身后，然后支支吾吾地说道："我……我……我就是想四处看看风景，我没别的意思。"

如果刘广才不故意把手藏起来，溪玥可能还不会注意，但就是这个动作引起了她的警觉。

第35章　司机有问题

溪玥的目光落在了刘广才的手上，追问道："你手里拿的是什么？"

刘广才见被发现了，尴尬地把背过身的手拿了过来，然后对溪玥说道："电话，我是想去高处信号好的地方给家里打个电话，报个平安。"

溪玥看了一眼刘广才手上的电话，是一款海事卫星电话。这个卫星电话和荒野俱乐部用的不一样，应该是宋老自己准备的吧。她提醒刘广才道："卫星电话不需要去山坡上拨打，这个地方应该就有信号。那边有狼群，注意安全啊。"

"好的好的。"刘广才连声道谢道，"谢谢玥领队。"

溪玥没再说什么，转身回到了营地。营地组已经搭建完第一顶集体活动大天幕，这个天幕可以容纳二十人左右。小胖马上带着自己的组员在天幕内准备做饭的装备，煤气罐、锅架、各种锅碗瓢盆。

宋欣然拿着望远镜，看向令戈错方向寻找野生动物。她远远地看到一头藏牦牛站在原地一动不动，好奇地问道："我们今天看到的藏牦牛不都是成群的吗？为什么那里有单独的一只？藏牦牛不是群居吗？"

苍云峰解释道："这种单独一只的藏牦牛基本上都是公牦牛，也是以前牛群的首领，被新的首领取代之后，它就会离开之前的牛群。这种单独的藏牦牛十分危险，它们的领地意识特别强，你看它站在远处，实际上是在监视我们。如果我们进入它的领地，它很有可能会用牛角顶我们。"

"那怎么办？我们还要往这个方向走吗？"

苍云峰微笑说道："不怕，我说的是很有可能，毕竟不是绝对的。而且藏牦牛发动攻击的时候是有先兆的，如果你发现它的头低下来，后腿在不断地蹬着地面，那就说明它很有可能要发动攻击了，它这么做是在向你示威。如果你仍旧靠近，它接下来会有两个举动：第一，什么都不管向你顶来，这种可能性很小；第二，它掉头撒腿就跑。这种倒是经常见，车距离它几十米的时候，它就跑了，跑得贼快。"

宋欣然听后开心地大笑起来，感叹道："这里的东西真有个性，我去找爷爷借一台相机，把这里的动物都拍下来。"

"去吧……"苍云峰提醒宋欣然说道，"不要跑得太快，走得太远。跑得太快你会高反，走得太远会很危险，附近有狼群。"

"知道啦。"

营地组一口气搭建了六顶帐篷，干完活之后几个人也是累得气喘吁吁。财务赵小佳很暖心地给每个人准备了酥油茶，是用刚刚煮好的开水泡的——在高海拔地区喝酥油茶真的可以缓解高反。队伍里好多人都是身兼数职，搭建营地的时候就是营地组，车子陷车需要救援的时候，也是毫不犹豫地化身救援组又是挖土又是拉绞盘的。

小胖今晚准备的是牛腩炖土豆和紫菜蛋花汤。牛腩炖土豆是在昆明出发之前就炖好后真空包装的，到这种地方将真空包装的袋子打开加热就可以了。这么做有两个原因，第一是为了省事省时间，第二是因为在高海拔地区想要煮熟东西真的很难。海拔越高气压越低，水的沸点也就相应降低了很多。紫菜蛋花汤是提前准备的脱水蔬菜直接丢在水里煮的。

只有米饭是放在灶台上用高压锅闷出来的。

吃饭的时候，刘广才又不见了。小胖随口问了一句怎么少了个人，这又引起了溪玥的注意。发现少的是刘广才之后，她随口回答道："他是不是又去打电话了？"

就在这时，听到声音的刘广才急急忙忙从天幕外走了进来，讪笑着否认道："我没有，就在外面看了看日落，挺美的。"

日落在令戈错的方向，刘广才进入帐篷前的脚步声是从帐篷后方传来的，绕过整个帐篷才走到门这里，也就是说他刚刚看到的风景是东边的冰川，那边怎么可能有日落？纯属撒谎。

吃过饭后苍云峰主动找到溪玥小声问道："刚刚刘广才不见的时候，你猜测他去向时，怀疑他去打电话，为什么加一个'又'字？"

溪玥回答道："搭建营地的时候我就看到刘广才拿着卫星电话去找信号了。"

苍云峰皱眉陷入了短暂的沉思。这个刘广才这么频繁地和外界保持联系的目的是什么呢？这让他有点想不通了。于是他提醒溪玥提防着点刘广才，这个刘广才有点不对劲。

溪玥心领神会。

夜幕降临，羌塘的风逐渐大了起来，几顶帐篷的帆布被吹得"咔咔"作响，感觉随时都有被风卷走的可能。营地组临时调整，将七辆车全部放在迎风处，还多拉了几根风绳绑在了车子的轮毂上做加固。

这一夜，宋欣然也不要求洗澡，也不要一个人住了，而是紧紧地跟着溪玥，仿佛只有溪玥才能给她安全感。

临睡前，老唐和苍云峰又是出于习惯绕着营地检查了一遍。这天夜里，几条狗都蜷缩在大天幕内趴着，帐篷内外的温度差接近二十摄氏度，柴暖机一夜都没停止工作。深夜听到狼嚎声从四面八方传来，吓得宋老一家人久久不能入睡，但这对九队来说已经习惯了。

次日清晨，小胖的餐饮组最先起床给大家准备早餐，营地组的人多休息了半个小时。小胖偷偷给依依开了小灶，煮了一杯蜂蜜牛奶拿给她。九队的兄弟们都习惯了，每当小胖献殷勤的时候，大家就起哄说自己吃狗粮了。

依依虽然害羞，但每次都会光明正大地接受小胖对自己的好。

吃过早餐，营地组开始收拾帐篷，苍云峰拿着电动抽油泵开始从皮卡车的后箱内给各个车加油。就在油加到一半的时候，小胖挠着头走过来问道："峰哥，你看到我的卫星电话了吗？"

"找不到了？"

"嗯。"小胖挠着头疑惑地说道，"我记得昨天晚上给我妈打了个电话报平安之后，就把电话放在皮卡车的副驾驶上了。咱的卫星电话不都是放在这个位置嘛，怎么今天早上就找不到了呢？"

苍云峰相信小胖说的话，因为在一起两年多了，大家对装备的摆放绝对不会乱来，尤其是这么重要的东西，都是有专门存放位置的。每台车都配备了卫星电话，电话费都是各个车的司机自己负责的，所以大家轻易不会拿队友的卫星电话使用。

想到这些，苍云峰把小胖叫到身边，小声说道："你先慢慢找，能找到最好，找不到也不要声张。"

小胖有点不理解地问道："大家一起找不是能快点找到吗？"

苍云峰小声说了自己的想法，小胖听后一脸惊愕，小心翼翼地问道："峰哥你确定？"

苍云峰做了一个"嘘"的动作，然后让小胖去一边找了。

四十分钟之后，营地收拾得差不多了，小胖仍旧没有找到自己丢失的卫星电话。依依发现了小胖一直在四处"溜达"，用一种责备的语气问道："小胖你瞎溜达什么呢？大家都在忙呢，你也过来搭把手啊？"

小胖急忙跑到依依的身边，左右看了看，然后拉着她向猛禽皮卡车副驾驶那边走去，避开了人群。与此同时，刘广才也注意到了这一点，他假装不经意地走向皮卡车，站在皮卡车的另一侧。

皮卡车背后，小胖故意用刘广才能听到的声音"小声"对依依说道："咱们车的卫星电话不见了。"

依依故作吃惊状问道："怎么回事？你放哪儿了？"

小胖很费解地说道："我就放在副驾驶的门板上了，咱们车队的卫星电话不都放在这个位置嘛，从来没变过啊。昨天晚上给我妈打完电话之后我清楚地记得就放在这里，今天早上就没有了。"

依依："你是不是记错了？"

小胖："不可能，绝对不会错的。"

依依："那怎么会没呢？"

小胖假装猜测说道："我怀疑是被其他车的队友拿走了。"

依依："每个车都有，别人拿你的干什么啊？"

小胖："一部卫星电话好几千块钱呢，被谁偷了拿回去卖二手呗。"

依依："那怎么办？要和领队说吗？"

小胖："不要，说了她就知道我们的电话丢了，偷电话的人可能直接丢掉也不可能让队长发现的。反正分配电话的时候也没有明显的标记，等我把别人的电话偷回到我们车上放着就行了。"

依依："这样真的好吗？"

小胖："他们好意思偷我的电话卖钱，我怎么就不好意思偷他们的呢？再说了，任谁丢了电话都不可能吭气的，说出来就要交罚款挨批评。等我找个电话放在我们车上，你直接就藏起来，免得再被偷走。"

"那好吧……"

刘广才把小胖和依依的对话听得真切，并从侧面了解一些自己想要的信息，比如九队表面看起来很团结，实际上还有这些小偷小摸的现象。刘广才开始还担心自己偷了卫星电话会引起小躁动，听到小胖和依依的对话之后，他更加大胆了。趁人不注意的时候，又把一辆越野车副驾门板处的卫星电话也顺了。

卫星电话这东西和对讲机不一样，对讲机是大家随时都在用，能让车与车之间保持联系；卫星电话是和外界联系的，在行车过程中谁都不可能拿着卫星电话和家里人联系，最关键的是，行驶过程中卫星电话的信号很不稳定，通话质量并没有那么理想。

趁着大家收拾营地的工夫，刘广才成功偷走了两部卫星电话，并且将这两部电话用塑料袋包裹起来，趁人不注意的时候在地上挖了个坑，将卫星电话埋在了这里，并且在外面用几块石头做了一个标记。

收拾完营地准备出发了，除了宋老太有点疲惫之外，大家的精神状态还算不错。赵小佳用保温杯给宋老太泡了一壶酥油茶，叮嘱她在路上把这一壶茶都喝完。另外，每个人也分到了一个苹果。今天他们的目标是抵达"多格错仁"。

"多格错仁"是在中国排名第二十七的大湖，仅次于中印边境的班公湖。从营地出发没多久就到了洪玉泉河岸边。这是一条由普若岗日冰川的雪融水形成的，注入多格错仁。最令人称奇的是，这条河有一段是不会结冰的，即便是在冬天，河水仍旧湍急。

而这个季节又是羌塘温度比较高的季节，河面出现了惊人的宽度。宋老当时都绝望了，指着河面问道："这……这……这还能过去了吗？"

第36章　过河

苍云峰拿起对讲机，自信十足地说道："宋老您放心，答应您的事我们必须做到。别说眼前的是洪玉泉河，就是银河我也带你过去。"

说完，苍云峰放下手麦，对副驾驶的溪玥说道："你组织大家到岸边休整，我去拿无人机看看周围的环境，寻找一下最佳的过河点。"

溪玥拿起对讲机的手麦，组织后续车辆到河床边寻找硬质土地驻车。

七辆车并排停在了河边，面前是的河道大概有五十多米宽，河水混浊看不到底。宋毅走到河边把手伸到水里，开玩笑说这里会不会淘到狗头金，结果是手刚刚触碰到河水，就猛地收了回来。他一脸懵地转过头看着众人问道："这河水为什么这么凉？"

溪玥指了指右侧的普若岗日冰川，笑着说道："冰川融水啊，能不凉吗？"

苍云峰操控着无人机，观察整条河道，发现上游和下游的河道略窄，但无人机飞过去的时候，看到河床边都是"断层"，冰川水硬生生地把地表冲出了一条条沟壑。想把车从沟壑中开过去，简直是天方夜谭。

经过反复查看之后，苍云峰把面前这里认定为最佳过河点，收回无人机后简单开了个会，对众人说道："我刚刚看了一下周围，上下游五公里左右没有适合的地方。河道越窄河水越深，最重要的是，那沟壑看着都吓人，这里至少是有浅浅的车辙，直线距离最短的对岸也有若隐若现的车辙，这说明双湖县森林公安巡逻时的过河点就是这里。接下来我去探路，确保万无一失后大家再过河。"

老唐拿着水裤准备往自己身上套，这一幕被苍云峰看到，他立即制止了老唐，对老唐说道："我来。"

老唐憨厚地笑着问道："干什么？觉得我老了身体不行了？看不起我啊？"

苍云峰明知道老唐是激将法，但他根本不吃这一套，上去就把老唐穿到一半的水裤扒下来，一边往自己身上套一边说道："拖家带口来执行活动，你就让家人省点心不好吗？你要是穿着这玩意儿下水了，唐嫂得多担心你啊。我孤家寡人一个，被水冲走都没人心疼的。"

老唐一巴掌打在苍云峰的后脖颈上，那动作以东北话来说就是"一个大脖溜子"。他骂道："臭小子怎么说话呢？什么叫被水冲走都没人心疼你？我们不是人啊？"

苍云峰没心没肺地一笑而过，水裤是连体的，一直到胸口的位置，肩膀处有两个肩带卡着，防止水裤脱落的，苍云峰穿好水裤的时候，救援组的两个人已经把速降绳和战术腰带拿过来了，其中一个将战术腰带扣在苍云峰的腰间，另外一个将速降绳挂在他的后腰上，并且挂了两根绳子。

苍云峰用手摸了摸，确定自己摸到了锁扣之后，做了一个OK的手势。

溪玥将一个一米多长的竿子递给苍云峰，他就这么一个人拿着竿子走进混浊的河水中探路。水流并不算湍急，但是冰冷刺骨，让人有点难以接受。每走一步，苍云峰都要用脚在水底动一动，以此来判断水下是硬质路面还是泥沙。

在苍云峰下水探路之后，全队所有人的情绪都被带动起来，大家盯着他的一举一动，这种感觉是既刺激又担心。

溪玥、小胖、依依三个人也开始偷偷行动，他们凑到每一辆车的驾驶员身边，小声把苍云峰交代的事吩咐下去。大家心领神会，表面上都默不作声，实际上已经开启了一场"反间谍"的行动。

此时，苍云峰已经来到河道的最中央，水深淹到了腰间。此时每走一步，他都要把手里的竿子插入河水中，一方面是需要确定水底是不是硬质路面，另一方面的确是因为水流太急，他需要一个支撑的固定点。

大概走到四十米的地方，距离对岸也只有十几米的距离，河水的深度才慢慢变浅，一个往返用了大概十五分钟的时间。回来的时候苍云峰已经冻得上下牙打战，他将竿子还给小胖，一边脱水裤一边说道："水底都是硬质路面，不会陷车，我们准备过河，考虑到水流还是有点湍急，所有车都需要挂绳子过河，尽量等前车到对岸之后，后车再下水。"

救援组的一个哥们儿提醒苍云峰说道："我们只有六条十二米的拖车绳，如果按照你说的办法，我们需要往返很多次。"

苍云峰想了想说道："把所有的拖车绳都给途乐，我们自己的车都有绞盘，大家把绞盘线放出来。过河的时候所有车辆保持相应的距离匀速前进，我来当头车，我刚刚下水探路了，我对水底的情况有了解。放心吧，走起。"

大家见苍云峰都这么有底气了，也就没那么多废话了，纷纷动手干活。

宋老和家人在一旁看着，内心十分欣慰，对身边的刘广才说道：

"广才啊，你朋友推荐的这支队伍真不错，回昆明带我登门道谢吧。对了，你上次说你这个朋友姓什么来着？是黄吗？"

刘广才急忙否认道："不是的，您记错了。"

宋老有点怀疑自己的记忆力了，嘟囔道："是我记错了吗？我记得你说的就是这个姓啊。"

刘广才打断宋老的思路，对他说道："我们上车吧，准备过河了。"

七辆车首尾相接，每辆车与前车保持二十米左右的距离。苍云峰作为头车率先下河，二号车是救援组的一辆越野车。当越野车的绞盘绳拉直后并且车身感觉到有牵引力之后，二号车轻踩油门跟着下了水，然后是后面的途乐，作为第三辆车跟着下了水。

河水最深的地方大概有八十厘米，对改装过的越野车来说，这个深度根本不算什么。唯一让人担心的就是那辆途乐的进气口，好在这也是一辆硬派越野，有惊无险地过到了对岸。

一条洪玉泉河耽搁了一个多小时，接下来的路难度并不大，就是不停地陷车、救援、探路、陷车……终于赶在下午六点抵达多格错仁。

今天在搭建营地的时候，大家都留了一个心眼，四辆车并排停在了一起。另外两个皮卡停在了四辆车的对面，形成了车头对车头的摆放方式，帐篷搭在了旁边，故意避开了车辆，目的就是等刘广才再偷卫星电话的时候抓个人赃俱获。

但是这一晚什么都没发生，卫星电话也没有继续丢失，刘广才老老实实的，这让苍云峰有点费解。难道刘广才发现了什么？但仔细想想又觉得不可能，毕竟大家都表现得很自然。

一直到第三天清晨，队伍都没有任何异常，也没有再发生丢卫星电话的事。第三天目的地就是勒斜武担湖了，也是这次行程的终点。到达勒斜武担湖之后寻找到李聪明的衣冠冢，宋老的意思是在勒斜武担湖边扎营停留三天就可以返程了。

一切都在计划之中，也很轻松地找到了李聪明的衣冠冢，看到了北京老男孩车队在这里留下的"墓碑"，上面写着李聪明的生平。

宋老见到故人后脱帽致意，深深地弯腰鞠躬。这一幕也感染了九队的人，大家自发地站在衣冠冢前面向这位勇者致敬。按照宋老的意思，营地就扎在了衣冠冢的旁边。

苍云峰习惯性地在营地周围巡视，意外发现了不远处的山丘上再次出现了狼群。这一次，狼的数量远比之前多得多，放眼望去，保守估计有三十只以上。

这绝对算得上是大狼群了，在羌塘无人区遇见狼或遇见狼群都不奇怪，奇怪的是遇见一群狼尾随上百公里，这就不对劲了。

黑背也注意到了这群东西，它的眼神仍旧平静，凝望着山顶的头狼。

头狼似乎也注意到了黑背，仰起头发出狼独特的嚎叫，似乎是在向黑背示威。

黑背也不甘示弱，它扬起了头学着狼一样的叫声回应，叫的声音比山坡上的那只头狼更大、更有气势。

换回来的却是一群狼的哀嚎，哀嚎之后，狼群消失在小山坡的背后。

这种哀嚎回荡在荒原上，让人有一种莫名的毛骨悚然。

宋老在苍云峰身边问道："这群狼是两天前我们遇见的吗？"

苍云峰摇头说道："我不确定，距离太远了。"

宋老又问道："我们会不会有危险？"

苍云峰回答："不要离开营地太远就好了。狼是很聪明的动物，它摸不透我们的时候，就不会擅自发起攻击。"

宋老心有余悸。

宋毅蹲在李聪明的衣冠冢前看着"碑文"，好半天都没有离开。

溪玥走过来微笑问道："小毅在想什么？"

宋毅很不理解地说道："我不太能理解这些做极限运动的人，有的人说是为了实现自我价值，这件事本身的价值体现在哪里？为什么李聪明会做这样的决定？这样做有意义吗？"

溪玥微笑解释道："人这一生太短暂了，有一种热爱的运动，是一件幸福的事。李聪明热爱自行车运动，在二十世纪九十年代就骑行了那么多个省。在当时的人看来，所有人都在认真工作努力赚钱的时候，他就已经靠自行车浪迹天涯了，身边肯定有很多人质疑他，认为他不务正业。但一个人的热爱是不可能因为身边有流言蜚语就改变的。我猜想，李聪明之所以用自行车穿越无人区，就是想远离世俗的纷纷扰扰，留给自己一片净土吧。"

宋老来到衣冠冢边，看着溪玥说道："请继续讲下去。"

溪玥惭愧地笑了笑说道："我就是按照自己的理解分析的。"

宋老点头说道："没什么，你继续说。"

溪玥继续说道："以前我没从事这份工作的时候，也不理解为什么那么多人喜欢极限运动，并且愿意为此付出生命。后来我有了浅淡的理解，人这一生过得太苦太累了，能有一个爱好真的不容易。极限运动是一种挑战，你要做一件有危险的事，做之前你也清楚这件事很危险，所以你犹豫不决，害怕后果是自己无法承担的。当你鼓起勇气决定去做的时候，你就会发现自己已经不在乎结果了。经历过，就是宝贵的财富。"

宋老听后，情不自禁地点头，然后看着孙子宋毅问道："怎么样？你听懂了吗？"

宋毅似懂非懂，先是点头，然后又摇头。

宋老见状笑了起来，对溪玥和宋毅说道："你们不是好奇我为什么一定要来这里吗？那我就简单给你们讲一下我和老李的故事吧。"

第37章　刘广才消失了

溪玥对宋老和李聪明之间的过往是真的很感兴趣，是什么样的交情能让一个年过半百的老人跨越重重艰辛，来到这里探望一个衣冠冢呢！

宋老看了看立在地上的"碑"，实际上那就是一块牌子，上面写着李聪明的生平，即便是这么一块牌子，也让宋老睹物思人。他轻叹道："李哥是个传奇，在那个年代是，在现在也是。1989年，全国人民都还在为生计忙碌的时候，李哥就选择了用自行车环游中国，那个时候能有一辆自行车真的是很不容易，不亚于现在家里有一个十几万的小轿车了。李哥选择骑行中国时，身边很多人都称呼他为'疯子'，认为他这么做是不负责任的。世俗的眼光认为他是个另类，别说外人不理解，就连家人也不理解。"

溪玥听得入神，回应道："李先生能做出这样的决定，的确是不容易，他承受了很大的压力吧。"

宋老点头道："压力是很大的，那个年代的人似乎不知道什么是梦想。体制内的工作早就麻木了，进入工厂早九晚五地干活，日复一日就是大家认为应该过的生活。像李哥这样靠一个自行车环游中国，真的是很难找出第二个了。"

宋毅问道："爷爷，你认识他的时候，你们都还年轻吧？"

宋老回忆道："二十多年了，我们也仅仅是有一面之缘。那时候我做生意，几乎被人骗走了全部资产。我认为自己什么都没了，承受不了这样的打击，当时甚至想过自杀。也就是在那个时候，我遇见了李哥。李哥靠一辆自行车环游中国，在我眼里是不可思议的事，但他告诉我这没什么，脚踏实地地往前走，走一步就前进了一步。他给了我很大的鼓舞，是他的鼓励让我重新面对人生。那个时候他还不怎么出名，我只记住了他的名字，可是全国叫'李聪明'的人那么多，我去哪儿找他呢？真的是找不到，直到前几年看到有关于他的报道，我才知李哥已经不在了。"

溪玥轻叹，不知道怎么安慰宋老。宋老又看了看竖在地上的墓碑，感叹道："李哥，我来看你了，感谢你对我的鼓舞。能到这里来祭拜你，也了却了我的一大心愿。希望世人永远找不到你的遗骸，这样我还能天真地认为你仍旧活在这个世界上，我们有一天还会再相见。"

这些话完全是真情的流露，催人泪下。

不远处，小胖拿着勺子敲击铁盆招呼大家过去吃饭，宋老看了看营地，用手抹了一下自己的眼角，然后对溪玥和宋毅说道："孩子们，走吧，我们去吃饭。"

溪玥提醒宋老道："您慢点，这里是个斜坡，别滑倒了。"

宋老笑着说道："没事的，我这身子骨还健朗呢。"

苍云峰将两部卫星电话藏了起来，他也担心这些东西都被刘广才偷走。刘广才偷卫星电话肯定是有目的的，至于是什么，他暂时还没想到。

当天晚上的伙食很丰盛，一荤一素还有一锅汤。想到明天不用收拾帐篷了，大家都很开心。苍云峰偷偷从自己车里翻出了一个酒壶，往自己的保温杯里倒了进去。九队规定外出作业的时候是不能饮酒的，无奈苍云峰的酒瘾很大。他把散装白酒倒入保温杯里面当水喝，这一招别人是学不来的。

两个菜配着就把自己喝迷糊了，吃完饭他就钻进睡袋里休息去了。溪玥走进帐篷就闻到了一股酒味，不用猜都知道是怎么回事，一脸怒气地走到床边想把苍云峰踹醒。但看到苍云峰熟睡的样子，溪玥还是心软了。这一路走下来他是最辛苦的，所有的苦活累活都是他在干。踏入冰河探路前苍云峰说没人关心自己的时候，她是打心底可怜的。

苍云峰有一段不堪回首的感情往事，这也成了他内心最大的伤痛。

溪玥看着眼前这个睡熟打着呼噜的男人，最终还是心软了，在他的睡袋外面又盖了一件军大衣。

帐篷外，狼嚎声从四面八方传来。

在荒无人烟的无人区，这种狼嚎自带一种恐惧感。溪玥连忙转身向外走去，一边走一边拿着对讲机通知道：“各组注意、各组注意，这里是溪玥，大家确认各组人员人数，老唐安排一下，营地四个方向准备高位探照灯，彻夜不息。搜救犬套上链子，确保每个帐篷门外都有一只搜救犬。”

“营地组超收。”

“救援组超收。”

“餐饮组超收。”

“……”

这一夜，狼群的嚎叫声就没断过，同样没断的还有苍云峰的呼噜声。

一直到东边的天空泛起了鱼肚白，周围才安静下来，这一夜大家睡得都不好……除了苍云峰。

今天不用拔营，营地组的几个哥儿们比较轻松，在帐篷内也多睡了一会儿，直到小胖准备好早餐，他们才逐个爬起来。今天的安排也是比较简单的，就是陪着宋老在湖边随便走走，拍一拍野生动物。

有人的地方，野生动物基本上都不怎么靠近。无论是藏羚羊也好，还是藏牦牛也罢，它们都不会靠近人类活动的范围，所以营地周围也看不到什么野生动物靠近。即便是有动物到湖边喝水，也是躲得远远的。

宋老是一个摄影爱好者，长焦镜头虽然能拍到远处的动物，但也不如近距离拍得爽，所以他提出了想离开营地，到附近去碰碰运气。

苍云峰四下看了看，天气很不错，周围也没有其他人，走远点拍摄应该也没什么事，但前提是必须有工作人员陪同。宋老并不反对别人跟着，还开玩笑道："我一个人拍照也挺无聊的，有两个人跟着我挺好，聊聊天解闷。"

就这样，宋老带着自己的孙子、孙女还有刘广才，在三个救援组的工作人员陪同下，去了附近的小山坡上寻找更好的拍摄点。

即便如此，苍云峰还是不太放心，便让黑背跟着他们一起过去拍摄。

黑背是一只极度聪明且通人性的狗，它不会表达，却完全能领悟苍云峰每一句话的意思。

这一天过得比较轻松，队伍也没有大动作，可以算得上是休整了。但是这天晚上，趁着大家都在忙碌做晚饭、吃晚饭的时候，刘广才有了新的动作。他一直在偷偷地观察着队伍里的每一个人，尤其是苍云峰。趁着苍云峰不注意的时候，他溜进了天幕内，天幕是一个超级大的帐篷，算是一个公共活动区域，小胖就在这里做饭。刘广才趁着小胖不注意，将安眠药倒入了汤锅里。

吃过安眠药的人知道，这玩意儿吃了之后不会像迷药一样马上晕倒，只不过就是嗜睡，睡得很沉很沉的那种。

这一锅下了安眠药的汤，的确让大家睡了一个好觉。

第二天清晨，小胖的闹钟"嘀嘀嘀嘀"叫个不停，最先被吵醒的却是苍云峰，原因是苍云峰昨天晚上根本没喝汤。他会睡得这么沉，也是因为他又嘴馋偷酒喝了。他迷迷糊糊地揉着眼睛喊道："胖胖、胖胖，起床做饭了。"

周围很安静，除了闹钟的声音，没有任何回应。

苍云峰又叫了一声："小胖，起床做饭了。"

这一次，回应苍云峰的是外面的一声狗叫。

这让苍云峰意识到不对劲，赶紧钻出睡袋四处张望，发现大帐篷内大家都睡得很香，这完全不是正常的状态。

那一瞬间，苍云峰彻底清醒了，钻出睡袋穿上了鞋子大声喊着小胖的名字，周围回应他的只有几声狗叫。

苍云峰拍了拍距离自己最近的一个哥儿们，这哥儿们还在打呼噜呢，生生被苍云峰给拍醒了。他一脸茫然地看着苍云峰，完全不知道发生了什么，苍云峰在帐篷里大声喊道："起床！地震了！"

即便是扯着嗓子喊，听到的人并不多。

苍云峰又走到小胖的行军床边，伸手捏着小胖的鼻子。大概过了十几秒之后，小胖终于憋得满脸通红醒了过来，张着嘴大口大口地喘息。苍云峰见状松开了捏着他鼻子的手说道："起床做饭了，你们怎么一个个睡得这么死？我还以为你们二氧化碳中毒了呢。"

小胖迷迷糊糊地问道："哪来的二氧化碳？"

苍云峰打一个响指说道："别废话，起床。"

帐篷内的活动声音多了，大家才打着哈欠一个个坐起来。

苍云峰走出帐篷，突然觉得有点不对劲，但具体是哪里不对劲，他又说不上来。

几条狗凑到苍云峰身边摇晃着尾巴来讨饭吃，他并没有空搭理狗，直接掀开了另外一个帐篷。这个帐篷是溪玥、宋欣然、赵小佳、依依几个人睡的，情况和之前的帐篷差不多，几个人都睡得很熟。

　　苍云峰走到溪玥床边蹲下来轻轻拍了拍她的脸，溪玥这才睁开了眼睛，看着苍云峰很茫然地问道："怎么了？"

　　苍云峰低声说道："情况不对，快点起床。"

　　溪玥并没有多问，揉着眼睛说道："好的，马上就起来。"

　　苍云峰又去了另外一个帐篷，这里是宋老两口子。他用同样的办法叫醒了宋老后，又到老唐和唐嫂的帐篷查看。

　　老唐倒是睁开眼睛了，但他并没有察觉什么不对。

　　最后一个帐篷是刘广才和宋毅住的地方，当苍云峰走到这里的时候终于发现问题了——帐篷内只有宋毅一个人在打呼噜，而刘广才早已消失不见。

第38章　陷入困境

　　苍云峰看到这一幕之后，突然想起刚刚为什么觉得不对劲了，他迅速关上帐篷的门，转身去查看——真的少了一辆车。

　　营地边只剩下六辆车，而且少的正是拉着物资的那辆皮卡车，地上留下了一条通向远处的车辙，是来时的方向。苍云峰顺着车辙将目光拉远，如果判断没错，刘广才是开着车跑了。

　　这算是他遇见的最奇葩的事了。

　　此时别无选择，苍云峰走到自己的车边，直接打开了警报器。听到警报的声音，九队所有的人都为之一愣，接下来动作都加快了许多，三分钟之后所有人便在天幕外面集合了。

　　溪玥站在队伍最前面有点懵，苍云峰出列来到溪玥身边，看着大家说道："我们有麻烦了，拉物资的皮卡车被人开走了，大家迅速检查一下剩余物资。"

　　听到这话，所有人的目光都投向了停车的地方。苍云峰继续说道："现在去调取皮卡车对面的行车记录视频，看一看皮卡车是几点离开的。另外我们睡得那么死，吃的东西一定有问题。"

　　小胖嘴巴张得大大的，没等开口呢，苍云峰就打断了他说道："小胖我不是怀疑你，现在事情已经很明显了，宋老的司机刘广才消失了。我们分头查看，两个人调取行车记录仪画面；小胖还是给大家准备早餐，高原地区不能饿着肚子干活；救援组和营地组其他人检查车辆，检查物资。"

"收到！"

大家开始分头行动忙碌起来。

宋老一家人也从帐篷里面出来，完全不知道发生了什么。宋老凑到队伍前排问道："发生了什么事？"

苍云峰把事情说了一遍，然后很理性地对宋老说道："刘广才和拉物资的皮卡车不见了，具体是什么情况，我们还不能判断，需要查看之后才好说。"

宋老简直就惊呆了，结结巴巴地说道："这……这怎……这怎么可能呢？广才他开车去哪儿？"

苍云峰摇头没敢做猜测，其实此时此刻的他心里已经有点想法了，只不过没以下定义的形式说出口。刘广才是昆明人，他向宋老推荐荒野俱乐部九队的时候说漏了嘴，提到了姓黄的朋友。之前宋老在色林错边就问过一次，所以苍云峰很怀疑这一切都和黄老二有关，甚至是黄老二安排刘广才，借着送宋老的手把自己送到无人区，然后……

想到这些，苍云峰再次问道："宋老您回忆一下，刘广才向您推荐我们的时候，有没有提到过什么人？"

宋老用不太确定的语气说道："我记得广才说过他有个姓黄的亲戚在昆明做生意，那个亲戚提到过你们，然后广才才推荐给我的。我记得是这样的，但是那天我问广才，他又说没这回事。"

苍云峰深深吸了一口气，点头说道："是了，大概就是这样了。"

这时，小胖跑过来气喘吁吁地说道："峰哥，食物剩得不多了，都被皮卡车拉走了，咋办？"

苍云峰咬着牙犹豫了几秒，逼着自己一定要冷静，他说道："你盘一下还有多少食物，能坚持多久，先不管怎么样，把今天的早饭整出来。"

"我看了，剩余的食物最多够我们吃三天，之前做好的真空包装的菜都不见了……"

"峰哥——"另外一个救援组的兄弟跑过来说道，"湖边有东西，我们两袋大米都被倒在了湖边。"

小胖听到这个消息后，转身撒腿就跑进了天幕，下一秒，他手里多了一个盆，直奔湖边，由此可见剩余的食物真的不多了。

老唐抱着笔记本电脑从一边走过来，示意苍云峰看自己的电脑。

电脑上显示的画面是刚刚从行车记录里面调出来的，时间是昨天夜里两点钟，这个钟点是人睡眠最深的时候。画面中的刘广才在几辆车周围转悠了很久，一会儿上车一会儿下车的，最后上了皮卡车，倒车之后扬长远去。宋老有点不能接受这个事实，指着屏幕张着嘴，半天没说出一句话来。

营地组的一个工作人员来到了苍云峰和老唐的身边，低声说道："唐队、峰哥，我们几辆车的汽油滤芯的管子都被剪断了。"

宋老问道："什么意思？"

工作人员解释道："汽油从油箱出来进入发动机，要经过一个汽油滤芯，汽油滤芯上下都是由软管连接的。每辆车的软管都被剪断了，并且汽油滤芯都被拿走了，现在想把管子接起来都不够长。"

苍云峰补充说道："刘广才这是不想我们离开这里啊。"

宋老问道："剪断了管子是不是油箱里面的油就流淌出来了？被放空了？"

"有可能还剩下一点。"

苍云峰故作镇定地说道："大家先吃早饭吧，吃了早饭我们再商量对策。"说完，他自己走进了大天幕。其实接下来怎么办，他也不清楚。

老唐看出宋老有点懵，安慰他说道："宋老哥你放心，没有什么能难倒我们。"

溪玥从一旁走过来问道："云峰呢？"

老唐指了指大天幕的方向，然后问道："有什么发现吗？"

溪玥咬着嘴唇低声说道："我们所有的卫星电话都不见了，包括昨天下午云峰收起来的两个，也不见了。"

宋欣然急忙说道："玥姐别担心，我们车里还有，我去拿。"

"我去吧。"宋毅说完就小跑去车边，但是很快又垂着头回来了，对几个人说道："我们的卫星电话也被刘广才拿走了，爷爷……你是不是拖欠人家工资了？否则他怎么能这么对待我们呢？"

宋老太教训孙子道："你爷什么时候拖欠过别人一分钱？"

"那为什么这个刘广才要把我们往死里弄？"

所有人都沉默了。

今天小胖准备的早餐只有稀饭和咸菜了。吃饭的时候，气氛空前的压抑，谁都不想说话，也不知道该说什么。

最后还是溪玥打破了沉寂，对所有人说道："我们遇见了从业以来最大的考验，大家趁着吃饭的时候汇报一下情况吧，我们一起想想对策。"

小胖率先开口说道："刚刚我从湖边抢救回来一些米，现在剩下的食物最多够我们吃五天，菜几乎没什么了。我们带的饮用水也不多了，接下来要靠净化器取水了。"

溪玥听后点点头说道："下一个。"

保障组的一个哥儿们说道："剩下的六辆车全部被剪断了油管，油箱内的油所剩无几，这些车基本上动不了了。"

营地组继续说道："营地装备一切正常，没有被破坏的痕迹。营地组的皮卡车上还有两桶柴油，大概一百二十升，如果只用来取暖和发电，可以使用半个月以上。"

苍云峰低声说道："我们在这里挺不了半个月。简单捋一下，就是照明、用电、取暖等营地装备暂时不需要担心，食物还能吃五天，车不能动，卫星电话全部被盗……"说到这里，苍云峰突然就笑了，叹道，"这个王八蛋是真想让我们在这地方自生自灭啊。"

宋老起身，当着所有人的面深深地弯腰道歉说道："对不起各位，我虽然不知道刘广才为什么这么做，但我觉得我有责任，我对不起大家。"说完，宋老再次弯腰九十度，并且是不直起来的那种。

宋老太见状，也起身鞠躬。

溪玥急忙扶起宋老的身体，安慰他说道："宋老，这不怪您，您也别自责。现在事情发生了，我们就想解决办法吧。"

老唐放下碗筷说道："目前我们有两个方案可以实施，第一，就在这里等待总公司的救援。我们每天都有固定的时间和总部取得联系汇报情况。一旦总部在特定的时间内联系不到我们，会联系救援队过来救援。之前我们走的路线包括在勒斜武担湖边的露营坐标，总部都有的，排除救援也能找到我们，只要我们坚持得久一点就好了。第二个方案就是去寻找最近的救援。我们现在的位置在勒斜武担湖，往北走翻越阿尔金山就到了315国道，往南走是继续回到双湖县，东西两边就不用考虑了，往北走有大型矿山，庆华矿业就在这边，说不定能提早遇见救援，往南还是只能回到双湖县。"

宋老胆战心惊地问道："去找救援？这不太适合吧？我们的车都坏了，能修好吗？"

苍云峰默默地点了一根烟，狠狠地吸了一口之后说道："吃完饭之后我出发往南走去寻找救援，你们在营地守着，不要分散。"

宋老太关切地问道："孩子，你怎么去啊？车都坏了。"

苍云峰微笑说道："徒步啊，一步步走出去就行了。"

这个决定不仅吓到了宋老一家人，也把自己人吓得够呛，包括溪玥在内。她否决道："你不能徒步去找救援，这太危险了。周围有狼群你又不是不知道，你一个人徒步出去，等于是给狼群添道菜，我不同意你徒步去找救援。我们采取第一个方案，原地等待总部安排救援，从今天开始，小胖把食物细化，争取吃到七天以上。"

苍云峰问道："如果七天之后我们都没等来救援队呢？"

"不可能，七天之内救援队肯定能到。"

苍云峰抽了一口烟，继续说道："我们做两手准备吧，我出去找救援，即便是我真的遇见了狼群，也不影响大家在这里等待救援，多一种行动就多一分希望。何况我未必就会输给狼群，别忘了，我的网名就叫苍狼，我和狼是同类，狼不吃同类的。"

老唐对苍云峰说道："你别开玩笑了，快点把饭吃完，汽修组的人看看车能不能修起来。我先去解个手，云峰你吃完了来找我。"

第39章　徒步羌塘

苍云峰知道老唐叫自己出去肯定是有事，他快速地吃完稀饭，起身跟了出去。两个大男人站在车的另一侧并排"放水"。老唐是一个资深户外领队，和苍云峰一样熟悉高原，他撒着尿对苍云峰说道："刘广才跑不了多远的，这里是羌塘，来的时候我们一路走一路陷的，他一旦陷车自己都无法脱困，一会儿我收拾收拾沿着车辙去找。你在队伍里面安抚好大家的情绪，这事儿千万别和我老婆说，他会担心的。"

"哦。"苍云峰撒完尿了，大声喊道："唐嫂、唐嫂……"

"咋啦？"唐嫂从天幕内出来问道，"叫我干什么啊？"

苍云峰大声喊道："老唐要一个人沿着车辙去找刘广才，这和独自去喂狼群有什么区别。你可得看好你家这个野汉子，别让他跑了。"

这话可把老唐气得够呛，直接转身用尿攻击苍云峰。苍云峰一下就跳开了，还嘲笑老唐说道："你那玩意儿还行吗？你或许当年是迎风尿十丈，现在是顺风呲一鞋吧。"

"小王八羔子……"

"干啥呢？"唐嫂找到老唐，训斥他说道，"我告诉你，你别给我逞强，老老实实待着，那么大一群狼在附近绕呢，你别去找死。"

苍云峰还补刀说道："听到没？唐嫂让你别去找死，老实待着。"说完，他还不忘记大笑两声嘲笑老唐。回到天幕内，苍云峰对众人说道："你们快点吃，吃完去守着老唐劝劝他，他竟然要徒步去追刘广才开走的车，这怎么追得上嘛，开出去四五十公里都够他追两天的，周围那么多狼，出去就是给狼添道菜。快吃快吃，吃完都去劝劝老唐，守着他别让他乱来，你们都知道的，老唐这人心眼多，稍有不慎他就要溜走的。"

溪玥放下碗筷说道："我去劝劝他。"

"你们都去吧，吃完都挨个儿去和老唐谈谈心。"

大家信以为真，所有人注意力都落在了老唐的身上，苍云峰趁机收拾了自己的背包，把一个体积很小的徒步帐篷装在包内，然后是两个气罐、一组炉头、一个很小的水壶，每次可以烧四百毫升水，最后拿了几块压缩饼干，还把保温杯里面灌满了酒。虽然昨天晚上是喝酒误事了，但他仍旧戒不掉这一口酒。战术腰带系在了腰间，求生刀、手电筒、折叠太阳能充电板，最后还把一挂鞭炮收入背包——鞭炮是用来驱散野兽的。趁着大家的注意力都在老唐那边时，苍云峰一个人带着黑背悄悄地离开了营地，在临行前留下了一张字条：等不到我就不要再找我了，珍重。

当众人发现苍云峰不见的时候，地上只有一行远去的脚印，一个个恍然大悟。苍云峰之所以让他们去盯着老唐，是给自己撤离打掩护，而那一张像是诀别的字条，击破了所有人的泪点。

在场的每一个人都知道徒步寻找救援意味着什么，尤其是九队的人，他们个个都是出入高原的常客。海拔五千三百米的羌塘徒步两百公里至少要五天的时间，看似只有短短的五天，但需要经历多少折磨，每个人心里都清楚。

苍云峰是带着愧疚离开的，他觉得刘广才的所作所为都是受了黄老二的指使，只因他得罪了黄老二，现在却要整个队伍跟着受牵连。这些话他没有对队友说，却用自己的实际行动弥补大家。

广阔的荒原上，苍云峰根据手表的GPS来判定方向，沿着车辙一步一步地往前走。黑背是一个忠实的伙伴，随着苍云峰的步伐移动，一人一狗成了这荒原上最孤独的风景。

前方路漫漫，却看不到终点……甚至看不到希望。

从出发到中午，苍云峰背着三十公斤重的背包走了三个小时，一直到中午的时候才停下来第一次休息。而这三个小时也仅仅走了十二公里左右，如果是在平原，苍云峰的速度可以更快，但这里是平均海拔五千多米的羌塘无人区，普通人走上一百米都要大口地喘粗气了，而苍云峰……已经犹如神一样的人物了。

休息的时候，苍云峰打开了一包压缩饼干，里面一共有四小块。他小心翼翼地取出一块，用力地掰碎一小块，张开干瘪的唇，将小块饼干放在嘴里，又打开保温杯灌了一大口酒。他不敢多吃也不敢多喝，出来的时候一共就带了两包压缩饼干，而这两包压缩饼干很有可能就是他接下来几天的全部口粮。即便如此，苍云峰还是把很小很小的一块饼干放在掌心，送到黑背的嘴边。

黑背看了看饼干，又仰头看了看苍云峰，最后把头扭向了一边。

苍云峰自言自语道："兄弟，对付一口吧，今天没肉给你吃，咱哥儿俩都对付一下。"

黑背转过头盯着苍云峰看了几秒钟，然后从地上爬起来，伸了个懒腰望向不远处的小山丘。

苍云峰急忙拿起望远镜看过去。果然，那个方向再次出现了狼的身影，只不过这次只有一只狼，黑背望着狼，狼也在看着黑背，对视几秒钟之后，狼退去，黑背却仍旧看着那方向，耳朵竖了起来。

苍云峰知道这地方不能停留太久，便将没吃完的压缩饼干放进袋子里面，又给自己灌了一口酒，准备背起包继续前行的时候，黑背咬住了背包的带子。

这让苍云峰有点不理解了，蹲下来问道："大兄弟你要干啥？"

黑背松开了嘴，苍云峰嘴角扬起一丝微笑，准备把包背起来继续走的时候，黑背又跳起来咬住了背包。

这让苍云峰彻底疑惑了，他重新蹲下来问道："包里有什么你想要的东西？"

黑背把头扭向一边不搭理他，这个动作表示苍云峰猜错了它的想法。

苍云峰盘膝坐在地上，好奇地看着黑背问道："那你是啥意思？你说啊。"

黑背会说话？纯属扯犊子！苍云峰都被自己给逗笑了。

黑背的确不会说话，但聪明的它会想办法表达自己的诉求。于是它绕到了背包的后面，一只腿伸到了肩带里面，然后就呆呆地看着苍云峰。

这次苍云峰明白了，他怜惜地摸着黑背的头说道："你是想帮我背包啊，没关系的，我背得动。"

"嗷呜。"黑背冲着他叫了一声，似乎是在发泄自己的不满。

苍云峰无奈地笑着说道："行行行，背包给你，你来背着。"说完，他就把背包的肩带套在黑背的两只前腿上，又用腰间的收紧带固定在黑背的腹部。就这样，那个沉重的背包落到了黑背的身上。

固定好之后，黑背似乎还在向苍云峰炫耀自己的体力好，围着他欢快地绕了两圈。接下来的行程基本上都是黑背在前一米左右，苍云峰跟着黑背走。有时候黑背看到有小水洼小河流的时候，它还会快跑几步，到前面喝个痛快，等苍云峰来到它身边的时候，它已经喝得满足继续出发了。

有了黑背的帮忙，下午的徒步速度明显比上午快了很多，从中午十二点到下午六点多，竟然走了三十五公里，平均每小时走六公里，这速度真不是吹出来的。

下午六点，羌塘的太阳还很高，但苍云峰是真的有点走不动了，便选择了一个湖边位置准备扎帐篷休息。

他随身携带的是一个很小的单人雪山帐篷，这种帐篷的好处就是体积小、轻便，还有很好的保温效果。固定好帐篷后，苍云峰去湖边准备取水，结果发现这是一个咸水湖，这种水是肯定不能喝了，只好另寻办法。观察四周后，他发现山坡处有一条小河汇入湖中，说是小河有点牵强，就是一条小水流，积雪融化的时候冲出来的。细流很混浊，但是为了活着，苍云峰还是用手蘸了一点水放在嘴边品尝，发现不是盐水之后，他开始往简易净化器里面接水。

这种净化器的工作原理很简单，就是把水灌进去，通过几层过滤之后由另一端出来就变成清水了，过滤器就是一些活性炭什么的，看过贝爷用袜子装泥沙当过滤器的视频，就很容易理解这东西的工作原理了。

收集完清水后，苍云峰回到帐篷边用气炉烧水。水烧开之后，他将压缩饼干放在行军锅内，行军锅和一个方便面的桶大小差不多，很快就变成一锅稀糊糊，这也是苍云峰的晚饭。

即便是在自己都要饿肚子的情况下，苍云峰仍旧不忘给黑背留一口。

趴在帐篷内的黑背和中午一样，直接把头扭向了一边，做出很嫌弃的样子。

苍云峰用手抚摸着黑背的毛，自言自语道："你知道咱们的食物少，所以你自己不吃全给我是吗？你不要这样，多少吃一口嘛。等我实在没东西吃的时候，我就吃你了。"

黑背突然抬起头，鄙视地看了苍云峰一眼。苍云峰发现这家伙的眼神和二哈有一拼，顿时开心地大笑起来，把行军锅送到黑背的嘴边说道："快点吃两口，你要是饿瘦了，等我吃你的时候都没肉了。"

　　黑背"嗷呜"一声发出抗议，然后又抓挠了挠地面。苍云峰明白黑背的意思，去帐篷外找了一块扁平的石头回来，将稀糊糊倒在石头上，黑背这才低头开始舔舐石头上的稀糊糊。

　　苍云峰倒是不嫌弃和黑背用一个行军锅吃东西，但是它从不这么做。

　　晚上九点天色渐渐暗下去，羌塘也开始起风，苍云峰又在帐篷外多拉了几根风绳用地钉打死，然后回到帐篷内，钻进睡袋准备休息。

　　黑背乖乖地趴在苍云峰的身边，看似闭着眼睛，却时刻警觉着周围的动静。

　　躺下去大概过了一个小时，周围就彻底黑暗一片了。苍云峰将帐篷灯打开，光亮对野生动物是有一定威慑的，但有一种动物不在乎，那就是狼。

　　大概到了深夜十一点，不远处传来了悠长的一声："嗷呜——"

　　声音拉得特别长，紧接着就感觉四面八方都有狼在回应，而睡在帐篷内的苍云峰认为自己已经被狼群包围了，神经细胞都绷得紧紧的。这时候别说睡觉了，就是闭眼睛都不敢。他摸了摸放在头顶的战术腰带，求生刀等工具全都在，一个人拿着一把求生刀面对狼群……这说出去有点可笑。

　　但有刀在手，至少是一种心理安慰吧。

　　帐篷外，狼嚎的声音越来越近……越来……越近……

第40章　狼群的报复

苍云峰甚至怀疑听到了不远处有狼的脚步声。当然，他心里也清楚，这是一种心理暗示，狼一时半会儿还不会靠得那么近。多年在荒原无人区里行走，苍云峰熟知一些动物的习性，包括狼。

狼是群居动物，一群狼在狼王的带领下，可以在这片土地上为所欲为。除了人类它们甚至没有天敌，一般的狼群里都不会很多狼，也就是几头狼而已。尤其是在这个季节，狼群不会很大，冬天的时候就不一样了，主要是因为冬天时，小型动物躲起来冬眠，因此狼群的猎物就变成了中大型动物。然而，猎杀大型动物时必须成群结队合作才能成功，所以狼在冬天会组成较大的群体，通常是二三十只狼组成一个群体。这个群体的狼由一个或数个家族集合成一个大集团，过着群居生活。若雌雄配成对的，感情都很好，会长时间生活在一起。有的甚至终生厮守，彼此照顾极为体贴，这是动物界里很少看到的。

狼群也有着极为严格的等级制度。在群体中成长的小狼，非但有父母呵护备至，族群的其他分子，也会对狼崽爱护有加。

外面的狼叫声越来越近，仿佛就在帐篷不远处了。

这个季节以狼的习性来分析判断，出现大规模的狼群有点反常，但苍云峰的的确确是遇见了这么一群狼。那么只有一种可能——就是狼王感觉到了领地受到了侵犯，狼群共同御敌，这是唯一解释得通的，否则这些狼聚在一起干什么呢？

苍云峰也想过，这些狼凑到一起是为了狩猎，但他很快就否定了这个想法。因为狼是极其聪明的动物，如果为了狩猎，整个荒原随处可见藏羚羊、野驴和牦牛，捕捉这些动物对狼群来说更有经验，没必要围攻人类。

围攻人类的唯一目的就是狼群的领地意识。

狼是智商极高的动物，它们知道营地人多不好攻击，当发现苍云峰一个人徒步离开之后，它们就一直在观望。另外，狼也是耐心极高的动物，一直等到了深夜，才对苍云峰发起了围攻。

近了，越来越近了。

苍云峰微微闭上眼睛屏住呼吸，他已经做好了反抗的准备，如果有狼伸爪子来挠开帐篷，那么他手里的刀会毫不留情地刺上去。

时间一分一秒地过去，就在苍云峰感觉到帐篷外有狼的呼吸时，黑背站了起来。它仰起头学着狼一样发出一声长嚎，顿时，帐篷外安静如斯，仿佛一时间所有狼都消失了。

但这是一种假象，苍云峰十分清楚自己不能乱来。

相对的安静，仿佛时间都静止了。大概过了一分钟，帐篷外又传来了一只狼的嚎叫声，这一次黑背回应得也很快。

几十秒之后，外面窸窸窣窣的脚步声渐行渐远。大概过了五分钟，又是一声狼嚎，但是这次的声音明显远了很多，黑背没再回应，趴在帐篷内将头埋在腹部开始睡觉。

苍云峰终于松了一口气，这才感觉到自己因为紧张导致后背都冒汗了，他也承认自己是真的被吓到了。

危机暂时解除，苍云峰拿起了保温杯，仰起头又是喝了一大口白酒，低头看着一边的黑背，自言自语道："大哥，你到底是什么品种啊？外面那群家伙是你亲戚？"

黑背睁开眼看了看苍云峰，眼神中充满了鄙视，然后把头换了一个方向继续睡。

苍云峰自讨没趣，又喝了一口酒，换了一个姿势，把黑背的肚子当枕头，靠在它的身上睡着了。

后半夜也没有狼来骚扰，苍云峰也算睡得舒服。

第二天清晨，苍云峰简单吃了几口压缩饼干，沿着车辙继续往前走。距刘广才逃走已经过了一天一夜，地上的车辙印也没有昨天那么明显，但隐约还是分辨得出来。羌塘无人区也是有巡逻队负责日常巡逻的，主要是抓捕盗猎者，地上有很多车辙碾压出来的一条"路"。其实也算不上路，就是走的车多了，有那么几条很深的车辙痕迹。

徒步走了大概十公里，黑背突然变得不安分，站在原地不动了。苍云峰低头看它的时候，见它努力地抽动着鼻子，仿佛嗅到了什么气味。

苍云峰已经有点魔怔了，赶紧拿起望远镜四处查看。他担心是不是狼群又来了，这要是真的来了，那可就是凶多吉少了。

黑背没理会苍云峰。在它眼里，苍云峰可能是一个二货吧。黑背奔着一个方向小跑过去，苍云峰见状赶紧跟上。它跑的方向是一片枯草处，走近了才发现地上有一头死去的藏羚羊，尸体已经被动物啃食了大半，但是鲜血还没有完全干涸。

苍云峰用手摸了摸藏羚羊的身体，还带一点体温，这说明才死没多久，甚至猎手可能就在附近。

想到这里，苍云峰将求生刀从腰间拔出来，警觉地看着周围，但是周围安安静静的什么都没有。黑背自顾自地去啃食藏羚羊的尸体，这东西肯定比苍云峰给它的压缩饼干好吃。

苍云峰也没忍住，用刀将藏羚羊身上的肉割下来一条。原本是想给黑背的，但是又觉得把切好的肉喂给黑背吃，会抹杀了它的天性。何况黑背现在自己也能啃食藏羚羊的尸体，并不想让他帮忙切肉。但是切下来的肉丢掉又有点可惜，最后，苍云峰将肉送到了自己嘴里，除了血腥味有点重之外，味道还是挺好的。

虽然有肉了，但苍云峰也不敢吃太多生肉，有一两口维持体力就好了。他选了一条藏羚羊完好的腿，用刀卸下来，提在手里准备晚上扎营的时候用火烤着吃。

黑背也是敞开了胃口大吃特吃。殊不知，在不远处的草丛中，几只狼正盯着他们。

"吃饱喝足"之后，苍云峰带着一条羊腿继续出发。在他和黑背离开没多久后，几只狼凑到了藏羚羊的尸体边，这原本是属于它们的猎物，却因为黑背和苍云峰的出现而被分食了一些。

狼是超级记仇的一种动物，苍云峰和黑背抢了它们的食物，很快就引起了狼群的报复心。

下午三点钟左右，苍云峰隐约察觉周围有很多双眼睛在盯着自己。这是一种本能，或者是所谓的"第六感"。

走着走着，黑背就停了下来，站在原地不动了。

苍云峰也停住了脚步，看着身旁的黑背，脸上露出了迷茫的神色。正要开口叫黑背呢，发现黑背的眼神变得凛冽，目视着前方。

苍云峰再次抬起头，他看到了狼王。

那是一只深灰色的公狼，体形明显比其他狼要大上一圈。它正龇着牙、怒目瞪着黑背，黑背也不甘示弱，同样露出凶相回应。在狼王的背后是六七只提高警觉的狼，苍云峰习惯性地环视四周，竟不知自己被狼群包围了，而且圈子越来越小，半径不超过十米。

这一刻，苍云峰真的是被吓尿了，他从后腰抽出了求生刀，有点后悔鞭炮没有挂在身上。如果这个时候蹲下来从背包里面拿鞭炮，那很有可能给狼制造一个攻击自己的绝佳机会。这一点苍云峰心知肚明，一切都太迟了，他只能靠手里的一把求生刀来应对狼群。

事实上，苍云峰自己也清楚，如果只有三五只狼，一把求生刀或许还有胜算，但是这三十多只狼同时扑向他，那么他将会毫无反抗之力。

苍云峰将左手的羊腿丢向了头狼，试图吸引头狼的注意力。

丢过去的羊腿并没有引起头狼的注意，头狼甚至都没看那条羊腿，它的眼睛始终盯着黑背。

黑背龇着牙向狼王示威，狼王也同样看着黑背。此时的苍云峰已经开始琢磨如何将狼王一击毙命，或许这是他唯一胜算的机会。

就在苍云峰琢磨怎么动手的时候，黑背突然挺直了腰板，将头扬向天空，发出了狼一样的嚎叫，声音绵延悠长，回荡在旷野上。

就在这时，神奇的一幕出现了，周围的狼群竟然同时仰起头长啸，仿佛是在做什么仪式。

与此同时，狼王显得有点不淡定了，它的表情变得凶狠且狰狞，看着黑背的眼神更是充满了愤怒。

黑背转过身绕着狼群走了一圈，有点像领导和群众握手问候一样。这些狼看到黑背从面前经过的时候，一个个都安静下来，目光全落在了黑背身上。"绕场一圈"之后，黑背来到了狼王面前，冲着狼王身后的那几只狼发起了一声嚎叫。

狼王愤怒地冲着黑背嚎叫了一声，周围的狼纷纷后退……

苍云峰恍然大悟，原来黑背刚刚的举动是在向狼王发起挑战。狼是一种很坚贞和团结的动物，它们的秩序感很强，在狼群中挑战是公平的，所有的公狼都可以向狼王挑战。在一对一的战斗中，其他狼观战，任何不公行为，母狼都会一起制止。战斗很惨烈，基本上失败的挑战者只有死路一条，一旦挑战成功，老狼王也会死去，除非它能及时逃脱。

苍云峰不清楚为什么黑背会有挑战狼王的权利。突然间，他脑海中出现了一个大胆的想法：难道黑背和这群狼有一定关系？

回忆大半年之前，苍云峰就是在羌塘遇见了年幼受伤的黑背，把它带在身边喂养。现在看来，这黑背的血统的确有问题！面前，狼王和黑背已经开始面对面地绕行了，都在寻找对方的薄弱点准备发起进攻。

　　苍云峰选择和其他狼一样默默地后退，尊重狼群的公平挑战。但是黑背的个头比狼王小了一圈，他也不免为它担心，手里握着求生刀以备不时之需。

第41章　狼王

　　狼王的对决是绝对公平的，苍云峰退后，和其他狼保持了距离，但是仍旧担心这些野狼会趁机攻击。

　　狼王和黑背对视绕行，狼王的眼里带着轻蔑，根本看不起黑背的感觉，似乎觉得黑背都不配成为它的对手。绕行第二圈的时候，狼王突然发起了进攻，一个跳跃直接咬向黑背的脖子。苍云峰紧张地大叫了一声"小心"，但是压根儿就没有人理他……不对，是没有狼理他。

　　面对狼王的突然攻击，黑背显得早有把握，处理得游刃有余。它的体形比狼王小一圈，但是比狼王更加灵敏。当狼王跳起的一瞬间，黑背两只前爪支撑着身体向右倾斜，狼王也发现了这一点，跳跃的角度也向黑背的方向倾斜。但神奇的一幕发生了，黑背向右的动作只是一个虚晃，当狼王后腿离开地面已经不能再调整身体方向的时候，黑背突然收回身体，向反方向挪去。

　　狼王只能尴尬地看着这一幕，前后不过两秒钟左右，当狼王的前爪着地时，黑背从侧面咬住了狼王的脖子。只可惜稍微略有偏差，咬住的不是喉咙，而是脖颈侧面。这和黑背在狗舍里面喜欢拔毛也有一定关系，狗舍里面那些秃脖子的狗，都是黑背的手下败将。

第一个回合狼王的脖子处就少了一撮毛，这是一种赤裸裸的侮辱，狼王因此愤怒得龇着牙冲着黑背低吼。

黑背明显沉着冷静，它没有太多表情，继续和狼王绕圈圈。愤怒的狼王发起了第二次进攻，这一次黑背仍旧等狼王跳跃的时候做了一个向右的动作；狼王也不傻，它不再相信黑背的虚晃，直接扑向黑背。但是这一次黑背是真的向右一个小跳，在狼王落地前率先落地，落地后又转身急跳，从背后扑在了狼王的背上，张嘴就撕咬狼王的后脖颈。

可怜的狼王低吼着想甩开黑背，但黑背撕咬得很死，四个爪子伸出的"尖刺"死死地抠进狼王的身体。狼王试图在地上打滚甩掉黑背，但是黑背就是死死地咬着不松口。

苍云峰在一边看得目瞪口呆，之前也想不明白为什么狗哥说黑背打得过申东旭的藏獒了，明明两者体形差距那么大。原来黑背靠的是指挥和灵活的身手，大自然中真不是靠蛮力就能取胜的。

面对狼王，黑背还是口下留情了，苍云峰也不知道是黑背不会咬喉咙还是不忍心这么做，在狗舍里面也没有弄死过任何一条狗。在和狼王的争夺中，它也没有攻击过狼王的喉咙，他宁愿相信这是黑背仁慈的一面，也不愿意相信黑背不会咬喉咙致对方于死地。

狼王的挣扎显得无济于事，黑背始终没有松口的意思，苍云峰相信黑背有咬碎骨头的咬合力，只不过它是在手下留情。

大概持续了三分钟，狼王放弃了抵抗，匍匐在地上不动了，这个动作也意味着狼王选择投降认输。

黑背松开了咬着狼王的嘴，从狼王的身上跳下来，它围绕着狼王走了一圈，最后站在狼王的面前仰起头长啸。周围的狼群也随之一起咆哮，庆祝新狼王的诞生。

这一刻，苍云峰激动得有点想哭，他默默地低头看了看挂在胸前的GoPro，把刚刚发生的这一幕都拍下来了，这是黑背的骄傲，也是他的骄傲。

就在这时，匍匐在地上的狼王突然大跳起来扑向黑背，这完全是偷袭，赤裸裸的偷袭。

黑背察觉的时候已经晚了，苍云峰本能地大叫道："小心。"黑背跳开的速度不够快，被狼王咬住了左前腿。

苍云峰抓着求生刀就要上前去帮黑背，但是狼的速度更快，在苍云峰背后的几只狼迅速冲了过来。苍云峰已经做好了腹背受敌的准备，但是令他惊讶的一幕出现了。冲上来的狼是直奔狼王去的，它们撕咬着狼王试图将狼王和黑背分开。

这是狼群拥护新任狼王的表现。

黑背却仰头冲着天低吼了一声，冲上来的群狼领悟了黑背的意思，纷纷松开了嘴，围绕在它和狼王的身边，一个个龇着牙发出低吼，是在表达自己的不满，也同样带有示威的意思。

黑背阻止了狼群的帮助，这一次它没再手下留情。狼王的嘴咬着黑背的前腿，这也正好将自己的脖子暴露在黑背面前，黑背低下头咬住了狼王的脖子，近距离的苍云峰都听到了骨头碎裂的声音。短短的几秒钟之后，狼王松开了嘴，黑背咬着狼王的脖子，拖行它的身体到众狼面前，再一次仰天长啸，其他的狼俯首称臣。

苍云峰走到黑背面前想查看它的伤口，黑背却后退一步躲开了，这又有点让苍云峰搞不懂它是什么意思了。只见躲开的黑背低着头用舌头舔舐刚刚被狼王咬伤的地方，舔了几下后仰起头看着苍云峰，又看了看远方。

苍云峰向前走了一步，蹲下来抚摸黑背的头问道："其实……你从来都不是一只狗。你是一只狼，和我一样，是苍茫荒野上的一只狼，对吗？"

黑背凝视苍云峰的眼睛，它不会说话，只能靠眼神和情绪来表达自己的情感。

苍云峰突然有点难过，他似乎懂了黑背的意思，轻声问道："你现在是这片荒野的狼王，你要回归这里是吗？"

黑背低下了头，将自己的颈圈露在了苍云峰面前。

苍云峰明白了黑背的意思，他用颤抖的手把黑背脖子上的颈圈解开。周围的群狼见证了这一刻，在拿掉颈圈的瞬间，群狼一起仰天长啸。这是一群拥有智慧的动物，它们有自己的社会制度。

拿掉颈圈后苍云峰哭了，眼泪顺着他的眼眶流淌在脸颊上，回想起刚刚遇见黑背的时候，它还是一只看起来才两个月大的受伤"小狗"，自己在湖边舔舐伤口。苍云峰就是在那个时候遇见了黑背，他把黑背抱上车，给它包扎。第一次坐车的黑背晕车了，把副驾驶的座椅吐得脏兮兮的。苍云峰不忍心责备这个萌萌的小家伙，给它喝牛奶泡饼干，还把自己的牛肉干分给它。

在回昆明的路上，小黑背和苍云峰越来越熟悉。它开始调皮地和苍云峰抢吃的，苍云峰吃什么，小黑背就抢什么，苍云峰在香格里拉买了一斤麻辣牛肉干，小黑背也抢着吃，结果辣得它差点原地去世，趴在副驾驶上伸舌头，两三个小时都没缩回去。

第一次被外人看到是在加油站，工作人员看到副驾驶的小黑背问道："你车里这是啥玩意儿？怎么和其他狗不一样呢？"

苍云峰随口说道："是个串儿。"

从此，"串儿"就成了黑背的身份，而小黑背真的是个串儿吗？现如今，就算它的确有狗的血统又如何？它仍旧是这片土地上的狼王，它选择留在这片土地。

苍云峰将颈圈缠绕在自己的手臂上，实在舍不得眼前的分离。

黑背伸头过来，轻轻舔舐苍云峰脸上的泪珠，将头伸到苍云峰的怀里。

苍云峰抚摸着黑背的头顶，用力地闻着黑背的味道，努力让自己不再忘记。

　　就这么沉默了几分钟，该来的分别还是要来的。苍云峰不能剥夺一只自由的狼选择生存的权利，何况它是这里的狼王。他松开了抱着黑背的手，抿着嘴忍着悲伤，看着黑背说道："去吧，你是属于这片土地的。这里是你的天下，狗舍、狗笼子不配拥有你。去吧。"

　　黑背把头伸向了苍云峰的口袋，把他的手机从口袋内咬了出来，然后自己摆了一个pose，呆呆地看着苍云峰。

　　苍云峰突然明白，这是黑背要跟自己合影，在黑背小的时候，他就经常抱着黑背自拍，然后把照片拿给黑背看。黑背第一次看到自己照片的时候吓呆了很久，后来进入人类社会，它也就逐渐明白一些了。

　　现在要分离了，黑背留给苍云峰最后的道别就是一张自拍。

　　一人一狗依偎在荒原的土地上，苍云峰坐在地上，黑背像孩子一样躺在他的腿上……身后，是一群狼并排蹲坐在那儿，广阔的河留不住眷恋。

　　黑背最终还是走了，做出了属于它的选择。

　　苍云峰目送一群狼远去，黑背几乎是走几步就回头看一眼，一直到了远处的小山坡上。黑背知道自己再往前走，苍云峰就看不到它了，它站在山坡上驻足了很久，其他狼都翻过山丘不见了，黑背仍旧停留在那里。

　　苍云峰把手机相机的焦距拉到极限，黑背仰起头以天地为背景，苍云峰挥手向黑背道别，黑背用一声长啸回应，然后走下了小山坡。苍云峰不知道这一生还能不能再见到黑背，但黑背留给他的记忆，是一生挥之不去。

　　道别的照片也足够苍云峰炫耀一辈子了，羌塘的狼王躺在自己的腿上打盹儿，问这世上还有谁能做得到？

　　身边，刚刚被黑背打败的狼王突然站了起来，双目充血地看着苍云峰，龇牙低吼。它似乎要将所有的愤怒都发泄在苍云峰的身上。

第42章　找到了刘广才

苍云峰看了一眼已经奄奄一息的狼王，从后腰抽出求生刀抓握在手里。狼王用尽最后的力气扑向苍云峰，苍云峰的刀也没惯着这个狡诈的家伙，轻而易举地将狼王反杀，然后拾起地上的羚羊腿继续前行。

从此行走的路上只剩下了苍云峰一个人，黑背最终回归到了属于它的那片土地，拥有自己的新生。

而苍云峰还有自己的使命，勒斜武担湖边还有一群等待着他的人。

这天夜里，苍云峰一人孤独地躺在帐篷内，身边没有了黑背的呼吸，也没有了黑背的温度，苍云峰只能拿出手机在相册里面找回忆。一起洗澡、一起嬉嬉，第一次教黑背捡飞盘，第一次鼓励黑背和其他狗狗打架。

现在，这些都成了回忆。

羌塘吹起了狂风，飞沙打在帐篷上发噼里啪啦的响声。苍云峰早已习惯这样恶劣的环境，他在帐篷内用折叠炉烧了一锅开水，将羊腿肉切成小块丢在里面煮熟。一口肉一口酒，完全不顾外界的环境，他知道明天的羌塘将会是蓝天白云。

睡梦中，苍云峰梦见了黑背，它带领狼群驰骋在羌塘的荒原，成为这一片土地的捍卫者。

清晨的第一缕阳光将苍云峰唤醒，他躺在帐篷里面回想这两天走过的路，是一直沿着车辙在寻找的。有些地面的车辙印已经被风吹起的沙粒掩埋，但看轨迹的时候不难发现，刘广才开车往回赶的路线，就是来时的轨迹，这也增加了找寻的可能性，尤其是到"多格错仁强措"那一段，陷车的概率特别大。

在这里要特别说明一下，"多格错仁强措"和"多格错仁"是两个湖，距离大概有三十公里，"多格错仁强措"面积比"多格错仁"略小。

苍云峰从昨天剩下的羊腿又切了一些肉，用昨晚的办法又吃了一顿肉。出发前将剩下没吃完的肉也煮熟了打包带走，这也是他给自己准备的午餐。

从露营地出发沿着来时的轨迹继续前行，大概走了五个多小时之后，在"多格错仁强措"边看到了一辆熟悉的皮卡车。

没错，这就是九队的燃料、食物补给车，被刘广才偷走的那辆补给车。

苍云峰拿起望远镜远远地看过去，皮卡车陷在了稀泥中，周围还有很多脚印，如果没猜错，这些就是刘广才留下的。

而此时的刘广才正在车里无聊地打盹儿等待着救援。偷车第一天下午他就开到了这里，当时他也没想到会在这里陷车，实在想不通的是，明明地面上有车辙印，来时好好的，怎么就回不去了呢？

这里涉及一个地理常识，出发那天经过倾城是露营在"多格错仁"，从"多格错仁"出发到"多格错仁强措"，三十公里的路大概走了一小时。出发时间是早上八点，那时候羌塘的太阳刚刚升起来没多久，温度很低，泥土在夜晚被冻得结实，所以车队经过这里的时候，并没有陷车。

　　而刘广才偷车逃跑那天是从勒斜武担湖出发，开车到这里大概是一百公里，当时已经是午后了，一天中温度最高的时候。泥土都随着温度的升高而解冻了，刘广才开的又是皮卡车，车上有几百升的油料外加食物的补给，皮卡改装后本身就三吨多重了，过这种泥地能不陷车吗？

　　陷车之后刘广才也尝试了自救，奈何他的技术也就那样，使出浑身解数也没能让皮卡脱困。最后不得不放弃，用卫星电话联系了黄老二，让他尽快安排救援。

　　黄老二接到刘广才的电话后有点高兴，并没有马上安排救援。他觉得让刘广才在无人区自生自灭是更好的选择，但又不确定刘广才一定会死在这里。毕竟刘广才把这边的情况如实地说了，即便他不安排救援，刘广才也会通过卫星电话报警寻求救援。

　　所以，黄老二的做法是随便找了几个人，开着车从昆明出发一路走一路玩过来。救得了刘广才就救，救不了也没什么损失，毕竟他想着刘广才和苍云峰他们一起死在羌塘无人区才好呢。

　　在得到黄老二的允诺之后，刘广才就不着急了，一个人在这里等待着救援。毕竟他也清楚自己的能力，从这里徒步两百公里到双湖县，是根本不可能的事。

　　午后打盹儿的刘广才睡得正香呢，被突然拉开车门的声音惊醒。他急忙从后排坐了起来，一脸茫然地看着苍云峰，简直不敢相信这是真的。刘广才严重怀疑自己出现了幻觉，用手使劲揉了揉眼睛之后，苍云峰还是站在车门外看着他。

　　那一刻刘广才慌了，他抓起身边的一把匕首，指着苍云峰战战兢兢地说道："你不要过来……你……你是人是鬼？"

　　苍云峰轻叹一声，把自己的背包丢在车的后排上，然后掏出烟给自己点燃，一边点一边问道："睡够了吗？睡够了想办法挖车吧，有天大的事也得把车弄出来再说啊。"

刘广才愣住了，他警觉地看着苍云峰，问道："你说什么？"

苍云峰没搭理刘广才，从后尾兜内拿出一把铁铲，从车尾架开始测量距离，每走一步就是一米，他在心里默数了二十五步之后，蹲下来抓了一把地上的泥土，感觉还是有点潮气。他又向前走了十步，直接用铁铲在地上挖了一下，翻出来的泥土已经没有那么潮湿了，此时这个点距离车身大概有四十米。确定位置之后，苍云峰开始挖坑。

刘广才实在搞不懂苍云峰，他拿着匕首警觉地下车凑过来，距离苍云峰十米左右的时候，他停了下来，看着挖坑的苍云峰问道："你在干什么？"

苍云峰冷笑道："挖坑干什么？把你埋了啊。"

"我……"刘广才停顿了一下威胁道，"小娃娃，我告诉你别乱来，我有刀，伤到你就不好了。"

苍云峰停下了手里的工作，看着不远处的刘广才冷笑道："你别在那儿给我比比画画的，老子要是想弄你，给你十把刀你也是白费。"

"你在吓唬我吗，我告诉你……"

"我去你妈的——"苍云峰实在听不下去了，抢着铁锹跳起来就拍向了刘广才的脑袋。

刘广才面对拍过来的大铁锹彻底慌了，抬起手抱着自己的脑袋也顾不上还手了。仅仅一下子，刘广才就倒在了地上，双手抱头双腿蜷缩佝偻在一起。苍云峰手里的大铁锹对着刘广才一顿拍，拍得刘广才彻底没了脾气，手里的匕首都拿不住掉在了地上，哀求道："别打了……别打……再打就死人了……我错了……我错了……"

苍云峰压根儿就不在乎刘广才手里有什么，一顿毒打之下见刘广才认了尿，他才停下手，不屑地对刘广才说道："别他妈的给老子添乱，滚一边趴着去。"

说完之后，苍云峰继续回到刚刚的地点挖坑。

　　刘广才看得出苍云峰手下留情了，刚刚如果不是用铁锹拍，而是砍的话，此时自己早就嘎屁了。他低头看了看匕首，深刻意识到这玩意儿在自己手里也没多大用，就干脆不捡了，来到苍云峰身边献殷勤道："兄弟……谢谢手下留情……我知错了。"

　　苍云峰一边挖坑一边骂道："滚一边去。"

　　刘广才带着讪笑站到苍云峰身边，像孙子一样讨好道："兄弟你别生气，你看有什么事我能搭把手的，您尽管吩咐别客气。"

　　苍云峰瞥了他一眼说道："去，把皮卡行李架上的两个轮胎滚过来。"

　　"好嘞。"刘广才答应了之后问道，"您要我拿那玩意儿干什么啊？这轮胎也没坏了。"

　　苍云峰皱眉道："你的屁话怎么那么多？让你去拿就快点去拿，你要是不想拿就滚一边趴着去，看你烦。"

　　"拿、拿，我这就去拿。"

　　皮卡行李架上面放着两个285.70.17的百路驰KM3型号的轮胎，单个轮胎都六十斤重。刘广才废了好大劲才将两个轮胎卸下来滚到了苍云峰的身边，此时苍云峰的坑也挖得足够深了，大概有一米五。

　　刘广才把轮胎滚到坑边，也不管不问，直接将轮胎推了下去。这可把苍云峰气坏了，看着刘广才问道："你他妈是不是傻？"

　　刘广才呆呆地问道："兄弟……咋啦？"

　　苍云峰把铁锹丢在一边，指着坑里的轮胎说道："你怎么滚下去的，就怎么给我滚上来，你要是弄不上来，我就把这个坑用来埋你。"

　　"啊？"刘广才差点哭了，对苍云峰说道："兄弟啊，我一个人不行啊，我以为你挖坑就是要埋轮胎的，我……我错了……"

　　"我不管，你弄不上来我就拿铁锹拍你，你是选择挨拍还是把轮胎搞起来，你自己选。"说完之后，苍云峰丢下铁铲去车里找拖车绳了。

刘广才是真的被苍云峰打怕了，他跳到坑里开始折腾那个轮胎。其实苍云峰早就知道刘广才是根本不可能把那个轮胎从坑里弄出来的，别说是刘广才，就是他自己搞也费劲。明知不可为而为之，目的就是不让刘广才闲着，折腾他玩呢。

苍云峰找到两条十二米的拖车绳，丢在坑边开始挖沟壑，坑和沟壑呈一个"T"形的布局。在苍云峰在坑边挖第一锹的时候，土渣渣从坑边掉落在刘广才的身上，刘广才"腾"的一下就从坑里面爬出来了，一口气跑了好几米远回过头问道："兄弟啊，你真要把我埋了啊？"

苍云峰鄙视地看了他一眼说道："你也配让我给你挖坑？"

刘广才仔细看了一下苍云峰在地上画的那条线，这才发现自己误会苍云峰了。苍云峰并不是故意把泥土弄在他身上的，于是又凑过来问道："兄弟，你这是在干啥啊？我怎么看不懂了？"

苍云峰瞥了一眼刘广才，冷声道："你要是不把这个轮胎弄上来，我一会儿就真把你埋在这里。"

"弄、弄，我这就下去弄，我能不能用一下那根拖车绳把轮胎拽上来？"

苍云峰冷声道："用吧。"

刘广才再次跳入坑中，把拖车绳捆绑在轮胎上，自己再从坑里爬出来，开始努力地把轮胎从坑里拖出来。

从苍云峰找到皮卡车到此刻，已经过去了三个小时。刘广才到现在都不清楚苍云峰究竟要干什么，要不是苍云峰亲自干活，他都得怀疑苍云峰是在消遣他。

第43章　单车自救

下午五点，太阳已经开始偏西了，刘广才还是没能把那个轮胎弄出来，他已经彻底放弃了。

苍云峰挖得也差不多了，画的线和挖的坑呈一个"T"字形，纵向的这条线是由深及浅的。距离坑十米左右之后，他就没有继续挖了。搞定这边之后，苍云峰又从车上找了根一米多长的铁棍，这个铁棍类似于一个"标枪"，用来打垂直地锚。他将铁棍拿回到坑旁边，双手几乎不费力地就将坑里面的轮胎拉了上来，这一幕看得刘广才目瞪口呆，打心底佩服苍云峰的身体素质。

接下来，苍云峰把两个轮胎叠放在一起，用一根拖车绳将两个轮胎做了一个简单的捆绑。第二根拖车绳的其中一段穿过两个轮毂的中心孔，之后将铁棍与轮毂叠加，平放在一起；另外一段沿着挖好的沟壑丢了过去，从皮卡车的后绞盘放线出来，与拖车绳连接。

确定稳固之后，苍云峰将两个轮胎丢入了坑中，挖出来的土重新回填，就这样做了一个锚点，埋好轮胎之后，刘广才自告奋勇地说道："兄弟，一会儿你收绞盘，我上车去挂倒挡，这样车就能脱困了。"

苍云峰掏出烟叼在嘴里说道："不急，我得和你好好聊聊了。"

刘广才有点担忧地问道："兄弟，你要和我聊什么啊？"

"你不知道吗？"苍云峰低头点燃了烟，吸了一口后说道，"是不是黄老二让你这么做的？"

"我……"

"别给我撒谎，这里是羌塘无人区，惹怒了我……这个坑可能就真的用来埋你了。"

刘广才已经见识到了苍云峰的强悍，他现在只求保命，如实说道："兄弟，我糊涂了，我承认我错了，我都说。"

苍云峰看了看手表，然后说道："离天黑还早着呢，你慢慢说，我听着。"

刘广才点头哈腰地说道："事情是这样的。我前几年在黄老二那儿干过活，给他当司机，后来遇见了宋老，我就给宋老开车了。宋老喜欢自驾游喜欢四处走，跟着宋老时我也会发一些跟着宋老四处自驾的照片分享在朋友圈。前几天黄老二突然给我打电话，问我愿不愿意帮他做一件事。"

"什么事？说得详细一点。"

"好，我说。"刘广才低声道，"黄老二让我推荐宋老来无人区自驾，点名选用你这支队伍来服务宋老。等到了无人区之后，找机会弄死你，但是我观察了几天之后，发现自己根本没有这个能力，黄老二催得又急，就给我出了这个主意。只要把你们的车破坏并带走食物，你们肯定就会饿死在无人区，所以我就做了糊涂的事。"

"嗯。"苍云峰应了一声说道，"和我猜测的差不多，黄老二让你这么做，给你多少钱啊？"

"我没敢和他提钱的事。你可能不了解黄老二，他这人黑白通吃，他就说这事做成了肯定不会亏待我。"

苍云峰嘴角微微上扬冷笑道："你还真的是什么都敢做啊。"

"我知错了。"

"另外几辆车的汽油滤芯呢？被你剪断之后丢哪儿了？"

刘广才急忙说道："在车里，都在皮卡车里呢。当时我怕丢在附近被你们捡到重新接起来，索性就丢在车上了。"

"你开着我们的车打算从双湖县出去啊，那边有检查站，你就不怕被询问？"

刘广才解释道："黄老二告诉我都准备好了，只要我能开车到普若岗日冰川附近，就有人在那儿接我了。到时候这辆皮卡车放火烧掉就行了，这就是他的计划。"

苍云峰又抽了口烟，遗憾地说道："只可惜你连一半的路程都没走到，就在这里陷车了，是不是有点遗憾啊？"

刘广才不敢说话了，他怕自己说错话激怒了苍云峰。苍云峰把抽完的烟头丢在地上用脚踩灭，然后弯腰捡起烟头装在自己兜里。作为一个资深户外领队，他从不给大自然制造一点垃圾，包括一个小小的烟头。

捡烟头的这个举动让刘广才误会了，他以为苍云峰要动手弄死他，捡起烟头只是为了不在现场留下证据。在苍云峰把烟头装在兜里那瞬间，刘广才扑通一下跪在了地上，哀求道："兄弟，我错了……求你原谅我……我再也不敢了，求你别杀我，我知错了……"

苍云峰鄙视地看了一眼说道："起来吧，杀你犯法。虽然这里是无人区，我也不会因为你脏了我的手。"

"真的吗？"

"去弄点吃的吧，等太阳落山就开始救援。"

刘广才很不理解地问道："为什么要等太阳落山才开始救援呢？还有，这条沟是什么作用呢？"

苍云峰解释道："轮胎埋在地下充当锚点，这沟是用来放拖车绳的。如果没有这条沟，拖车绳在发力的时候就不是一条直线，在坑的边缘处绳子和泥土会有一个折角，这个折角会导致绳子会有一个向上的拉力，你会看到拖车绳硬生生地将埋在地下的轮胎拉出来。有了这条沟，就不存在向上的拉力，无论绞盘怎么收，绳子都是一条直线，能产生向后的拖拽力。”

刘广才恍然大悟道："懂了、懂了，原来是这么回事。那我们为什么不趁着太阳还没落山就开始救援呢？太阳落山之后啥都看不到了，岂不是增加难度？"

苍云峰解释道："这里的泥土松软，锚点也不是很结实，等太阳落山之后轮胎就被冻在泥土中了，这时候救援会更有把握。"

"原来是这样啊！"

苍云峰懒得搭理刘广才，转身走向皮卡车的主驾驶位置，皮卡车的钥匙就插在上面。他发动引擎后看了看仪表板，一切都很正常，大概还有两个小时太阳才落山，趁着这两个小时，他决定吃点东西，然后检查一下皮卡车的物资。

这辆皮卡后兜里面放了几百升的汽油，除了汽油之外就是修车工具，食物补给放在皮卡的第二排，毕竟食物不能被风吹日晒，需要好好保护。

在副驾驶，苍云峰看到了很多部卫星电话。除了九队标配的之外，还有一部是宋老的。

由此可见，刘广才是真的没想让这些人活着出去。

好不容易挨过了两个小时，天色渐渐暗下去，外面的温度也是急剧下降。苍云峰找到了绞盘的无线遥控器，尝试着收紧绞盘的绳索。

刘广才见状，自告奋勇地说道："兄弟，你下车收绞盘，我在车上给你倒车。"

苍云峰冷哼一声道："你在车上？等车脱困后，你就自己一个人开车跑了。"

刘广才急忙讪笑着说道："兄弟你小看我了，我刘广才不是那样的人，我怎么能干这么缺德的事呢？"

苍云峰才不信他的鬼话，鄙夷地说道："这是无线遥控器，不需要在下面操作，我一个人就可以搞定。"

刘广才见状不敢说话了，他坐在副驾驶的位置上，偷偷地把一个卫星电话塞在了冲锋衣里面。

苍云峰将车挂上低速四驱，慢慢地收绞盘。待车身缓缓移动的时候，他也开始一点一点地踩油门。这是一次挺简单的救援，如果后面有车，可能五分钟都不用就可以搞定，但是单车没办法，只能挖坑做锚点。

脱困之后，苍云峰拔了车钥匙下车，将绞盘的钩子从拖车绳上拆下来后重新上车。刘广才已经坐在副驾驶，扣好了安全带，他真怕苍云峰撇下他开车走了。

苍云峰上车后重新启动，在原地掉转车头后开出了三十米左右，又将拖车绳与绞盘的钩子重新连接，反方向拉起埋在地里的两个轮胎。这一次，他几乎是不费力就将轮胎拉出了泥土，然后走到副驾驶拉开车门对刘广才说道："下来，干活，把轮胎滚到车旁边去。"

刘广才极不情愿地下了车，看到两个轮胎已经从泥土中出来了，顿时惊讶得不得了，主动和苍云峰套近乎说道："兄弟，你是怎么做到的？一下就拉出来了？"

苍云峰一边收拖车绳一边说道："挖坑的时候在这边填了一个斜坡，再加上绳子的受力点不同，很轻松就能把轮胎拉出来了。"

刘广才假装很崇拜的样子说道："原来是这样啊，兄弟你可真牛逼，我老刘服了。"

"别他妈的废话，快点把两个轮胎滚到车边去。"

十几分钟之后，苍云峰把救援工具都收到了皮卡的后兜里。刘广才也把两个备胎滚到了车边，继续讨好苍云峰道："幸亏这车有两个备胎，要是一个都不够用吧。"

苍云峰不太想搭理刘广才，自己抱起一个轮胎贴着皮卡的车门推向车顶。

这一幕刘广才看在眼里，他突然觉得这是一个绝佳的机会，只要趁着苍云峰背对着自己用力干活的时候，他就可以从背后一刀结果了苍云峰。但是等他下定决心的时候，苍云峰已经将第一个轮胎推到了车顶行李架上，只见他单手支撑着皮卡的箱体，轻松地爬到了后兜上，接着来到车顶，将备胎用捆扎带固定在车顶行李架上。

搞定第一个之后，苍云峰站在上面，对下面的刘广才说道："搭把手，把备胎抱起来推给我。"

刘广才应了一声，然后装模作样地弯腰去抱地上的轮胎，给人的感觉就是费了好大劲才把轮胎从地上立起来，再想抱离地面的时候就完全做不到了。这可把车顶的苍云峰整无奈了，鄙视地说道："你一个四十多岁的大老爷儿们，都不如一个老娘儿们。"

刘广才讪笑着给自己找借口顺便拍马屁说道："兄弟啊，我这身体不如你，又是在高海拔地区，稍微动一动就有点缺氧的感觉。不是我不中用，是这地理条件有限。"

"你借口真他妈的多。"

刘广才讪笑着说道："要不你下来吧，我真的尽力了。"

苍云峰鄙视地摇头，纵身从车顶跳了下来，对站在一边的刘广才说道："一边去，别在这儿碍事。"

"好的，好的，我知道了。"说着，刘广才后退了两步。他开始注意苍云峰的一举一动，准备苍云峰抱起轮胎托举的时候给他致命的一刀。

苍云峰弯腰将倒在地上的轮胎竖起来，深深地吸了一口气，蹲下来双手扣进备胎的轮毂中，待双手抓稳之后，准备一气呵成地将轮胎送到车顶。

与此同时，刘广才的手伸向了兜里。在兜里有一把已经打开的匕首，他只等苍云峰起身的瞬间上前补那么一刀，一切就都结束了。

第44章　归队

当时看似苍云峰背对着刘广才，注意力都集中在面前的轮胎上，当他抱起轮胎的瞬间，刘广才也抽出了刀。苍云峰察觉到刘广才从背后突然靠近，预感这厮准没好事，就抱着轮胎本能地转身。

刘广才手里的匕首刚好刺在了轮胎上，他与苍云峰隔着轮胎四目相对，两个人都知道刚刚发生了什么。

这一刻是真的吓到了刘广才，他慌慌张张地想找个借口给自己解释，苍云峰则是嘴角微微上扬，直接将手中的轮胎丢向刘广才。刘广才转身想跑，却硬生生地被轮胎砸在胸口，倒在地上剧烈地咳嗽起来。

苍云峰走上前低头看了一眼，一脚踢开他手里的匕首，然后弯腰再次将轮胎抱起来推到了车顶。紧接着他也爬到了行李架上面，将轮胎牢牢固定。

躺在地上的刘广才不知道怎么解释刚刚的偷袭，索性就躺在地上挤出讪笑，厚着脸皮一边咳嗽对苍云峰一边说道："兄弟……咳……兄弟你……你是真的……咳咳……牛人一个，我就想……和你开个玩笑。"

苍云峰固定好备胎之后，居高临下地看着刘广才，微笑问道：

"你就想和我开个玩笑啊？"

"是啊是啊。"刘广才把"不要脸"演绎得淋漓尽致。

苍云峰也不生气，他从车顶跳下来，刚好落在了刘广才的身边，单膝压在了刘广才的胸口，右手从他身上摸出藏好的卫星电话，微笑看着刘广才说道："我也喜欢开玩笑喜欢玩，不如我们做个游戏吧。"

刘广才尴尬地笑道："兄……兄弟……玩什么游戏啊……你可千万别开太过分的玩笑啊……我玩不起。"

"不会。"苍云峰脸上带着邪魅的微笑，从身上拿出了半盒压缩饼干。他将饼干放在刘广才的身边，对刘广才说道："看到刚刚埋轮胎的坑了吗？这个坑在夜里可以避风，是一个不错的栖身之处，我再给你留下两条保温毯，匕首是你自己的，压缩饼干我也送你半盒，好好感受一下荒野求生吧。"

"你……你……"刘广才吓得脸色惨白，惊恐地问道，"你不会是要我一个人留在这里吧？"

"没错。"苍云峰看着刘广才说道，"能活着出去是你的本事，死在这里你也活该。"

"你这是谋杀。"

"我只是用你对待我们的方式来对你而已，别说得那么难听。如果是谋杀，我直接就把你给埋了，好自为之吧。"

说完，苍云峰起身向皮卡车走去。

刘广才也顾不上身体的疼痛，从地上爬起来就追了过去，他很清楚，离开这辆车自己很难熬过这一夜。

苍云峰感觉到刘广才从背后追上来，听着脚步声判断他和自己的距离，当确定对方靠近的时候，苍云峰原地起跳转身就是凌空一脚。这一脚重重地踢在刘广才的脸上，整个人被他踢得头晕眼花栽倒在地上。

苍云峰鄙视地看了一眼，低声说道："早就告诉你了，高海拔地区不要乱跑，容易缺氧高反。怎么样？站不起来了吧？咳……忒！"吐完这一口，苍云峰转身继续走向皮卡车的主驾驶。

刘广才努力地从地上爬起来，尝试了两次都是刚站起来就栽倒。最后，他不得不看着苍云峰开着皮卡远去，内心只留下绝望，他冲着皮卡的尾灯怒吼道："苍云峰你不得好死……"

苍云峰早已听不见刘广才的怒骂，他只想快点回到勒斜武担湖边，将汽车常用的配件带回去，有了配件才能修车。

刘广才躺在原地休息了一会儿，等到终于能站起来之后，看到的却都是绝望。他没办法像苍云峰一样徒步几十公里离开这里，他也不懂得怎么在荒野生存下去，羌塘的夜里起了风，刘广才想起苍云峰提醒他躲在挖的坑里过夜，至少那里是一个避风的地方。

留给他的保温毯实际上就是两张锡箔纸，正面金色反面银色。这个东西虽然和纸一样薄，但的确是能起到保暖的作用。正确的使用方式是人蹲坐在地上，用保温毯围住自己的身体，身体散发的热量会被保温毯反射，从而起到保温的作用。毯子内外的温度差最多可以达到十多度。

刘广才蜷缩在坑内，将保温毯当被子一样盖在身上，但是地面冰冷的潮气很快让他感觉难受。他又重新调整了一下姿势，将另外一个保温毯扑在坑内，充当一块地席。他期盼太阳早点升起来，太阳升起就没那么大的风了，也会变得暖和一些。

相对于死亡，更让人恐惧的是等待死亡来临。这个过程越是漫长，就越是折磨人，而此时的刘广才就是在经历这种痛苦的折磨。

苍云峰开着车连夜往回赶，他知道自己早到一分钟就能给大部队多一分的希望，夜里开车的另外一个好处就是不容易陷车。沿着卫星地图的轨迹折返，虽然只有八十多公里，但是在羌塘这种地方，仍旧要开三个多小时才能回到勒斜武担湖边。

勒斜武担湖营地，所有人都已经被消极的情绪支配了三天，在绝望中等待的滋味并不好受，每一分每一秒都是煎熬。

小胖躺在帐篷内无法入睡，他知道食物剩下不多了，勉强够吃两天。他心里也十分清楚，两天之内也不可能有救援队赶到这里，到那时候唯一的办法就是就地取材，能抓羊就吃羊，能宰狼就吃狼。可是这些都是想法，真的想做到太难了。

就在这时，他仿佛听到了汽笛的声音，绵延悠远。他以为自己听错了，本能地看向帐篷内的其他人，原来大家都没睡。

所有人都听到了汽笛的声音，但是谁都不敢相信这是真的，都在看周围人的反应。当发现大家的反应都一样的时候，他们才彻底相信自己听到的声音。

就在这时，汽笛再次响起。

这一秒，所有人都压抑不住内心的喜悦与冲动，纷纷从行军床上跳下来，一个个激动得都不顾是否穿足了衣服，纷纷跑出了帐篷。

勒斜武担湖右侧的小山包上出现了一束光，这一束光象征着自由与希望。苍云峰为了将希望早一秒传达给队伍，打开了皮卡行李架上的射灯，闪了三下。老唐看到灯光，紧紧地握住了唐嫂的手，激动到无言。

小胖指着皮卡兴奋地叫道："我的……我的猛禽……是我的猛禽……我认识车顶的灯……是峰哥回来了……是他回来了……"

赵小佳激动地抱住身边的溪玥，眼泪忍不住奔涌出来。这一刻他们知道自己迎来了希望，等到了救星。

宋老一家人围在一起紧紧相拥，眼泪根本止不住地流淌。队伍里的每一个人都兴奋、激动，他们挥舞着手臂大声呼喊，远处的苍云峰也越来越近。

宋毅找来了一个强光手电筒，对着皮卡的方向照射过去。苍云峰闪了两下远近光，但是宋毅并不理解这是什么意思。

老唐急忙将宋毅手里的强光手电拿了过来，然后对营地组的哥儿们吩咐道："营地后面的两盏探照灯马上关闭，大家不要用任何照明设备对着来车的方向照射。"

宋毅不理解地问道："为什么呢？我们在帮他照亮路指引方向啊。"

老唐解释道："强光手电筒照射过去会影响云峰的视线，这就好比你在城市里面开车，对向车打的是远光灯。司机看到的就是白茫茫一片，根本无法判断车头前方十几米甚至几十米的地面路况。"

宋毅似懂非懂地"哦"了一声。

宋老很欣慰地对宋毅说道："这一次出来，让你学到了不少吧？"

宋毅重重地点头说道："值了。"

宋欣然可不这么认为，她抱怨道："我再也不和你出来了，奶奶你也不要跟着爷爷瞎折腾了，有这时间在家里躺在沙发上看看电视不好吗？"

宋老太却微笑说道："我都到这个岁数了，哪还舍得放下你爷爷一个人走呢？这次是发生了意外，如果我们俩真的永远留在这里，奶奶也没什么遗憾。但是你和你哥哥都在，这就让我有点急了。"

营地内，所有人都向这对老人投来羡慕的目光，这一生有这样的灵魂伴侣，死在哪儿都没遗憾了。

大概过了十分钟左右，被偷走的猛禽皮卡重新回到了营地。车子停稳后，溪玥第一个凑上前去，迫不及待地去拉主驾驶的车门。当看到苍云峰坐在车内一脸疲惫的模样时，大家都沉默了，在心里默默地感激这位屡次给九队带来希望的英雄。

苍云峰的嘴角慢慢上扬，微笑看着溪玥说道："幸亏你有远见，把食物分别放在两辆皮卡车上，这辆车的后排都是吃的，大家饿不着了。修车的配件在尾箱，汽油还有几百升，足够支撑我们跑回到双湖县了。"

溪玥眼里含着泪，仰头看着坐在车内的苍云峰说道："你知道你违纪了吗？一个人不打报告就私自离队，你知道我们有多担心你吗？这个月的奖金你还想不想要了？这趟任务的酬劳你还想拿吗？"

说着说着，溪玥就忍不住激动地哭了起来。

苍云峰跳下车将溪玥抱在怀里，安慰道："奖金和酬劳你随便扣，我没钱的时候你肯借给我就行。"

溪玥推开苍云峰，委屈地擦着眼泪说道："谁要借给你钱？一边歇着去，别站在这儿碍事。"说完苍云峰，溪玥马上以队长的身份下命令道："救援组的负责检查这辆车上的汽车配件，餐饮组检查食物。"

"收到。"

"收到。"

宋老来到车边，先是看了看副驾驶的位置——没人！

他又把目光投向了后排，后排除了堆放的食物，就是苍云峰临走时的背包，也没有看到人。

后兜里面更是没有人。

随着宋老一起张望的还有宋欣然，她童言无忌地看着苍云峰问道："刘广才呢？怎么没见他？"

所有人都知道刘广才没有和苍云峰一起回来，因为九队的人了解他，八成已经猜到了刘广才的下场。宋老不开口问，是因为他不好意思问，只有宋欣然，一个懵懂的小女孩提出了最让人难以回答的问题。

第45章　杀人诛心

　　这个提问让营地陷入了安静。大家不问，不代表大家没有好奇心，只是不好意思问，甚至有点不敢问。既然宋欣然问出来了，苍云峰也就没有理由不回答，他若无其事地说道："刘广才不好意思回来了。"

　　"什么意思？"宋欣然并不理解。

　　苍云峰开始满嘴画瓢地说道："我找到车的地方是在距离这里八十公里左右的湖边，当时车陷入了泥沙中，刘广才自己搞不出来，很多救援工具他都不会用。我费了好大劲把车弄出来了，他得知我要开车回来找你们，就放弃了随车回来。他说自己三天前就拨打了救援电话，要在原地等着救援，我劝他跟我一起走，但是他没脸回来。"

　　宋毅愤怒地骂道："他是不敢回来，怕被我们打死。"

　　宋欣然很不理解地问道："他为什么要这么做？他有和你说吗？"

　　苍云峰直接否认道："我也不知道啊，问他他也不说。可能是和你爷爷有过节吧，拖欠工资了，还是做了什么让他记恨的事？"

　　宋老毕竟年过半百，见苍云峰这么说，他就很配合地说道："我做过什么让他记恨的事吗？"突然，宋老拍着大腿说道："我想起来了，去年过年的时候答应给他两万块钱的过年补贴，后来因为忙，这事儿就忘记了。我没想到刘广才竟然一直记在心里，竟然要用这种办法报复我，我真是看错了人啊。"

苍云峰感激地看了宋老一眼，然后说道："宋老以后用人可得小心啊。"

"是了是了。"宋老感谢道，"这次多亏了你们，回去一定得加钱。谢谢，太谢谢了。"

溪玥微笑说道："宋老您太客气了，我们不会多收一分钱的。这次的确是有意外，好在大家都看到了希望，救援组已经查看了后备厢的汽车配件，找到了剪断的汽油滤芯。今晚大家好好休息一下，救援组负责今晚把车修好，明天一早我们拔营返程。"

听到"返程"这个词，所有人都莫名地兴奋起来，更是激动得难以入睡。小胖竟然主动提出来给大家准备消夜。

溪玥命令营地组给苍云峰单独搭建一个帐篷，让他好好休息一下。几分钟之后，苍云回到了自己单独的帐篷内洗漱，这是几天来第一次认真地洗脸认真地刷牙。溪玥从门外走进来，将帐篷的门拉好，站在洗漱的苍云峰身边低声问道："黑背呢？"

苍云峰一边刷牙一边说道："走了。"

"走了？"溪玥很不理解地问道，"走去哪儿了？"

苍云峰深吸一口气，把牙刷从嘴里拿出来，看着溪玥说道："黑背有狼的血统，我被狼群包围，黑背冒死挑战狼王。"

"结果怎么样？它被狼群给……"后面的话溪玥没敢继续说下去，在她的潜意识里，黑背是不可能打败狼群的。

苍云峰漱口后一边擦嘴一边说道："如果不是亲眼所见，我也不会相信狼的社会如此公平。事实上黑背挑战狼王的时候，所有狼都在一边看着，很安静地看着，没有哪只狼为狼王助威，也没有故意干扰黑背。群狼对这种挑战充满了敬畏，黑背打败了狼王，逼狼王认输，但是狼王在认输之后二次偷袭黑背的时候，所有人狼都站在了黑背这边，甚至要帮黑背攻击狼王。"

溪玥的内心无比震撼，看着苍云峰问道："后来怎么样？"

"后来黑背咬断了狼王的脖子，它成了新的狼王。我把它脖子上的颈圈取下来留个纪念，黑背也回归了这片土地，它属于这里，我尊重它的选择。"

溪玥很遗憾地说道："可惜了，黑背那么懂事，你一定很难受吧？"

苍云峰长叹一声说道："是很难受，但想到黑背回到了属于它自己的土地，我还是能接受的。我给你看几张照片，是黑背临走的时候和我一起拍摄的，有一张特别震撼。黑背和我并排坐着，身后是狼群，在狼群的后面是远处的雪山，这张照片我可以吹一辈子，羌塘无人区的狼王和我并排坐，就问你牛不牛。"

溪玥拿过手机看了一眼，的确是被震撼到了，眼里流露出的却是不舍。她将手机还给苍云峰，小声问道："刘广才呢？你把他怎么样了？"

"怎么样？"苍云峰冷哼道，"我能把他怎么样？在羌塘自生自灭呗。"

"他一个人没有车取暖，没有食物和水，他会死在这里的。"

"死就死呗，是他自己不愿意跟我回来，这不关我的事。"

溪玥用复杂的眼神看了苍云峰一眼，苍云峰则歪着头看着溪玥。彼此都知道心里在想什么，但是谁都不点破，这就是所谓的默契。

沉默了几秒钟之后，溪玥开口道："这几天你辛苦了，早点睡吧。明天睡到自然醒，修车的事让救援组去做就好了，明早我让小胖把早餐给你预留出来，好好睡吧。"

"好。"苍云峰微笑说道，"晚安。"

溪玥走出帐篷的时候看了一眼时间，此时已经接近十二点了。

救援组的人在皮卡上找到了可替换的油管，用抱箍将油管与汽油滤芯固定。虽然方法不适合长久使用，但应急还是可以的。检测没问题之后，他们将皮卡后备厢的油料加到其他车内，等忙完这些已经是深夜两点钟了。

溪玥和老唐两个人都没睡，一直陪着救援组的人干活。

救援组的小组长几次让他俩去休息，但是两个人秉着"领导要同甘苦"的精神陪到了最后。

九队的凝聚力来自于队伍中的每一个人，这份凝聚力是其他队伍没有的。

次日清晨，溪玥拨通了公司的电话，整整失联了三天的队伍重新取得联系，这也让公司总部松了一口气。钱老板亲自与溪玥对接，他问道："到底是什么情况？为什么连续三天都没有任何音讯？GPS定位查到车辆没在一起，又是什么原因？"

溪玥解释道："老板，发生了一点意外，一时半会儿也说不清楚。我打电话就是和你报个平安，现在车队准备返程。"

"胡闹——"钱老板大怒道，"你知道你们失联三天造成了多少损失吗？我安排了两支队伍去找你们，现在他们已经快到拉萨了，这损失怎么计算？"

苍云峰打着哈欠，从溪玥手里拿过卫星电话，刚刚钱老板的咆哮他都听得一清二楚。他将电话放在耳边，像无赖一样说道："你个老王八羔子还好意思找我们计算损失？两个车队从昆明出发来羌塘救我们？你他妈还真会省钱，这种情况下不是应该直接联系西藏航空救援吗？你全然不顾我们的死活，为了省钱竟然从公司调两个队过来，人到这儿我们都他妈嘎屁了，你咋好意思说得那么理直气壮呢？"

钱老板被苍云峰的话噎得不知道说什么好了。

苍云峰继续说道："老王八蛋我告诉你，这次行动死人了……"

"谁？谁？"钱老板紧张地问道，"谁死了？"

"谁死了你自己心里没点数吗？回去我再跟你好好算账。"说完，苍云峰就把电话给挂了。其实他心里也只是怀疑这件事和钱老板有关，但是又不能断定。不管怎么说，刘广才在羌塘失踪，跟九队都是有脱不开的关系，回去该怎么定责还要走法律程序。

九队的人和宋老都对刘广才恨之入骨，也不会有人真的替刘广才说话。

中午十一点，队伍才收整完毕，临走的时候宋老又在李聪明的衣冠冢面前深深地三鞠躬，表达自己内心的敬意。

从勒斜武担湖边出发，苍云峰故意选择了另外一条路，避开了昨天挖坑的地方。因为苍云峰猜测刘广才走不远，估摸他应该就在那个坑附近过夜。就算挺过了昨夜，他也很难离开。刘广才已经把全部希望放在黄老二安排的救援队上，一旦离开报告的坐标，救援队就找不到他了。这是刘广才心里盘算的，所以他告诉自己一定要在原地等着，安慰自己救援队就要来了。

事实上，黄老二哪里有安排救援队呢？根本没有。

苍云峰带队，在离昨天挖坑地点五公里的地方，选择向左平移了八百米，然后再直线前进。在苍茫的荒原上，刘广才远远地看到大概一公里远的地方有车队经过。他拼尽全身的力气挥舞着手，大声地呐喊。他的声音被羌塘的风吹散，九队中的确有几个人看到了刘广才呼救的身影，但是大家都很有默契，在对讲机里相互聊着天，谁都不去提自己看到了刘广才在求救，全当他是空气。

看着渐行渐远的车队，刘广才终于明白过来，这一切都是苍云峰安排的。苍云峰故意让车队出现在他的视线范围内给他制造一点希望，但是又故意不停下来，让他陷入绝望，继续在绝望中等待着死亡的到来。

杀人诛心莫过于此了。

这天晚上，他们扎营在多格错仁附近。趁着大家都吃过晚饭闲着的时候，宋毅找到了苍云峰，对苍云峰说道："峰哥，我爷爷想请你过去一趟，他在帐篷里面等着你呢。"

"好。"苍云峰起身，对小胖几个人说道，"你们先玩着，我过去一趟。"

小胖几个人饶有深意地说道："峰哥，我们永远站在你这边。"

苍云峰心领神会，微微一笑走出了帐篷，跟随宋毅去了宋老一家人休息的地方。

第46章　地图

宋老一家人的帐篷内。

宋欣然正在和宋老太聊天，可能是想到两天后就能到双湖县了，所以聊天的气氛很融洽。

苍云峰进来后主动打招呼道："你们祖孙的感情真好，我发现身边二十多岁的年轻人几乎都不和老人在一起玩……"

没等苍云峰的话说完呢，宋欣然就反驳道："谁二十多岁了？我今年刚刚高中毕业。"

苍云峰有点尴尬，补充道："高中不也十八九岁了吗？"

宋老笑呵呵地说道："他们俩实际年龄刚满十七岁，上学比较早，那时候为了上学就把户口本上的出生年月日给改了。"

"原来是这样啊。"

宋老看了看老太太说道："你们不是要去洗漱吗？快去吧，小毅也去吧，早点洗漱完了早点休息。"

宋老太看出老头是要单独和苍云峰沟通，于是她起身招呼孙子和孙女道："我们去洗漱吧。"

帐篷内，只剩下苍云峰和宋老两个人了。苍云峰并不着急开启话题，因为他清楚宋老既然找他，就一定是有话要说的。宋老先是观察了一下苍云峰，见苍云峰表情自如沉着冷静并没有主动开口的意思，他这才不得不试探着问道："云峰啊，我叫你过来，你知道我要跟你说什么吗？"

苍云峰装傻问道："说什么啊？我不知道啊，您有事就说呗。"

宋老想了想后说道："我想和你聊一聊刘广才的事。"

"哦。"苍云峰掏出烟放在嘴边，双唇夹着烟说道，"想说什么你就说呗。"

宋老斟酌之后，试探着说道："人都有犯错的时候，有些错也不至于不被原谅吧。如果你能宽宏大量地放过他，给他一次机会……"

"打住。"苍云峰打断宋老的话说道，"我不知道你在说什么。"

宋老深吸一口气说道："那我就说得直接点吧，我希望你能带着刘广才一起走。毕竟他是跟我们一起来的，不管途中他做了什么，我希望你能原谅他。"

苍云峰摇头说道："我找不到刘广才在什么地方，昨天晚上我们就分开了。当时我也叫他跟我一起回去，但他觉得自己没有脸再面对咱们大家，一个人选择了等待救援。"

"你……"

"宋老。"苍云峰起身说道，"在羌塘无人区找一个人好比大海捞针，真的没有那么容易。出发之前我们都签过协议的，刘广才自己离队是他的个人行为。如果您觉得我们服务不周到或者存在异议，回昆明之后起诉我们公司或者起诉我个人都没问题，我都接受。但是您让我现在去找刘广才，我做不到。我们的实际情况你也知道，现在七辆车有六辆存在隐患，剪断的汽油滤芯是用软管卡抱箍临时固定的，这种简易的修车办法随时都有可能爆管。我不能因为一个刘广才让整个队伍跟着去冒险，有句话叫'脚上的泡都是自己走出来的'，事已至此，您就不必多说了。"

宋老轻叹道："真的就不能给他一次机会吗？"

苍云峰起身走向帐篷的门口，准备出门的时候停住了脚步，转过头对宋老说道："我当过兵，我知道对待敌人手软就是对自己的残忍。"

说完，苍云峰离开了宋老的帐篷。

宋老一个人默默地坐在床边，内心五味杂陈，他实在想不明白为什么刘广才会这么做。现在似乎因为什么都不重要了，刘广才犯下的错已经决定了他自己的命运。

见苍云峰离开，宋老太带着孙子、孙女回到帐篷内，她见宋老头一脸愁容，试探着问道："他们不同意回去找小刘吗？"

宋老叹息道："他不同意。"

宋毅很不爽地说道："奶奶你就是太好心了，找他干什么？让他再害我们一次吗？要不是峰哥徒步找到了那辆车，我们都得死在这鬼地方。"

宋欣然也站在哥哥这边，对老两口说道："他开车抛弃我们的时候，有想过我们的死活吗？现在你们俩还担心他，依我看，根本没这个必要了。"

宋老最后也是没办法了，对两个孩子说道："你们俩年纪还小，以后的路还长着呢，你们要学会得饶人处且饶人。"

宋毅反驳道："那也得看是什么人，他都要弄死我了，我还饶了他？"

"罢了罢了！"宋老见已经无力改变什么了，起身说道，"我去洗漱了，洗漱完早点休息吧。"

次日清晨，队伍收拾营地准备出发继续南下。临行前，宋老望着北方发了很久的呆，也不知道是在怀念李聪明还是在担心刘广才。当全队的人都上车之后，宋老还是站在原地。

最后是老唐走到宋老身边，对宋老说道："老哥，我们该走了。"

　　宋老点了点头，面向北方挥了挥手，这才转身上了车。

　　老唐亲自开着宋老的途乐，取代了刘广才司机的位置。

　　晚上八点，他们到了令戈错，此时太阳正好偏西，按照原计划要在令戈错安营扎寨住一夜。苍云峰在对讲机里告诉大家，还有二十公里就上硬质铺装路面了，上路之后大概八十公里就能抵达双湖县，如果大家能坚持一下赶夜路，今晚可以住在双湖县的旅店内，好好洗个热水澡。

　　这个提议主要是说给宋老听的，毕竟他是客户是主角，至于九队的人，倒是都可以吃苦熬一熬的。

　　宋欣然听说只要坚持一下就能住酒店的消息，兴奋不已，直接当了全家的代表，拿着对讲机告诉苍云峰继续出发直奔双湖县。

　　这一晚，大家都想住宾馆，于是又坚持了五个小时，直到深夜才回到双湖县。抵达双湖县的时候，所有人都松了一口气，到这里也就意味着任务差不多要完成了。接下来的日子他们不用睡帐篷，每天都能洗热水澡了。

　　队伍刚到宾馆，大家都忙着洗澡解乏的时候，钱老板的电话打到了溪玥的手机上。当时溪玥在洗澡，同住的赵小佳接了电话，钱老板在电话那边很不爽地质问道："你马上给我一个合理的解释，为什么宋老的司机不见了？我要求你马上去把人给我找回来，否则……"

　　赵小佳急忙说道："钱……钱总……我是小佳，玥姐在卫生间，等她忙完了让她打给你行吗？"

　　钱老板气得半死，对赵小佳说道："五分钟之内必须让溪玥给我回个电话。"说完这句，电话就断线了。

　　在洗手间冲澡的溪玥问道："是不是钱老板打来的？"

　　赵小佳应声道："钱总知道我们带丢了一个人，要求我们去把人找回来，还让你五分钟之内给他回个电话。他怎么这么快就知道这个消息了呢？"

溪玥围着浴巾从洗手间内走出来，十分肯定地说道："一定是宋老打电话到公司投诉了。"

"那怎么办啊？"

溪玥两手一摊说道："怎么办？你觉得这事儿是我能决定的吗？"

赵小佳秒懂溪玥的意思，溪玥看似是九队的领队，但在九队有绝对话语权的是苍云峰。就拿这件事来说，苍云峰要是不松口，谁都不能命令他去做什么，这就是这个人的存在感。

溪玥给钱老板回了电话，钱老板破口就骂。溪玥不慌不忙地把在无人区里面发生的事说了一遍，然后对钱老板说道："你要是觉得你能说服苍云峰去找刘广才，那我就跟着苍云峰回去找。如果你没办法说服苍云峰，我带队也找不到。"

钱老板有点火了，质问道："你是在拿苍云峰压我吗？"

"并没有，是你自己理解的问题。"

钱老板愤怒地威胁道："你要是管不好这个团队，就让出领队的位置。谁能带就让谁上，公司不是就你一个人能带领九队。"

溪玥满不在乎地说道："你觉得谁行你就让谁来管理，我无所谓。"

钱老板被气得彻底无语了，直接将电话挂断，实在不想和溪玥废话了。

公司的明眼人都能看出来，九队的队长是溪玥，但实际上的领导者是苍云峰。钱老板之前也找过苍云峰，让苍云峰来带队，但是他直接拒绝，告诉钱老板这事儿没得商量。理由是他不想没事就整理数据、算账、谈客户、做售后……这并不是他想要的生活。

钱老板的电话又打到了老唐的手机上，老唐也是刚刚洗完澡躺在床上抽烟。钱老板一上来就问道："老唐，到底是怎么回事？为什么还弄丢了一个人？宋老的电话都打到我这儿来了，你知道在无人区弄丢个人意味着什么吗？"

老唐抽着烟淡定地说道："我们都知道，你打电话过来是什么意思呢？"

钱老板郁闷地说道："啥意思？我能有啥意思？我希望你回去把人找回来呗。执行任务把客户弄丢了意味着什么？公司要赔多少钱？公司的声望还保得住吗？你怎么不明白呢？"

老唐低声说道："让我找人啊？我找不到，这人都失联五天了，我去哪儿给你找啊？"

"苍云峰不是三天前还看到他了吗？不是三天前才从他手里拿回车吗？"

"那也都三天了，现在都十二点多了，明天一早就是四天，羌塘面积29.8万平方公里，我去哪儿给你找一个人去？"

"你……他妈的……溪玥和苍云峰这两个小王八羔子怼我也就算了，怎么老唐你……你也和我过不去？他们俩是拿工资拿提成的，你可是公司的股东啊。把人带丢了，这赔偿可是要公司出的，公司的钱就是你的钱，你不肉疼吗？"

老唐抽着烟低声道："这肉疼也没办法，我是真的找不到人。现在只有一辆皮卡车是完好的，其他车都带着暗病，你再让我进去就等于是让我玩命。"

钱老板愤怒地说道："你这是在搪塞我。"

老唐安抚他道："你消消气，这事儿已经发生了，你就淡定点吧，我实话和你说了吧，就算我们去找，也未必能找到活的人了。羌塘是什么地方你又不是不知道，何必做那无用功呢？"

钱老板咬牙切齿道："不行，这个人必须找到，他很重要。"

"我做不到，你愿意让谁去找就让谁去吧，没别的事我挂了。"

"等等。"钱老板叫住了老唐，对他说道，"我实话和你说了吧，刘广才身上有一份地图。"

"地图？什么地图？"

"宋老这次去勒斜武担湖边寻找李聪明的衣冠冢，最主要的目的是寻找一份地图，这个地图被李聪明藏在了自行车的把套里面。宋老找到了这份地图，结果却被刘广才偷走了。这份地图是什么我也不清楚，但是宋老愿意出两百万给我们，让我们去找到刘广才拿到这地图。你去跟苍云峰商量一下吧。如果能找到刘广才或者找到这份地图，我承诺公司拿出一百万奖励给九队。另外，老唐你也别不懂事，都这么大岁数的人了，你们要是把刘广才弄丢了，公司要赔偿多少钱？名声受损要损失多少钱？你得好好算算这笔账，你不是打工的，你是股东。"

老唐深吸一口气说道："行吧，我去找苍云峰聊聊，但是我不保证成功。"

第47章　拉萨会师

几分钟之后，老唐和溪玥组队来找苍云峰，苍云峰披着浴袍，盘膝坐在床边看着二位问道："你们俩是啥意思？"

溪玥回答道："我的态度十分明确，这件事我不勉强你，你来决定。你要想回去找人，我就陪着你去，你要是不想回去，我就跟你返程回昆明。"

苍云峰又看向老唐问道："你呢？"

老唐也是很实在地说道："我对救这种人没兴趣，也不想回去救，但你知道我肯定会对那张所谓的地图感兴趣。何况是李聪明随身携带的地图，说不定是什么寻宝图呢。"

"老唐啊，你是不是小说看多了？去哪儿找那么多藏宝图啊，真有藏宝图的话哪还轮得到我们去找？以我对守财奴的分析，他八成是编造出这么一个谎言勾起我们的好奇心，驱使我们回去寻找刘广才。找到刘广才公司的损失就小了，不用赔钱给刘广才的家人。不管怎么说，刘广才是跟着我们公司来到羌塘的，不管在里面发生了什么事，我们如何对外界解释，外界看到的都是借口，没有人会相信这些事实，家属找公司赔偿也是预料之内。依我看，就是钱老板想省钱。"

溪玥点头道："我觉得云峰说得有道理，你觉得呢？"

老唐没吭声。

苍云峰继续说道："我们退一步思考，假设真的有什么狗屁地图藏在自行车的把套内，这都过去多少年了？什么材质的地图能在水里泡着都不腐烂？你要知道，老男孩车队发现李聪明的自行车把时，自行车是掩埋在沙土中的。勒斜武担湖的水位是随着季节变化的，我看老男孩车队发布在网上的视频，包括发现自行车当时的完整视频，我真不相信会有地图的存在。"

老唐起身说道："算了，你说得有道理。我们明天返程回拉萨，把宋老送到拉萨后这次任务就结束。"

说完，老唐离开了苍云峰的房间。

苍云峰看着一边的溪玥问道："你呢？你怎么还不走呢？难道要留下来陪我睡吗？"

溪玥瞪了他一眼，小声问道："昨天你是不是故意的，让刘广才看到我们的车队却不停下？"

"是啊。"苍云峰如实说道，"我就是故意的，我对他已经够仁慈了。你是没看到，我抱着轮胎往行李架上面托举的时候他拿刀捅我。你要是看到这一幕，你大概会问我为什么当时没弄死他了。"

溪玥琢磨着说道："如果地图真的存在，那么刘广才所做的一切就解释得通了。如果地图不存在，我很难理解刘广才为什么要这么做，难道他真的和宋老有过节？在报复宋老？"

聊到这里，苍云峰突然觉得有点尴尬，催促着说道："别瞎猜了，这种人做事怎么可能是我们猜得到的。快回去好好睡一觉吧，你要是不回去，我就认为你想留下来陪我睡。虽然你是短发，不是我喜欢的类型，但看在你前凸后翘的分儿上，我还是愿意委屈我自己，勉强把你给睡了。"

溪玥气得抓起地上一只拖鞋就丢向苍云峰，苍云峰的头微微一偏，躲过飞来的拖鞋，然后撇嘴摇头道："这么凶，怪不得没人要你。"

溪玥懒得搭理他，走到门口的时候提醒他道："明天上午八点集合，路上开快点，争取一天到拉萨。"

"好嘞，就这么办。"

苍云峰之所以隐瞒黄老二安排刘广才来谋杀他这件事，就是不想让事情变得复杂。溪玥也不是省油的灯，如果她知道这事是黄老二背后指使的，以她的性格，她一定会去找黄老二算这笔账。

溪玥的身体素质好，从特种部队退役的女兵身手也不错，但她始终是女孩子，这一点永远改变不了。苍云峰是担心溪玥被老黄二欺负，不告诉她事实，并不代表苍云峰自己会放过黄老二。这梁子是彻底结下了，苍云峰已经计划好，回昆明就去找黄老二算这笔账。

次日清晨，车队从双湖县出发直奔拉萨。宋老见苍云峰等人没有回去找刘广才的意思，又给钱老板打了电话。钱老板也彻底明白什么叫"将在外，君命有所不受"了，九队是调动不了了，他只能想别的办法。

毕竟现在还有两支队伍是从昆明出发准备去羌塘救援的。钱老板在电话里安抚宋老，告诉他九队的车辆都有隐患不安全，另外两支队伍今晚就能到拉萨，他会安排其他队伍继续进去寻找。

宋老听后，这才勉强接受了这个方案。

当天晚上车队就抵达了拉萨。拉萨的条件要比双湖县好上太多太多了，可以住星级酒店，可以吃到任何想吃的东西，也有比较好的汽修厂。总之在双湖县的感觉是二十世纪八十年代，而拉萨是进入了现代化的大城市。

抵达拉萨当天，从昆明出发的两支队伍也到了拉萨。

分别是申东旭带领的一队和陈磊的二队，这两支队伍是荒野俱乐部最早的两支队伍，三支队伍都到了俱乐部的和悦酒店内入住，在这里做简单会师。

酒店房间内，一队的申东旭、高继伟，二队的陈磊、苏虹和九队的溪玥、老唐、苍云峰凑在了一个房间内。

申东旭一脸孤傲地看着苍云峰，眼里写满了鄙视，当着所有人一点面子都不留地说道："多大能耐就接多大的活，能把客人带丢了，你们九队也是真优秀。"

溪玥、老唐和苍云峰都不解释，毕竟大家看到的事实就是九队把客人弄丢了。

二队的陈磊默默地看着这一切。副领队苏虹是他的老婆，轻轻咳嗽了一声，帮九队解围说道："现在的情况是这样的，钱总让我们一队和二队进去寻找刘广才，活要见人死要见尸的那种。但是我们对里面的情况并不了解，所以得跟你们沟通一下，这样就不至于进去后像无头苍蝇一样乱找了。"

陈磊接着说道："要不这样吧，你们九队安排两个人随我们一起进去。一个人跟我的二队，另外一个跟一队，毕竟你们才是最了解情况的。"

申东旭马上不屑地说道："磊子，我的团队不需要废物帮忙，你需要你就带着吧。今天我过来就是问一句，你们上传的轨迹是不是这次真实的轨迹。"

溪玥面无表情地说道："轨迹这个东西能作假吗？是不是真的，你自己不会判断吗？公司的数据库里面都有，需要什么自己去下载。"

申东旭不屑地看了看溪玥，然后对他们几个说道："你们九队能完成的任务，我不屑跟你们争。你们九队擦不干净的屁股，我一队来，让你们看看什么叫真正的实力。"

说完，申东旭甩了一下头，马屁精高继伟跟着起身，一脸鄙视地看了一眼九队的三个人，然后离开了房间。

苏虹安慰苍云峰等人："你们别往心里去，申东旭他就是这样，反正咱都不是第一天在一起做事了，跟他生气犯不上。"

溪玥点头道谢，然后对苏虹说道："我们队的车全坏了，是临时检修才撑着出来的。不是我不想安排人跟你们进去，这十多天来大家的确都累了，到了人困马乏的地步。"

"等等。"老唐打断溪玥的话，对她说道："你和云峰带队先回昆明吧，我跟陈磊的队伍进去寻找刘广才。"

陈磊听后马上说道："那就这么决定吧，唐嫂也去吗？"

老唐开口道："唐嫂就不跟着去了，让她先和九队回昆明吧。这一趟的确是折腾得够呛。"

陈磊继续说道："那行，就按照您说的安排，我们明天一早出发去双湖县。时间就是生命，刘广才一个人在羌塘失踪肯定是凶多吉少，我们早一分钟找到，他就少一分钟的危险。"

苍云峰始终是一言不发，在一边叼着烟仿佛局外人一样。

苏虹劝陈磊说道："你也别抱太大的希望，可能人早就不在了。"

"钱老板的意思是，活要见人死要见尸。"

老唐起身道："大家早点休息吧，我回去和唐嫂说一声，明天一早我跟你们出发去双湖县。这次的轨迹我有，细节的东西我们路上聊。"

陈磊和苏虹起身，客气地对溪玥说了声路上注意安全之类的话后离开。

在陈磊和苏虹离开之后，老唐对溪玥和苍云峰说道："今天老钱又给我打了电话，他还是希望我能跟着他们两支队伍去羌塘寻找刘广才。当然，目的还是寻找他所谓的地图。这份地图是否真的存在，我们现在都不能确定，但是你们知道的，我骨子里就有这种探险精神。如果真的不让我去，我可能会很难受。"

溪玥点头表示理解，对老唐说道："那你路上小心，有什么事我们随时保持联系，咱们队的卫星电话给你带两部吧。"

"好，那你们回去的路上小心。"

老唐走后，溪玥看着苍云峰问道："你觉得他们能找到刘广才吗？"

苍云峰也不是很确定，猜测道："这个不好说。如果刘广才始终在原地没走远，那找到也很容易。"

溪玥又提出了一个很现实很尖锐的问题："如果刘广才没有死，该怎么办？"

苍云峰愣了一下，眼中带着些许不解地看着溪玥。

溪玥并没有回避苍云峰的目光，和他对视问道："如果刘广才没有死，接下来你要怎么做？"

第48章 再见，爸爸

苍云峰这才听明白溪玥表达的是什么意思，他看着溪玥陷入了短暂的沉思。

溪玥继续说道："如果刘广才没有死，他被申东旭的队伍找到之后，肯定会把所有的责任都推在你的身上，到时候你就很难证明自己的清白了。"

苍云峰把手里的烟屁放在烟灰缸内，很平静地说道："本来我也没什么清白的，我是故意丢下刘广才没有带他回来。"

"我知道，咱们共事这么久，你什么做事风格我还不清楚吗？我现在就是担心刘广才如果没有死，那么无论谁找到了他，对你都很不利，你要不要想想办法。"

"我在申东旭和陈磊之前回羌塘找到刘广才弄死他？"

溪玥没说话，这种谋杀的事她还是不敢的。

苍云峰思考了几秒钟后说道："没这个必要，刘广才如果能活着，那么中国四大无人区中号称海拔最高、难度最大的羌塘也就不需要敬畏了。"

"好吧，既然你这么肯定，那我也就不多说什么了，这次活动的总结报告我就如实写了，至于钱老板怎么判断就是他的事了。"

苍云峰回到自己的房间美美地睡了一觉，他深信刘广才走不出羌塘，一定是的。

次日上午，苍云峰正准备组织汽修组去附近找一个修车的地方，给几辆车换油管和滤芯。妹妹苍云婷的电话在这时打了过来。

苍云峰突然有一种愧疚感，都从羌塘出来两天了，一直也没给妹妹报个平安，这的确有点不对了。他接通电话后马上道歉道："云婷对不起啊，哥这两天有点忙，忘记给你报平安了。"

电话那边的苍云婷哭着说道："哥……你快回来吧……爸出车祸了……可能要不行了……"

"车祸？"苍云峰顿时紧张了起来，"爸怎么了？什么时候出的车祸？严重吗？现在在哪里？"

接连问了五个问题，都是出自本能的提问。

苍云婷哭着说道："今天早上……爸出去遛弯的时候，被一辆车撞倒了……现在正在云大医院抢救呢……"

"报警了吗？司机找到了没？"

"没……"苍云婷哭着说道，"警察说肇事车辆是套牌车，他们正在努力破案……"

"套牌车！"苍云峰第一个想到的就是黄老三，他就是做二手车生意的，还跟黄老二一起经营娱乐场所。想到这点，苍云峰觉得这件事没那么简单了，他拿着电话安抚苍云婷说道："云婷你别着急，在医院看好爸，我现在在拉萨，马上买一张机票飞回去找你。你等我，我马上回来。"

"嗯……我等你……呜呜……"

苍云峰挂断电话后，一脸凝重地对身边汽修组的人说道："我爸出车祸了，正在云大医院抢救。谁有空送我去贡嘎机场，我必须马上飞回去。我的车也得交给你们帮我开回去了。"

小胖自告奋勇地说道："峰哥上车，我送你去机场。这边的事你不用操心了，兄弟们不会丢下你的车，家里有事先去忙。"

另外几个人也纷纷劝苍云峰别担心车队的事，甚至还有人主动问苍云峰要不要用钱。

上了皮卡车之后，小胖是踩足了油门直奔拉萨贡嘎机场。苍云峰坐在副驾驶用手机APP查看机票，他要以最快的办法到昆明，哪怕是转机。

到机场停好车之后，他趁苍云峰下车的工夫拿起了自己的手机，在微信上转账了七千块钱，对下了车的苍云峰说道："峰哥，上个月的工资没花，微信转给你了，你先拿着用，不够我们再帮你想办法。"

苍云峰也没客气，对小胖说道："我先收下了，回昆明一起还给你。"

"嗐，说这些，快去忙吧。"

从拉萨贡嘎机场起飞，要转机一次才能回到昆明，在转机的时候苍云峰就联系了苍云婷，但得到的消息还是在抢救。

至亲之人住院抢救这种消息，对任何一个人来说都是很揪心的。当苍云峰所乘坐的航班降落在昆明长水国际机场后，他直接打车去了医院。

看到躺在病床上插着氧气管的老苍头，病房里面除了苍云婷之外，竟然没有其他人。

苍云婷看到了苍云峰之后，整个人都不好了，扑在他的怀里放声大哭道："你快看看爸……他一直在念叨你的名字……"

苍云峰快步来到病床边，抓起老苍头的手忍着眼泪说道："爸——爸我回来了……是我……你能听到我说话吗？你能听到就给我个回应啊。"

老苍头缓缓地睁开了眼，看到了苍云峰后，竟然嘴角微微上扬笑了出来，然后慢吞吞地说道："好……好……回来就……就好……"

苍云峰看老苍头比较虚弱，握紧了他的手说道："你别说话了，好好休息一下，你福大命大没事的。"

"我……我看见……你妈妈来……接我了……"

"别乱说……"苍云峰打断老苍头的话说道，"我妈才不会这么早来接你呢，她保佑你长命百岁呢。"

老苍头气息微弱地说道："你……必须……照顾好妹妹……供她读完大学……她想考研……你也要……支持她……你答应我……行吗？"

"行行行，你说什么我都答应你，但是你现在闭嘴，好好休息行吗？等你休息好了再慢慢说。"

"不……不能等了……"老苍头的气息越来越弱，叮嘱苍云峰说道，"家里……在我的床下……有一个日记本……是你妈妈临走时……留下的……你和云婷……都喜欢吃她包的牛肉馅……包子……你妈临走的时候……把她的包子馅配方……写了下来……让我包给你们吃……可是我手脚笨……我包了一次……没成功……也就没叫你和云婷回家吃……那一锅包子……我一个人吃了一周……才吃完……你们拿着日记本……上面有配方……自己做吧……"

苍云婷蹲在床边哭着说道："爸……我不要包子……我就要你。"

老苍头歪头看着苍云婷笑了笑，然后说道："你也看着点你哥……让他少喝点酒……催他快点……给你找个嫂子回来……爸这一辈子……活得挺平庸的……唯一放不下的就是你……"

"老头！"苍云峰忍着泪说道，"你能不能闭嘴别说了？好好养一会儿，你看说这几句把你累的，你身体好点再说行吗？"

老苍头挤出微笑说道："儿子……照顾好你妹妹……爸……拜托你了……"

说完，老苍头就缓缓闭上了眼睛。

那一刻，苍云峰感觉到老苍头的手变得很重。当他再看向老苍头的脸时，父亲已经走了。床头柜上的仪器发出警报声，等电位线变成了一条直线。苍云婷趴在老苍头的身上放声痛哭，失去亲人的痛，无法言表。

医生和护士听到警报声来到了病房，苍云峰抓住医生的胳膊请求他们救人。

医生很理性地对苍云峰说道："您是苍老先生的儿子吧。您听我说，您父亲能挺到现在已经是个奇迹了，车祸导致他昏迷了好几个小时，肋骨骨折刺穿了多处内脏，最主要的肝肺功能都受到了影响。老人坚持这么多个小时，就是等着见你一面，现在老人闭眼了，就让他安静地去吧。即便现在再抢救，也就是电击疗法尝试恢复心跳，但也不一定能成功。不如让老人走得安详体面吧。"

苍云峰流着泪问道："真的就没有办法了吗？"

医生摇头，继续对苍云峰说道："孩子，你的心情我能理解。但作为一个人，一名医生，不能为了多收点钱就多做几次抢救。你们还是去准备后事吧。"

有些事，无力回天。

即便是有一千个一万个不愿意，还是要接受现实。

活着，不是一部完美的童话，有着太多的酸甜苦辣。

苍云峰觉得自己愧对妹妹，如果不是多管闲事，也不会得罪黄老二。用屁股想都知道，这件事肯定跟黄老二有关系，但此时此刻，他又拿不出一点证据。

三天后，老苍头的葬礼在殡仪馆举行，兄妹俩没有邀请太多人到场。来送的远房亲戚都没几个，人走了，什么都凉了，包括跟着老苍头混吃混喝的吴老太。在老苍头的葬礼上都没见到她的人，后事都是兄妹俩操办的。

当年母亲临死的时候不想让家里浪费钱，就和苍云峰说喜欢梁王山的风景，让他找一个僻静的地方把自己埋了就行。苍云峰也的确照办了，在看得到梁王山风景的墓园给母亲修了一个简单的坟。

按照老家的规矩，父母死后肯定是要并骨合葬的。

苍云峰从公司开了一辆越野车出来，苍云婷坐在副驾驶上抱着骨灰盒，兄妹俩从火葬场离开。在经过第一个红灯的时候，越野车左侧突然出现了一辆白色的悍马，等红灯的时候，悍马的后排座位刚好对着苍云峰主驾驶这个位置。车窗缓缓下降，黄老二那张讨厌的脸出现在悍马车内。他叼着一根雪茄，满脸得意地看着苍云峰笑问道："这不是云峰兄弟吗？去火葬场干什么了？家里有'喜'事啊？"

苍云峰听到这话，不禁握紧了拳头，怒目瞪着黄老二。他不想在妹妹面前失态吵架，也不想把妹妹牵扯进来。双方对视之后，苍云峰按下了关窗的按键。

见车玻璃缓缓地升了起来，黄老二见状笑着说道："兄弟，这就是你的不对了。我和你打招呼，问你家有什么'喜'事，你不搭理我也就算了，还把车窗关上是什么意思？"

一旁的苍云婷看出这黄老二不是什么好人，她有点紧张，却又什么都不敢问。

苍云峰安慰她道："没事的，一个挺讨厌的客户。"

话刚说到这里，车门窗就传来砰的一声，窗玻璃瞬间变成了蜘蛛网状。

第49章　吴老太抢房子

苍云峰愤怒地转过头，看到黄老二正拿着弹弓，一脸得意地看着他讥笑，十分嚣张地说道："不好意思啊，不是故意的。你的车门窗多少钱回头来找我，我赔给你两块。哎呀，副驾驶的小姑娘长得不错啊，是你妹妹吗？小姑娘，咱认识一下呗。"

苍云峰一拳打掉裂成蜘蛛网一样的玻璃，指着黄老二说道："这笔账我们慢慢算。"

黄老二笑着说道："行，慢慢算，我会让你知道我的钱不是那么好拿的。绿灯亮了，我先走了，小妹妹我们还会见面的。"

悍马的提速远比苍云峰开的这辆越野车快得多，他很想一脚油门冲上前找机会别一下悍马，但想到副驾驶还有妹妹抱着父亲的骨灰盒，他忍了。苍云峰看了一眼骨灰盒，道歉道："爸，儿子不孝，让你受惊吓了。我们继续出发上路。"

苍云婷不知道是怎么回事，但她真的感觉到黄老二不是什么好人。

从火葬场到墓园整整走了两个小时，并骨合葬后，苍云峰跪在坟前重重地磕了三个头，对着父母的坟头发誓道："我一定会照顾好妹妹，供她读完大学，你们二老在另一个世界不用担心我们。我们都长大了，我爸也不会白死的……"

苍云婷在一边听得真切，虽然不清楚实际情况是怎么样的，但从苍云峰的话中，她也能听出来一些端倪。在回城区的路上，她壮着胆子问道："哥，咱爸是被那个打烂车玻璃的人害死的吗？"

苍云峰没有正面回答，而是问道："为什么这么说呢？"

苍云婷小声说道："哥，我不傻，我也不是小孩子。"

苍云峰继续回避那个问题，对苍云婷说道："在我眼里你就是个小孩子，大人的事你就不要过问了，哥会处理好的。你住在哪里？我送你过去。"

苍云婷小声说道："哥，你带我回家吧，我已经很久都没回了。我一个人也不敢回去，吴阿姨太凶了，现在爸走了，我想回家看看，整理整理爸的遗物。"

"嗯，应该的，那咱们一起回家吧。爸不是还留下了一个小本子吗？上面有你最爱吃的牛肉包子馅配方，那是妈留下的。改天哥亲自包包子给你吃。"

说起这个，苍云婷的眼眶又湿润了。

回到家已经是下午三点半了，兄妹俩虽然没吃午饭，但的确是感觉不到饿，悲伤的情绪早已掩盖了饥饿感。

乘坐电梯上楼，来到自家门前准备和往常一样开门进去的时候，苍云峰竟然发现钥匙插进去扭不动了。他很疑惑地看着门锁，还以为自己疏忽大意插错钥匙了。拔出来重新核对了一遍，确定这个就是自家门的钥匙后，他再次插入扭动，结果和刚刚还是一样的。

苍云婷在一旁拿出自己的钥匙，对苍云峰说道："哥，我来试试吧。"

苍云峰后退了一步，一脸懵地看着钥匙自言自语道："这也没拿错啊，怎么就打不开了呢？"

云婷上前开门，钥匙插入钥匙孔之后，同样是无法扭动，她很茫然地看着苍云峰问道："是不是锁芯坏了？"

"锁芯！"苍云峰恍然大悟道，"锁芯不是坏了，是被换了。"

想到这里，苍云峰怒火攻心抬腿就是一脚。这一脚让苍云婷猝不及防，巨大的响声都把她给吓到了，她本能地尖叫了一声。

面前，震落的土渣渣从门框上方落下，门锁的位置被苍云峰给踹豁了。那扇门被他踹得严重变形，仅仅是一脚，就提前宣布它下岗了。

房屋内，一个三十多岁的中年男子从卧室内走出来，一脸愤怒地看着苍云峰吼道："你谁啊？干什么踹我家门？"

苍云峰更是愤怒地问道："你谁啊？你怎么会在我家？"

"你家？"男子上下打量着苍云峰问道，"你是苍云峰？"

"你是谁？"

男子摆出一副"了解"的样子，正要开口说话呢，另外一个卧室里走出了吴老太和一个胖嘟嘟的女孩。吴老太快步走到客厅中央打圆场说道："误会、误会，都是自家人。云峰，云婷啊，我给你们介绍一下。这位就是你们的哥哥，前几天刚带着女朋友从上海回来，你们没见过面的。罗源我也给你介绍一下，这两位就是你爸的一对儿女，云峰和云婷。"

罗源装出一副恍然大悟的样子说道："哦，是我弟弟和妹妹啊，误会，误会一场。"

苍云峰看着吴老太问道："门锁是怎么回事？我爸才走，你们就把锁芯给换了，连通知都没通知我们兄妹俩，敢情这个家跟我们没关系了呗？"

吴老太特别不要脸地笑着说道："孩子你看你说的是哪里的话啊。虽然你爸把这房子留给罗源了，但你们也是兄弟啊，这家也不能没有你啊。你们兄妹想什么时候回来，提前打个招呼就行了呗。你看看你把门踹成这样，这修一下得多少钱呢？"

"等等、等等。"苍云峰皱眉问道，"什么叫'我们兄妹想回来的时候提前打个招呼'？这他妈的是我家啊，我回家还得提前跟你们打个招呼？你们算怎么回事？我……"

罗源不等苍云峰把话说完，直接从兜里掏出一张所谓的字据摆在苍云峰面前说道："弟弟，你给我看清楚，算怎么回事。你看清楚了再问，咱爸生前将房子留给我了，这里白纸黑字写得清清楚楚。不仅有咱爸的签名，还有咱爸按的手印，看在兄弟情分上，我允许你随时回来已经够意思了，你还不满足？你不满足你就滚出去，这个房子跟你没关系。"

苍云婷委屈地哭着喊道："你们这些骗子，我爸根本不可能把房子给你的，你又不是他的亲生儿女，他怎么可能这么做？你们一定是弄虚作假骗我们的。"

罗源把字据递给苍云婷说道："云婷妹妹你自己看，咱爸的签名在这儿呢，这玩意儿错不了。"

苍云婷一把夺过所谓的字据，上面的确是白纸黑字写得清楚，也的确是有老苍头的签名和手印盖章。

苍云峰也把目光投过去，在他看得正仔细的时候，罗源一把抢回了字据，收起来说道："这是咱爸留给我的遗产，跟你们已经没关系了。"

"你……"

苍云婷哭着要理论，被苍云峰一把抓住了手臂。他心里十分清楚跟流氓无赖讲道理是讲不通的，眼下也不是吵闹的时候，他已不是那种冲动的少年，知道凡事都要冷静面对。调整了情绪之后，苍云峰对吴老太和罗源说道："我爸刚刚入土为安，今天我不跟你们理论这套房子的事。我和我妹回来是收拾我爸遗物的，你们都回避一下吧。"

吴老太马上说道："我不能回避啊。你爸跟我在一起生活了快两年了，刚来搬来这边住的时候，你们家用的那都是什么破烂玩意儿啊，床单感觉好几年都没换过，还有窗帘款式也不好，这些都是我花钱买的，你爸那点退休金够干啥的。我搬来和他一起生活之后，倒贴了多少钱你知道吗？唉！算了，都是一家人，计较这些也没意思，你要收拾东西就去收拾，我看着总行吧！"

苍云婷委屈地哭着反驳道："我爸都说了，你的退休金都给你儿子在上海供房了，每个月都是花他的生活费，现在你怎么还好意思反过来说呢？"

吴老太厚着脸皮说道："每个月打给罗源供房的是你爸的退休金，生活费日常开销才是我的。再说了，这也是你爸自愿的啊，跟我没关系。"

"你这么大岁数了，怎么这么不要脸呢？"

"啪——"罗源甩手一巴掌打在了苍云婷的脸上，怒目看着他吼道："你怎么跟我妈说话呢？谁不要脸？你必须马上给我道歉。"

在罗源动手打苍云婷之前，苍云峰一直告诉自己忍耐，不要冲动，今天是父亲入土的日子，不适合节外生枝。黄老二那么挑衅，他都忍了下来，但这一刻看到妹妹被打，他是彻底忍不住了。父亲闭眼之前就是叮嘱他照顾好妹妹，可是父亲才入土妹妹就被人打了耳光，而且是当着自己的面打。这一瞬间，苍云峰怒了，他上前一拳打在罗源的腹部。

腹部是人体唯一没有骨骼保护的地方，这一拳下去直接把罗源中午吃的饭给打吐了。他本能地弯着腰双手抱着肚子后退了一步，大口大口地狂吐，吐出来的有饭菜，还有血。

这一拳打完，苍云峰并没有停手，左手抓着罗源的头发将他的脸调整角度暴露在自己面前，右手啪的一声拍在了他的左脸上。这一巴掌打得有多响？连走廊内的声控感应灯都亮了。

苍云峰打完第一巴掌问道："谁他妈给你的勇气，在我面前打我妹妹？"

问完这句，不等罗源回答，第二巴掌又打了下来，"说话，谁给你的勇气？"

这是真的在提问吗？不，这只是苍云峰在发泄，罗源并没有回答的机会，第三巴掌又打了下来。苍云峰每打一巴掌就要问上一句，第三巴掌问的是："打我妹妹的后果是什么你知道吗？"

紧接着，第四巴掌又来了，苍云峰直接自问自答道："这就是打我妹妹的下场。"

吴老太和那个微胖的女孩都惊呆了。短短几秒钟而已，这四巴掌已经打得罗源破了相，左侧的脸红肿得像一个馒头，左边眼眶内全是血丝，白眼仁凸起，仿佛眼珠子都要被打爆了。

直到苍云打完第五巴掌，吴老太才如梦初醒，上前推开了苍云峰，抱住自己的儿子放声痛哭，质问苍云峰："你怎么可以下手这么狠呢？你看你把你哥打成什么样子了，他是你哥啊，呜啊……啊……"干哭了两声，她怀里的罗源哇的一下又大吐了一口，这一次吐出来是红色的血，在血水中还有几颗带着血的牙齿。

罗源这辈子最后悔的事可能就是动手打了苍云婷一巴掌。

苍云峰在打罗源的时候，顺便把罗源刚刚拿出来的字据也顺了回来，他严重怀疑这东西是在老苍头不知情的情况下签署的。老苍头虽然不怎么精明，但绝对算不上糊涂，把房子送人这件事，他是绝对做不出来的。

吴老太看到儿子被五巴掌打到半死，整个人都吓傻了，不知道该怎么办了，哭都忘记哭了。

还是那个微胖的女孩反应过来，对吴老太说道："妈，快打120叫救护车。"

第50章　房子的归属权

　　吴老太这才如梦初醒，赶紧拨打了120，微胖的女孩看着苍云峰责备道："你怎么能下手那么重呢？他是你哥啊，怎么说都是一家人，你何必这样呢？"

　　苍云峰指着吴老太说道："我给你三十分钟时间，马上从这里给我滚出去。三十分钟之后我回来，你要是还在这里，我就把你们从楼上丢下去。"当然，这话是吹牛恐吓的成分多一点，就算是吴老太真的没走，苍云峰也不敢把人丢下楼。法治社会可容不得人这么嚣张。

　　说完之后，苍云峰拉起妹妹的手说道："我先带你去吃点东西，一会儿再回来。"

　　苍云婷被打得委屈，但是看到哥哥为了她，下手那么重地暴揍罗源，心里也就舒服了很多。

　　乘坐电梯下楼，到了小区一个没有监控的地方，苍云峰掏出打火机把从罗源身上顺来的字据点火烧了，现在不管这份字据是真是假，都已经化为烟尘，不复存在了。毁灭证据之后，他带着妹妹去小区门口吃了一碗面，再次回到家的时候，发现两个派出所的民警正在调查情况。

　　微胖的女孩和罗源已经不见了，吴老太看到苍云峰兄妹回来，马上指着他们俩冲着民警尖叫道："就是他，擅闯我的家，还打伤了我儿子，你们快点把他抓起来。"

两个民警转过头，看到苍云峰和苍云婷兄妹之后问道："怎么回事？"

吴老太不给苍云峰说话的机会，在民警提问之后，像跳广场舞一样指手画脚，快嘴地大叫道："他们打人，还踹坏了门，强行进入家里打伤了我儿子。我儿子已经被120带走了，你们快点把这对恶人绳之以法。"

民警有点无奈，又重新问道："怎么回事？她说的是事实吗？人是你们打的吗？"

吴老太再次抢着说道："就是他们俩，不用问了，抓走抓走，关他们个十年八载的。"

这一次，民警对这个"广场舞大妈"彻底无奈了，厉声制止道："你别吵，没问你，你就不要说了。"

吴老太理直气壮地说道："我是报警的人，你得站在我这边，是我找的你们。"

另外一个民警提醒吴老太说道："我们哪边都不站，我们站在法律与正义的一边。"

吴老太还觉得有点委屈了，嘟囔道："你不站在我这边，我找你干什么来了？"

民警不搭理这个胡搅蛮缠的老太太，重新问道："怎么回事？你们是什么人？"

这样的场面苍云峰见多了，他很沉着淡定地说道："警察同志你们好，我叫苍云峰，这是我亲妹妹苍云婷。这里是我的家，那位吴女士跟我父亲是走到一块过日子的。几年前我母亲因为癌症去世，父亲就一个人生活，刚好吴女士也是在小区内自己生活，两年前就搭伙过日子了。吴老太卖掉了自己的房子，将钱给了自己的儿子在上海买房交首付，自己搬过来和我父亲一起生活。几天前我父亲车祸去世，今天上午刚刚火化完，吴老太在我父亲出车祸之后就没出现过，医院没去，葬礼也没参加……"

他说到这里的时候，吴老太在一边狡辩说道："我不是忙嘛。"

民警忍无可忍道："你闭嘴，没问你话呢，你别插嘴。"

吴老太又摆出一副委屈的样子，时刻盯着苍云峰，寻找苍云峰话语上的漏洞准备反驳。

苍云峰继续说道："我和妹妹上午在火葬场忙完父亲的遗体火化，回家准备整理遗物的时候，发现门锁被换了锁芯，不得已才踹开了门。吴女士和他儿子霸占了我父母的房子，私自更换锁芯，在理论的时候吴女士的儿子罗源动手打了我妹妹，我为了保护妹妹反抗也打了罗源。事情的经过就是这样的。"

吴老太抢着说道："这套房子就是你那个死爹送给我儿子的。"

民警也觉得有点不可思议，多问了一句："他为什么要把房子送给你儿子？而不是留给自己的儿女？"

吴老太十分不要脸地来了一句："因为贪图我的美色啊。"

顿时，两个民警都没忍住笑场了。那画面有点不好形容，可能这两个民警这辈子都没遇见过这么不要脸的老太太吧。

吴老太对民警十分不满意，威胁道："你们要是不站在我这边，我就去投诉你们两个。"

民警把情况了解得差不多了，原本按照流程还是要带双方回去做个笔录，但是见这老太太如此荒谬，直接说道："你们这属于家庭纠纷，我们做简单的现场调解，有什么事一家人商量着来……"

苍云峰打断民警的话说道："警察同志，我反驳一下您的观点。这不是家庭纠纷，这是财产侵占。"

吴老太马上反驳道："什么叫财产侵占？我住我老伴的房子，还算财产侵占了？"

苍云婷突然间想起来什么，提高了声调问道："你和我爸领证了吗？没有结婚证你凭什么称这里是你的家。"

"我……我……"吴老太结巴了两声之后说道，"我和你爸是要领证的，情人节那天排队的人太多，我们就回来了，把机会让给小年轻了，想着明年情人节再去。谁知道你爹这就没了，这也不能怪我吧？"

苍云峰惊讶地看着云婷，就连他自己都认为父亲和吴老太是有结婚证的，因为之前听老苍头说过一次，没想到竟然没领到。

民警听到这里，更加支持苍云峰的说法了，便劝吴老太道："你这老太太有点不讲理了。既然结婚证都没有，你们也就不是合法的夫妻，不受法律保护，不是你住在这里就能当这里的主人，尽快搬出去把房子还给人家。"

"凭什么啊？"吴老太反驳道，"我给他洗衣做饭两年的时间，他人说死就死了，敢情我白给他当了两年的保姆吗？这房子必须有我的一份，何况他都答应把这房子留给我儿子了，白纸黑字写得清清楚楚。"

民警皱眉问道："写的是遗嘱还是赠予？拿出来给我们看看。"

"好，你稍等。那个在我儿子身上，我打个电话问一下，让我儿媳妇拍个照片给你看，他们俩刚刚跟着120去医院了。"

第51章 九队归来

当着民警的面，吴老太拨通了罗源的电话，对罗源说道："儿子，你把老苍头写给你的字据拍张照片发过来，民警要看这个东西。咱有这东西在手，还怕房子拿不到吗？房产证上可没有苍云峰和苍云婷的名字。"

"……"

"不急，你好好找找。"

"……"

"没了？你装在哪个口袋里了？怎么可能没了？你再仔细找找，是不是落在什么地方忘记拿了？"

"……"

"那一定是落在救护车上了，快去找找，我等你消息。"

挂断电话后，吴老太对民警说道："字据找不到了，稍等一下，可能是落在救护车上了。他们已经去找了，不信你们问问他们俩，他们俩刚刚也看到那份字据的。"

民警把头转向苍云峰和苍云婷，这兄妹俩一起摇头，表示根本就没看过这东西。这下可把吴老太给气坏了，指着苍云峰和苍云婷质问道："你们怎么睁着眼睛说瞎话呢？是真的没看到吗？为什么不承认？”

苍云峰冷笑着说道：“我根本就没看到，不知道你说的是什么，如果真的有，你拿出来就是了。”

此时，民警有点怀疑这个老太太的智商和情商是不是双双不在线。

吴老太生气地瞪了苍云峰一眼，然后对民警说道：“你们稍等一下，等一会儿找到了字据拍图片发过来，看他们还有什么好说的。”

苍云峰并不急，他等着看吴老太怎么继续表演怎么出丑。

可是万万没想到的是，几分钟之后吴老太的手机上还真的收到了一张所谓的字据照片，这张照片就是被苍云峰顺手点燃的。当吴老太拿着这张照片给民警看的时候，苍云峰有点懵。

吴老太摆出一副很在理的样子对民警说道：“你们看，你们仔细看看，老头子去世前自己签的字，这房子是留给我儿子罗源的，白纸黑字清清楚楚，凭什么让我离开？离开的应该是他们。”

这让民警有点难办了，对苍云峰和吴老太说道：“你们的家事的确有点复杂，这也不是我们能管理的。我们过来就是调解一下，你们不要再打架了，都是一家人有事好商量。你们对遗嘱有什么不服的，可以去法院上诉，暂时就先这样吧，你们别再打架了啊。”

苍云婷礼貌地向民警道谢，并送他们出门离开。

苍云峰没理吴老太，对妹妹说道：“你去收拾父亲的遗物，我来和这老太太聊聊。”

苍云婷看了一眼吴老太，脸上出现了厌恶的表情。她走进老苍头生前睡的卧室，开始整理父亲的遗物，特别是父亲提到的那个小本子。

苍云峰坐在客厅的沙发上点了一根烟，看着气鼓鼓的吴老太说道：“我实话告诉你吧，这套房子你拿不走。我说的话你别不信，我不想和你有那么多废话，上次借给你的两万块钱你也该还给我了。”

吴老太撒泼道："不还，找你爸要去，你爸说这钱他还，和我没关系。"

苍云峰早就预料到了，拿着手机说道："这里面有转账记录，上面备注写得清清楚楚是借给你的，你要是想一直撒泼，那也没什么，我让你看看我泼起来是什么样子。今天打罗源的几巴掌只是个小小的教训，我下一次出手肯定比这还重。"

"你别在这儿吓唬我，我告诉你，我活了这么大岁数，还真不怕这个。有本事你打我，你打我一下试试。"

苍云峰真被这老太太气笑了，开口说道："我打你个老太太干什么啊，真搞笑！给你两天的时间，两天后你要是还不从这里搬出去，那到时候发生什么事，可就别怪我了。"

这时，苍云婷也收拾完东西了。她抱着一个盒子出来，对苍云峰说道："哥，爸的东西都在这里了。"

苍云峰起身说道："走吧，两天后我们再回来。"

吴老太挡在门口喊道："让我检查一下你们都拿走了什么。"

苍云峰嘴角微微上扬，看着吴老太说道："你不配。"

说完，苍云峰就率先走出了门，吴老太站在门口挡住了苍云婷说道："你给我站住，我要看里面有什么东西。"

苍云峰在吴老太的身后将手伸向屋内，吴老太背对着苍云峰并没有看到这一幕。苍云婷却是领会了哥哥的意思，将手里的盒子递给了苍云峰。他接过盒子后"哟吼"叫了一声，故意气吴老太："来啊，你来抢啊，你看看这里有啥？这里肯定有房产证，你来抓我啊，打我啊……"

苍云峰一边说一边跑向楼梯间，吴老太还真的追了过去，可她哪里追得上苍云峰呢？简直是开玩笑。

在吴老太追出去之后，苍云婷也走了出来，乘坐电梯下楼。

兄妹俩在停车场会合，上车后苍云婷对哥哥说道："我找到了房产证，就在刚刚给你的盒子内，吴老太霸占我们家的房子赖着不走怎么办？"

苍云峰一边开车一边说道："这事儿不用担心，我会让她走的。对付不讲理的人，咱也不用跟她讲道理，你现在住在什么地方？我送你过去吧。"

"我和同学在外面租了一间公寓，就在海伦国际。"

"嗯，我送你过去。我最近都在昆明，有什么事你随时给我打电话。如果发现有什么人跟踪你或者为难你，你一定要第一时间告诉我。"

苍云婷眼神幽怨地看了一眼自己的哥哥，然后低声说道："我知道了。"

送完妹妹回到公司，刚好遇见收队回来的溪玥。六辆车并排停在公司的操场上，各个组的工作人员正在负责卸车清点装备，苍云峰将被打烂玻璃的车停在了一边。

九队的人都看到了苍云峰，一个个向他招手打招呼。

苍云峰走向队伍中和大家拥抱，毕竟每一次执行活动都是在鬼门关走一遭，走的次数多了，大家就格外珍惜这份兄弟情。

溪玥主动问道："车祸处理得怎么样了？找到肇事司机了吗？叔叔身体怎么样？"

苍云峰深深地吸了口气，低着头说道："那天赶回来见到了最后一面，今天上午火化的。"

顿时，整个队伍陷入了沉寂。小胖抱着一口大锅原本是想放在地面的，听到苍云峰说的这个消息，他整个人都愣住了，捧着锅看着苍云峰，满眼的悲伤。

队伍中除了老唐之外，唐嫂的年龄算是最大的了。她安慰苍云峰道："孩子节哀，我们都不能预测未来，就好好珍惜当下吧。"

苍云峰挤出一丝苦涩的微笑说道："是的，珍惜当下吧。大家不要担心，我没事，你们也刚刚回来，咱们一起卸车吧。收拾完之后好好吃顿饭，大家都辛苦了，今晚好好休息。"

　　听到苍云峰这么说，大家才重新回到了干活的状态，只不过大家都显得很沉默了，没有继续闲聊。

　　吃过晚饭，溪玥找到了苍云峰，对苍云峰说道："羌塘那边传回来的最新消息你知道了吗？"

　　"什么消息？"苍云峰很诚实地说道，"最近这几天一直在忙我爸的后事，公司的事无暇顾及，也没去打听。"

　　"陈磊的二队找到刘广才了。"

　　苍云峰有点意外，看着溪玥问道："找到刘广才了？确定吗？"

　　溪玥点头，然后说道："是老唐给我打电话说的。"

　　"怎么样？是活的还是死的？"提问之后，苍云峰又自言自语地来了一句，"我觉得多余问，刘广才那个熊样的凭什么能在羌塘里活过一周？"

第52章　苍云峰的恐惧与愤怒

溪玥抿着嘴看着苍云峰说道："刘广才死了。"

苍云峰冷笑道："我就知道刘广才不可能在羌塘活上七天的。就他那熊样，三天都是极限。"

溪玥继续说道："刘广才的确是死了，但不是自然死亡。"

"什么意思？"苍云峰问道，"不是自然死亡是怎么死的？难不成是被狼群袭击还是被熊掌拍死？"

"他杀。"

"他杀？"这次苍云瞬间就不淡定了，"什么意思？'他杀'？你说刘广才是被人杀死的？"

溪玥点头说道："老唐是这么告诉我的，刘广才身上有一处致命伤，被人从背后一刀刺穿了后背。"

"这……这怎么可能？"苍云峰完全傻了，"羌塘那种地方怎么可能有其他人？就算有，也不至于弄死刘广才啊？我怎么都想不通啊。"

溪玥看着苍云峰的双眼，没有继续说话。这个眼神看得苍云峰有点别扭，他低声问道："你该不会怀疑是我这么干的吧？我们回来的时候我故意选择了一条可以看到刘广才的路线，那天很多兄弟都看到刘广才就在几百米之外向我们车队挥舞双手呢。"

溪玥问道："你确定挥舞着手打招呼的人就是刘广才吗？"

"你什么意思？"

"你就没想过挥舞着手招呼车队的那个人是其他人呢？或者是凶手呢？"

苍云峰突然想起来刘广才之前说打过求救电话，是打给黄老二的。那挥舞着手的人会不会是黄老二安排过来弄死刘广才杀人灭口的？而这个人并没有见过车队，所以他挥舞着手和车队打招呼？

想到这里，苍云峰马上否定了这个猜测，怎么会有凶手杀了人之后和其他人打招呼，引别人过去看呢？这不符合常理，所以苍云峰肯定那个人就是刘广才。

溪玥见苍云峰陷入了沉思，轻声说道："这件事搞复杂了，不管凶手是谁，我们九队都要被怀疑了。"

"不怕。"苍云峰很淡定地说道："我是最后见过刘广才的，这事儿我来扛，和我们九队没关系。"

溪玥关切地看着苍云峰说道："我知道凶手肯定不是你，我是担心你承受不白之冤。最近在你身上发生的不幸太多了，抽空去盘龙寺上炷香吧。"

"我不信这个。"

"那你信什么？耶稣？上帝？"

"我只相信我自己。"说到这儿，苍云峰意识到自己可能很快被调查，继续说道，"溪玥，答应我，如果我发生了什么事，替我照顾好我妹妹，别让她被人欺负了。"

溪玥点头，提醒苍云峰道："你提前准备一下吧，陈磊的二队今晚从无人区出来，预计后天抵达双湖县。在无人区死人这么大的事，肯定是要报警处理的，到时候你可能会暂时失去人身自由，要去配合调查的。"

"嗯，我有心理准备了。"

"早点睡吧。"

溪玥走后，苍云峰抽了一根烟，突然感觉留给他的时间不多了，可是还有很多事他还没有做。

这个世界上他最牵挂的人莫过于苍云婷了，而对苍云婷威胁最大的就是黄老二。黄老二能制造车祸把老苍头弄死，那么自然也不会放过苍云婷。想到这些，苍云峰决定找黄老二讨要个说法，是道歉还是赔钱，必须得有一个态度。

当然，出发前苍云峰也做了深刻的解读，黄老二是什么人？他做事又是什么风格？很容易就谈崩甚至被打。于是在出发前，他在身上带了一把刀防身，预防不测。

晚上九点，苍云峰和往常一样在公司的操场上先夜跑了一段，然后避开所有监控摄像头之后，翻墙离开了公司。

"夜元素"迪厅外，苍云戴着头盔骑着摩托在路边等着黄老二，心里盘算着谈判的说辞，想着如何才能尽量大事化小。可足足等了个把小时，直到夜里十一点，黄老二在十几个马仔的簇拥下走出了酒吧。这些人分别上了四辆车，刚想上前理论的时候，黄老二等人已经上车走远了，苍云峰只好跟上。

绕过了几条街之后，黄老二的四辆车停在了另外一家夜场门口，夜场门口的迎宾马仔看着这几辆车之后，马上恭恭敬敬地站成了一排迎接着黄老二。

马仔们把黄老二乘坐的那辆车后排车门拉开，黄老二先是伸出了一只脚踩在地上，然后慢吞吞下车，下车的时候还要站在车门边点个雪茄耍个酷。

苍云峰下了摩托车，步行缓缓靠近。还没走上几步，就听身后又一阵轰隆隆的引擎声，回头一看，竟是好几辆同款的摩托车，而且还很嚣张地用车头灯狂闪前方的人。

　　黄老二眯着眼右手放在眉头上遮挡车头灯的光线，只想看清楚到底是怎么回事，嘴里还嘟囔着骂道："哪来的小兔崽子，不想混了吗？"

　　话刚说到这里，那些摩托车已经停靠下来了。苍云峰正准备摘下头盔一探究竟呢，结果黄老二那边率先动手，从车里抽出来一根棒球棍，开口骂道："谁他妈的允许你骑摩托开灯的？晃到老子的眼睛了你知道吗？"

　　后来的那几个摩托车骑手也不示弱，为首的那个黑头盔嗤笑一声道："晃的就是你这双狗眼，让你到处看人低！"

　　黄老二是何许人也，哪能被人当着面这么对呛，立马肝火烧得更旺，对着身边的马仔们一声令下："给我打！"

　　苍云峰内心暗道一声"我去，不好"，打算躲到一边去，但还是慢了一步。

　　黄老二带着的那群愣头青马仔生怕抢不到头功似的，一个个挥舞着球棍冲上来。摩托车骑手们明显是有备而来，也纷纷掏出棍子应战。可怜苍云峰什么都没来得及准备，又因为同样戴着摩托车头盔，被误认为是同一伙来寻仇的人，被人围起来硬生生地吃了几棍。

　　他有些狼狈地后退，想赶紧离开这是非之地，什么谈判不谈判的，先保命要紧。

　　苍云峰弯着腰，双手护头，避免被击中要害。

　　然而攻击他的其中一人不知是喝高了还是打了鸡血，出手特别猛，且棒棒对着脑袋下死手。

　　苍云峰险些被这一连串的闷棍给打倒，幸亏双脚支撑在地面站得稳，但对方完全没有收手的意思，打完一下就紧接着打了第二下。

　　原本不想引火上身的苍云峰怒了，再不还击可能自己真的要当场交代。于是他从右腿的侧面抽出了那把防身刀，直接挥了出去。

　　对方发现这一击时，差点吓傻了，赶紧抬起胳膊本能地格挡。

刀刃划在那人的小臂上，刀尖贴着他的右眼掠过了整张脸。要不是本能的格挡，苍云峰这一刀大概能送他去见阎王爷，还好他反应快，这一刀才险险地停在了他的脖颈处。直到这时，苍云峰才发现攻击自己的人，是黄老二。

这下可好，双方好好坐下来谈判的可能性几乎为零。

但凡有一点办法，苍云峰也不会做出这么极端的行动。他只怨自己的渺小，无法和地头蛇抗衡。除了这一身男儿本事之外，苍云峰什么都没有。

虽然那一刀没刺中要害，但苍云峰也没有补刀的想法了。今晚他是冲动了，本就不想蛮干，为了保命才不得已做出反击，结果又弄巧成拙了。

苍云峰趁着受伤的黄老二没反应过来，迅速后退到自己的摩托车旁，骑上车离开了现场。

他一路骑一路思考接下来该怎么应对：

这辆摩托车他从来没有骑着在任何人面前出现过，这一身衣服是第一次穿，肯定也是最后一次穿。包括那把防身刀，也是很久以前在西藏用现金购买的藏刀，从未在人前露过面。

而今晚，这些东西都将消失。

他骑着摩托车，用了十五分钟就避开所有监控来到了滇池边，拆掉摩托车上的牌照，将摩托车丢到了滇池内。他选择在这里弃车的另外一个原因就是这池子水深而且污染有点严重，离老远就能闻到这里水草腐烂的臭味，水也是墨绿色的，平时根本不会有人来这里，而这里的堤坝早就废弃，水深大概在两米以上。

处理完摩托车之后，苍云峰又到了下一个地方，将车牌和身上的衣服、头盔、藏刀分别处理掉。

等全部搞定，他又开始了夜跑模式。

侦察兵退役的苍云峰拥有敏锐的反侦察能力，他跑了三公里之后打了一辆出租车，提前计算好了上车地点和下车地点，用戴着手套的手，把数额正好的现金递给出租车师傅。下车之后翻了四处绿化带，避开公司周边路上的所有监控探头，最后翻墙回到了公司的院子内，继续装成夜跑的样子。

在苍云峰翻墙进来之后，一个声音突然在背后响起："我等了你三个小时。"

听到声音，苍云峰就已经知道说话的是溪玥了，他转过头看到了站在墙角阴影下的溪玥，有点不知道该说什么。

溪玥看着苍云峰说道："在你翻墙走之后，我把公司的监控网络给黑了，删除了所有的监控内容。"

苍云峰深深地吸了口气，轻声说道："谢谢。"

溪玥不带任何语气地说道："现在是深夜十二点，跟我走吧。"说完，她从阴影中走了出来，径直向宿舍楼的方向走去。

苍云峰站在原地问道："去哪儿？"

溪玥转过头说道："来我宿舍。"

换作平时，苍云峰肯定会皮一下，调侃溪玥是不是要给他钱包个夜，但今晚的此时，他的确没这个心情了，开玩笑的心情都没有了。虽然也曾在班公错附近和"阿三"互殴过很多次，但从来没有今晚这么紧张，苍云峰是人不是神，他也会有恐惧的一面。

溪玥走到女宿舍楼门口，故意停住了脚步等着身后的苍云峰。等苍云峰到了自己身边之后，溪玥主动挽着苍云峰的手走进宿舍楼，最后回到了自己的宿舍内。

溪玥的宿舍装扮得一点都不像员工宿舍，更像是自己租的单身公寓，尤其是那张床，竟然是很大的双人床，只是床上只有一个枕头。

苍云峰看着溪玥问道："你让我来这儿干什么？不会是想盘问我干吗去了吧？"

溪玥面无表情地说道："你去干什么我一点都不关心，你也不要告诉我，时间不早了，自己找个地方睡吧。要睡袋的话去柜子里拿，明天早上听到走廊里面有动静再出门。"

苍云峰秒懂溪玥的用意，他很想说上一声"谢谢"，但是这两个字到嘴边又是硬生生地憋回去了。苍云峰心里清楚，溪玥是在用她自己的名声给自己制造一个从未离开过公司的证据。至于他去做了什么，溪玥真的一句都没问。

这种信任，不是花钱能买来的。

这一夜，溪玥睡在了床上。

苍云峰从柜子里面找到溪玥用的睡袋，铺在地上躺了进去。

他内心翻涌着激动，怎么都无法入睡。

黑暗中，躺在地上的苍云峰轻声说道："我知道你没睡着呢，能和你聊聊天吗？"

"嗯。"溪玥应了一声后问道，"你想和我聊什么？"

第53章　倾诉

"我……"

苍云峰正要开口呢，溪玥打断他的话说道："你今晚哪儿都没去，吃了晚饭你就跟我回了宿舍。"

"嗯。"苍云峰继续说道，"我两年前走了，走的那年我妹才刚上大学，而我也刚从部队转业回来。一晃三年过去了，我好像一点长进都没有，我爸走的时候叮嘱我照顾好妹妹，妹妹要是想考研，就供她读书。我答应了我爸，可是送走了我爸之后，我才发现自己屁都不是。我根本没有能力照顾好我妹，甚至当她的安危都成为问题的时候，我竟然找不到一个有效合理的解决办法。我很无能，活得很憋屈。"

溪玥躺在床上听着苍云峰的倾诉，安慰他道："可你在荒野中，就是神一样的存在，你能数清楚你救过九队多少次吗？"

"可是我们终究要活在城市中，活在当前的社会，有些事是无法改变的。"

"每个人都要寻找自己的支点，而不是一味地自我否定。"说到这里，溪玥突然问道，"你有什么梦想吗？"

"梦想？"苍云峰苦涩地笑了笑说道，"曾经有，后来没有了，梦想早就被生活磨没了。有一段时间我只想赚钱，想要赚多多的钱，但我现在不这么想了。"

"那你现在想干什么？"

"我想让我妹妹的生活平静、安稳，没有人去欺负她、没有人去打扰她，这就是我现在最大的梦想。可你知道的，这很奢侈啊。因为我得罪了姓黄的，我爸的车祸就是姓黄的搞的。他用套牌车撞死了我爸，今天火化完我爸的遗体，载去埋葬的路上，黄老二竟然开车跟踪我，还调戏我妹妹……溪玥，我和你说实话，我怕了，我真的很怕，黄老二要是说弄死我，我眼睛都不带眨巴一下的。可是他要对我妹下手，我真的怕了。"

溪玥轻声说道："我现在懂你为什么让我照顾好婷婷了。"

"婷婷不知道我惹了姓黄的，也不知道我爸的车祸和这件事有关。我不敢告诉她，我怕她记恨我。"

"嗯，理解你的想法。"

"黄老二是地头蛇，我就是个普普通通的打工仔，我没钱没资本，我不知道怎么和黄老二对抗。他要是针对我，我也不说什么，可是他要伤害我妹妹，我忍不了……我要用我自己的办法去解决这件事。"

"云峰……"溪玥安慰他说道，"不管你做什么，我都愿意无条件地相信你、支持你。我现在就答应你，不管发生什么事，我都尽我最大的努力照顾好婷婷。"

"我还有很多事没做呢……"

"不急，慢慢来，一件一件地做……"

这一夜，苍云峰和溪玥聊了很久，关于人生，关于梦想，关于那些遥不可及的梦。

次日清晨，苍云峰听到走廊里面有脚步和谈话的声音后，急忙从睡袋里面爬出来。看了一眼还躺在床上"熟睡"的溪玥后，他拉开了宿舍的门走出去。

下一秒，走廊内的几个女孩子都惊呆了，其中就有赵小佳。赵小佳震惊地看着苍云峰，结结巴巴地问道："峰……峰……峰哥……你和队长……是……什么时候……好上的……都发展到这份儿上了？这……保密工作做得有点好嘛，小胖和依依都没你们俩这么明目张胆吧？"

苍云峰把右手的中指放在了唇边，做了一个"嘘"的动作，然后对赵小佳和其他两个女孩子说道："小点声哈，保密。"

说完，苍云峰直接从走廊二楼的窗子跳了出去，动作那叫一个麻溜啊。

赵小佳身边的女孩子见苍云峰的"熟练程度"说道："妥了，这绝对是个惯犯啊，想一想也挺浪漫的。"

赵小佳笑道："要不，你也找一个会翻墙的男朋友每天夜里来宿舍找你？"

女孩撇嘴道："去哪儿找啊？咱们公司也就一个峰哥而已，真的很难找到第二个。"

赵小佳开玩笑说道："一队的申东旭……"

"打住。"女孩做呕吐状说道，"你别恶心我好吗？这样的给你，你要吗？"

房间内。

溪玥早就睡醒了，在苍云峰开门走的时候，她就已经睁开了眼睛。她有点想不通自己为什么会收留苍云峰在这里过夜，为什么会心甘情愿地用绯闻来掩饰苍云峰的行踪。她心里很清楚昨天晚上苍云峰肯定去做了什么见不得人的事，可是她不想知道苍云峰究竟去做了什么，她只想尽自己最大的努力保护苍云峰。

这是爱吗？

溪玥不敢确定。溪玥的潜意识认为，她这么做是因为九队在执行任务的时候，最危险、最苦、最累的活永远都是苍云峰扛起来。她愿意用自己的名声给苍云峰制造一个没离开的证据，只是报答苍云峰对九队做出的贡献。

想到这里，溪玥有点释然了。

起床洗漱后去餐厅吃早餐，公司里的八卦党们开始在背后议论苍云峰和溪玥的恋情，尤其是"苍云峰半夜爬墙睡溪玥"的传闻愈演愈烈，甚至有人都编成了故事，说得有鼻子有眼。

比如隔壁桌就有一个"亲眼所见的当事人"对同桌的其他人说道："你们是没看到，苍云峰爬墙的速度贼快。溪玥住在二楼，他直接攀外墙爬到二楼走廊的窗户上，翻进来之后直接推开溪玥宿舍的门就进去了，动作行云流水快得不得了，今天早上走的时候也是轻而易举就跳上了窗台，看都不看就从二楼翻身下去。"

"不是吧？这么神？你亲眼看到的吗？"

"当然了，一起看到的还有赵小佳呢。不信你们去问问赵小佳，我们亲眼所见。"

"翻墙睡妹子，真牛啊。"

"你说他们俩至于吗？出去开个房也花不了多少钱，这每天夜里都来，怕是有点不太好吧？万一哪天有姑娘从宿舍出来没穿衣服，撞见了多尴尬。"

"……"

女人是八卦的传播者，速度堪比5G信号。一顿早餐的工夫，整个公司的人都知道昨天夜里苍云峰是在溪玥的房间过夜的。

而这个消息的背后，是大家自行猜测的：苍云峰把溪玥给睡了。

上午九点一刻，荒野俱乐部的大门外来了两辆警车。看到警车那一刻，苍云峰就知道这肯定和自己有关，就是不知道是调查昨天黄老二被砍还是调查刘广才被杀，反正无论调查什么都不是好事。

警察先是找到了钱老板，毕竟他是公司的执行总经理。

钱老板得知警察的来意之后，电话很快就打到了苍云峰这里。他让苍云峰马上到自己办公室来一趟。

第54章　不在场的证据

　　虽然苍云峰猜到大概是哪件事了，但面对警察还是要装糊涂。他和往常一样，到钱老板办公室门外推门就进，迈着六亲不认的步伐、哼着人神共愤的独创小曲，叼着烟问道："干啥啊？大早上的让不让人休息啊。"

　　钱老板用力地咳嗽了一声，然后对苍云峰说道："警察同志找你。"

　　"哎哟？"苍云峰假装很意外的样子，"这又是为吴老太过来的？昨天不是说了吗？房子！我是不会给吴老太的！那是我爹妈辛苦赚钱买的，凭什么给一个不相干的女人，这件事我肯定要找律师上诉的。"

　　警察懵了，看着苍云峰问道："你在说什么？"

　　苍云峰拿出一副吊儿郎当的样子说道："房子啊，你们不就是为了房子的事来的吗？还是因为我打了罗源？昨天不是调解好了吗？"

　　几个警察面面相觑，其中带头的打断苍云峰的话说道："这都哪跟哪啊，我们来找你不是什么房子的事，昨天晚上黄老二被人砍了，案发时间你在什么地方？"

　　这话问得很有技巧，警察第一句话就给苍云峰下了套，问的是

"案发时间你在什么地方"。如果苍云峰直接回答"我在公司",那就瞬间中招,因为警察都没说案发时间是什么时候,苍云峰就回答自己在什么地方,这说明他知道案发时间。虽然这个坑不大,但苍云峰还是很小心谨慎,直接转移话题问道:"什么,黄老二被砍了?呵,好啊,死了吗?谁砍的?在哪儿砍的?"说到这里,苍云峰直接拉过一把椅子,和几个警察面对面地坐着,一脸兴奋地说道:"聊聊,详细聊聊咋回事?"

警察都懵啊,明明是来办案调查嫌疑人的,怎么还被嫌疑人给反问了,甚至要拉家常的意思呢?

另外一个警察对苍云峰说道:"你之前和黄老二有过节,我们怀疑动手伤黄老二的人就是你。"

"哎?我告诉你啊,有些话你可不能乱说,尤其是你们当警察的,说话更是要讲真凭实据。你这一句怀疑都容易让我丢了工作,好好说话啊。"

"你昨天晚上在哪儿?"

"在公司啊,大门都没出。"

"谁能证明?"

"公司的人都能证明。"

"具体点。"

"溪玥,也就是我们队长。"

警察听后,对钱老板说道:"能不能安排一下,让我另外的同事单独去见一见他说的这个人。"

"好的。"钱老板可不愿意得罪这些警察,妥妥地安排溪玥去另外一个办公室"接受调查"。

留下来的警察继续说道:"你和黄老二之前有点过节,所以我们有权利怀疑你就是凶手。"

"呵!"苍云峰不屑地冷笑道,"没错,我是和黄老二有过节,我正当防卫打伤了他弟弟。你看我右手掌心，这么大一个伤疤就是黄老三用匕首刺穿的，因为这道伤他赔了我五万块钱，我们之间的过节就这些。如果说黄老二被砍都算在我头上，我觉得很冤。还有……他黄老二不是很牛吗？怎么还有事找警察？也有他不行的时候了？还是你们警察牛啊，黄老二这种人都要求你们办事。"

警察听得心里很爽，嘴上却还是要纠正苍云峰的："黄老二不是求我们办事，他是合法公民，正常报警而已。"

苍云峰丝毫不掩饰自己对黄老二的反感，大声说道："活该，他被人砍死才好呢。"

"你昨天晚上一直没离开公司吗？你在公司都干什么了？简单说一下时间线。"

"吃过晚饭我和溪玥在操场附近闲聊，天色暗下来的时候就去溪玥的宿舍了，然后……呃……然后就到今天了。在宿舍干什么就不用说了吧，毕竟都是成年人了。"

钱老板听到这里，用复杂的眼神看了他一眼，表情有点搞笑。

另外一边，警察询问溪玥昨晚的时间线，溪玥的回答和苍云峰有点出入，但是大体上是一样的。如果两个人故意商量说出来的话都一模一样那就有问题了，稍微有点偏差才是正常的。

苍云峰是侦察兵退役，溪玥从女子特种部队退役，这两人都是在部队接受过各种高压模拟审讯的，警察上门调查问话这种简直就是小儿科，两人撒谎时眼睛都不带眨一下的。

问完这两个人之后，对案情一点进展都没有，但是警察觉得这件事就是苍云峰干的。本想调取苍云峰不在场的路线，却被告知监控网络昨天出问题了，丢失了很多画面。

警察没办法了，又打算从侧面调查一下，随机抽选了公司的几个人询问昨天苍云峰是否在公司了。

第一个被抽到的就是狗哥，因为狗哥和苍云峰在一个宿舍，狗哥如实地说了。昨天吃晚饭的时候在餐厅看到了苍云峰，但是苍云峰没怎么吃东西，一直站着聊天。吃过饭之后苍云峰和溪玥一起走的，然后一整夜都没回来。

第二个被抽查到的是另外一个组的人，询问苍云峰的事，他表示不清楚。

第三个被抽查到的是住在溪玥隔壁的赵小佳，当问到赵小佳昨天晚上是否看到苍云峰的时候，她一脸惊讶地反问道："不至于吧？峰哥在女生宿舍住一夜，还惊动你们警察过来调查？他们都是成年人啊，怎么同居的权利都没有吗？"

警察有点无语，对赵小佳解释说道："你不要联想，我们就是想知道，昨天晚上你是不是亲眼看到了苍云峰和溪玥在一起。"

赵小佳的脑袋不停地上下摆动，还补充说道："不仅仅是我看到了，好多人都看到了。今天峰哥从队长寝室出来的时候，我们也都看到了。"

警察又随机抽查了几个同楼层的女孩子，早上的传言被说得有鼻子有眼，甚至还有个女孩找存在感，说她看到昨晚苍云峰翻墙进女生宿舍的二楼……

这一系列的操作让警察彻底相信苍云峰一整夜都没离开公司，确实有不在场的证据了。

事实上，警察也只是觉得苍云峰的嫌疑比较大，毕竟黄老二这种人的仇家很多，是谁砍的他，他自己也不是很确定。这样就让警察很难办了，只能挨个儿仇家排查调查。

苍云峰不会像黄老二一样，干了点什么事就去对方面前耀武扬威地炫耀。他从警察口中得知，黄老二的右手小臂骨被刀砍断，脸上有一条深可见骨的刀痕，从耳朵前侧顺着脸颊一直滑到下巴，牙床、颧骨上都有刀痕，可即便是这样，黄老二还是脱离了生命危险。这让苍云峰有些不爽，觉得这一刀还是太轻了。

只可惜人算不如天算，这一刀偏了。

公司内部，"苍云峰潜入女生宿舍睡溪玥"这件事被传上了一个新高度，竟然都惊动了警察。大家纷纷猜测是谁报的案，毕竟大家生活在公司内，都需要谈资解闷。

警察离开公司之后，钱老板再次通知苍云峰来他的办公室，他发现自己越来越难以控制苍云峰了。而事实上，苍云峰只有在用钱的时候，才会被他"控制"。

再次回到钱老板的办公室内，苍云峰很不爽地问道："又干吗啊？你不会是想问我翻墙爬女生宿舍的次数吧？"

钱老板深深地吸了一口气，掏出烟叼在嘴边点了一根，苍云峰看到这一幕，隔着桌子指着钱老板手里的烟盒说道："来一根。"说完之后，不等钱老板递给他，他就自己站起来，探过身子将钱老板手里的烟盒抢了过来，然后从容自然地弹了一根烟出来，下一个动作就是将烟盒装在了自己兜里。

钱老板见状，正要开口说话呢，苍云峰马上来了一句："不要在意这些细节，有事说事啊，大家时间宝贵，你要是没事我就先走了。"

"你他妈的……"钱老板彻底无语了，"我就怕你对我说不要在意细节，你说一次我就得损失点什么东西。"

"都是自己人，你大方一点又咋了？我这'蹭神'的外号是白来的？快点说重点，和早上的事有关系吗？"

钱老板抽着烟看着苍云峰说道："刘广才找到了。"

"我听说了，找到个尸体？其实这也正常，不是谁都能在羌塘活那么多天的，自作孽而已。"

钱老板继续说道："初步怀疑刘广才是他杀，被人在背后捅刀子了。现在尸体正在由陈磊的队伍带出来，顺利的话今天晚上能到双湖县，不顺利的话，后天中午也能到了。"

苍云峰发现钱老板看自己的眼神有点不对劲，他反问道："你这么看我干啥？你该不会是怀疑这事儿是我干的吧？"

钱老板盯着苍云峰的眼睛说道："说实话，是不是你干的？"

"屁。"苍云峰骂道，"我有病吗？我有必要在羌塘无人区那种环境下给他一刀吗？我是不了解羌塘还是不了解高原？就他那点能耐，在羌塘没有车避寒、没有食物没有取暖帐篷，他能活着都是奇迹，我至于给他一刀吗？"

"这事儿真不是你干的？"

"除非我脑子不好，我才会做这种事。"

"你很确定刘广才在羌塘活不下去？"

"别说是刘广才，就是你在那种环境下没装备都活不过三天。虽然现在是夏季，没有冬天那么冷，但也绝对不好过。"

钱老板陷入了短暂的沉思，深深地吸了口烟，继续说道："刘广才的的确确是死了，你的嫌疑很大。"

苍云峰并不是很担心，他提醒钱老板说道："任何一具尸体，都是有死亡时间的，把尸体带出来去让法医检测，判断死亡时间和死亡原因就好了。"

"如果死亡时间与你最后一次见到刘广才的时间相吻合呢？也不排除这种可能。"

"我最后一次单独见刘广才是十多天以前了，尸体是昨天找到的。在羌塘放置一个尸体十几天还能完好无损，那就不是羌塘了。"

"什么意思？"

"你当羌塘的动物都是吃素的吗？"

"呃……"钱老板反应过来之后应了一声说道，"我还真没问尸体怎么样了，不管怎么说，这事儿你都有责任。"

第55章　广场舞大妈团

苍云峰叼着烟一脸无所谓地问道："扣奖金还是扣工资啊？反正就是跟钱有关系了呗。"

钱老板很严肃地说道："对你来说就是罚款扣奖金，对公司来说要面临很大一笔赔偿，还有我们荒野俱乐部的名声受损，你觉得这是扣点钱就能解决的呢？"

"那你说个数好了，不是扣一点，那是扣多少？"

钱老板一脸无奈，想了半天发现对苍云峰个人而言，最多也就是罚款扣奖金了，好像其他的惩罚对于他来说，都是不痛不痒。他轻叹一声说道："扣多少回头再说。"

苍云峰满不在乎地说道："那你想好了告诉……对了，你说有什么地图，找到了吗？"

"没有。"说完之后，钱老板又补充说道，"陈磊给回的消息是没找到宋老说的那张图，今天早上我也得到了宋老的消息，他亲自从北京带着法医去飞拉萨，明天达到双湖县。我听宋老的意思是，他请了私家侦探，要好好调查这件事，还有那张地图的下落。"

苍云峰冷笑道："扯淡，什么地图能在那种环境下保存这么多年。你要清楚，老男孩车队发现李聪明的自行车时，自行车是在泥沙中，很明显在进入泥沙之前，这辆自行车被湖水淹没过，在水位降低的时候才能把泥沙带起来将自行车埋在泥土中。在水里都泡了不知道多久，地图能不烂？"

钱老板抽完手里的最后一口烟，将烟屁股按在烟灰缸内，很不确定地说道："我也怀疑这个地图是否真的存在，但是宋老一口咬定他已经在自行车的把套里面找到了这张地图，并且收了起来。刘广才开车逃走的时候，带走了这张地图。"

听钱老板说到这儿，苍云峰突然意识到了一个问题，他看着钱老板问道："你觉得……刘广才在羌塘无人区破坏其他车后自己开车逃走的真正目的是什么？是为了地图吗？"

钱老板很聪明，他听出来苍云峰话里有话，于是他反问道："那你觉得刘广才这么做的目的是什么呢？"

一时间，苍云峰和钱老板都不说话了，两个人很有默契地沉默了。

对刘广才死亡这件事，苍云峰暂时保持了沉默，因为他心里清楚，在法医鉴定结果之前，根本不需要自己努力辩解什么，死亡时间会说明一切。

离开羌塘那天，他深信自己看到了那个挥舞着手臂向车队打招呼的人，就是刘广才。

此时的苍云峰，更加好奇那张所谓的地图……如果真的有，那是一张什么样的地图呢？

离开钱老板的办公室之后，苍云峰随救援组在车间检修车辆。每一次执行任务回来，所有的车辆都要经过全面的检查，尤其是这一次还发生了人为的破坏。虽然在拉萨找了修理厂更换过油管和汽油滤芯，但苍云峰仍旧要求所有人把所有车辆进行全面检查。

中午吃饭的时候，苍云峰给妹妹打了电话，其实就是从侧面关心一下妹妹，今天有没有被人骚扰什么的，得知妹妹平安之后，他才放下心来。

下午又回了老房子一趟，不把吴老太弄出去，这个家就不能算是自己的。

昨天被打的罗源已经回来了，整张脸都缠着纱布，样子有点夸张。罗源看到苍云峰进门的一瞬间就紧张了，原本坐在沙发上的他嗖的一下就站了起来，指着苍云峰问道："你回来干什么？"

苍云峰叼着烟吊儿郎当地问道："我不是应该问你为什么还没走吗？"

吴老太听到争吵声出来质问道："凭什么我们走？你爸已经把这房子留给我儿子了。我们今天上午已经去咨询过了，这份赠予遗嘱是真实有效的，具有法律效应的。"

苍云峰不屑地笑着说道："你们别给我说那么多废话，明天中午我回来，你们抓紧滚。还有，借的那两万块钱快点还给我。"

吴老太撒泼道："不还，找你爹要去。"

苍云峰把头转向罗源，看了一眼之后对吴老太说道："你要是真的不还也行，到时候我就把你儿子另外一边牙齿都扇掉。我说到做到，不信你就试试。"

说完之后，苍云峰转身就要走。

罗源在身后满嘴漏风地说道："我看你明天拿什么赶走我。"

苍云峰转身指着罗源说道："你别不信邪，明天我就让你看看我怎么弄走你。"

在苍云峰走后，吴老太对罗源和儿媳妇说道："我们就不搬走，看他有什么办法。下午我再去医院找一找，我觉得那张字据肯定是被你落在了救护车上，看看还能不能找回来。"

罗源自信十足地说道："电子版也是证据。"

微胖的女孩反驳说道："我之前有个同学打类似的官司，法庭上不支持照片，法官说这个存在PS的嫌疑，还是要原件。尽快找到原件吧。"

吴老太搓着手说道："我这就去医院找找原件，这套四居室现在至少能卖到一百五十万，这么大一笔钱凭什么不要啊？咱们再坚持坚持。"

晚上，苍云峰回到宿舍躺在床上发呆，老唐把羌塘那边的最新消息传了回来，车队今晚在距离普若岗日冰川三十公里的地方扎营，预计明天中午抵达双湖县。宋老已经带着私家侦探、法医从拉萨前往双湖县了，明天中午也能赶到，与陈磊的二队会合。

狗哥检查完狗舍回来，看到苍云峰躺在床上问道："哎哟，今晚舍得回来睡啦，昨天晚上没累到吧？"

苍云峰笑了笑说道："狗哥啊，你什么时候也会开玩笑了？"

狗哥笑着说道："我早就看出来你和溪玥关系不一般，你们现在这算是公开恋情了吗？"

"没，你别瞎猜，我们就是队友。"

"别解释，解释就是掩饰。"

"靠，这天没法聊了……"说到这里，苍云峰突然想起一件事，问道，"狗哥，明天中午牵几条狗跟我出去一趟。我顺便问问九队明天谁有空，一起跟我回家去。"

"回家？干吗去啊？"

苍云峰说了自己的房子被吴老太霸占的事，然后还说了自己的解决办法。狗哥一听，双眼放光道："妥了，这事儿包在我身上。你现在打电话摇人吧，明天一早我们就出发。"

苍云峰在九队的群里发了一条信息，询问明天谁有时间跟自己回家一趟。

汽修组的王海，营地组的大山，负责餐饮的小胖纷纷报名，小胖还把队医依依的名字也报上了，溪玥也报名，还顺带着叫了赵小佳一起。

算上狗哥和苍云峰，一共是八个人，大家约好明天一早分头行动。小胖和依依负责去超市买东西，王海和大山还有狗哥负责开一辆越野车带着狗出发，苍云峰带着溪玥还有赵小佳一辆车带路，大家约好十一点整在小区门口集合。

报复吴老太的行动开始了。

次日上午，苍云峰带着溪玥、赵小佳提前出发回到了家，他们是有备而来的，而吴老太又何尝不是有所准备呢。

首先就是门锁换上了全新的锁芯，门套还做了加固，她觉得这样做苍云峰就踹不开门了。

踹门只不过是开门的一种手段而已，这一次苍云峰准备去物业借个大锤子砸门。

溪玥叫住了苍云峰，当着苍云峰的面从赵小佳的头上取下来一根很细的发簪，前后用了不到二十秒钟，吴老太新换的锁芯就被打开了。

这一幕惊呆了苍云峰，他看着溪玥问道："你还会这一手？"

溪玥两手一摊表示无奈，对苍云峰说道："你当兵的时候没培训过这个？"

苍云峰回答道："我是侦察兵，不是当贼。"

溪玥送给他一个大大的白眼。

房间内，七八个广场舞大妈正坐在客厅内等待着什么，看到苍云峰带着赵小佳和溪玥进门，这些老女人都挺直了腰板。

苍云峰毕竟是在这个小区长大的，好多老大妈都认识，他笑着和这些广场舞大妈打招呼说道："各位大妈今天都这么有空来做客吗？还是来看我怎么把吴老太赶出去的？"

话音刚落，一个穿着红色大花衣服的老女人就率先开口了，用教育的口吻对苍云峰说道："云峰啊，没你这么办事的啊。你妈走了之后，就你爸孤苦伶仃一个人生活，还是在我们的劝说下，吴老太才愿意跟你爸一起凑合过日子，照顾你爸的生活。怎么你爸这才走没几天，你就要赶走吴老太，你这么做是不是有点太不道德了？"

苍云峰笑了笑问道："下一个发言的是谁？"

坐在红衣老女人身边的大妈开口道："都说将心比心，你现在要把吴老太赶出去，这样做是不对的。何况你爸也写了遗嘱要把房子给吴老太的儿子，你不应该抢。"

"就是啊……你这不是违背你爸生前的遗愿吗？"

"你爸的在天之灵要是看到你这么为难照顾他的吴老太，得多心寒啊。"

"说不定晚上就托梦给你，让你别这么做呢。"

"这房子吴老太都住了两年多了，按理来说也应该有吴老太的一份了。"

"云峰你不能不念旧情，不如就按照你爸的遗愿，把这房子给吴老太吧。怎么说你也是个年轻力壮的小伙子，一套房而已，送就送了能怎么样？你这么年轻有为，明年赚钱了再买一套呗。"

"这房子也不值钱，你买套新的不是更好吗？"

"快别和你吴阿姨抢这套房子了，你看她一个人多可怜啊。"

"……"

这些广场舞大妈开口闭口的就是劝苍云峰大度、劝苍云峰放弃，没有一个人站在苍云峰这边说上一句话。

次卧内，罗源和微胖的媳妇静悄悄地听着外面的对话，祈祷苍云峰能把这些广场舞大妈的话听进去。

溪玥和赵小佳早就频频皱眉了，她们俩都是经过高等教育的人。要不是亲眼所见，很难相信会有这么多无耻的大妈站在"道德制高点"对别人的家事指指点点，此时她们也明白为什么苍云峰要想出这个办法来对付吴老太了。也的确是，这老太太推不能推，打不能打的，除了这个办法之外，其余的好像都是徒劳。

苍云峰微笑看着这些广场舞大妈问道："你们打算留在这儿不走了是吗？"

这些广场舞大妈面面相觑，谁都没有起身离开的意思，其中一个大妈说道："我们都是吴老太邀请过来的客人，你没权利赶我们走啊。"

"就是……你凭什么赶我们走？"

"就算这是你家，你也不能赶我们走吧，这么大的孩子了，怎么一点礼貌都没有呢？

"真不知道这老苍头是怎么教育的……"

苍云峰满不在乎地说道："行，不走，不赶你们，但是你们一定要坐好了，一会儿可千万别走。"

广场舞大妈们看着苍云峰，完全不知道他接下来要做什么。

第56章　广场舞大妈VS狗

苍云峰拿起电话拨给狗哥，问道："你和小胖会合了吗？"

狗哥回："已经在小区门口外面的路口了。"

苍云峰说："直接开车进去小区地下停车场，二栋二十五楼，找那种没有挂私家车位的牌子停车就行了。我在楼上等着你们。"

狗哥应道："好嘞，马上就来。

苍云峰挂断电话后，指着这些广场舞大妈说道："你们都坐好了啊，都别走。今天吴老太在家招待你们，巧了，我也在家招待朋友，他们一会儿就上来。"

红衣服的老大妈当时就不乐意了，起身问道："苍云峰你什么意思啊？我们到你家做客，你就这态度啊，有没有点礼貌啊？"

苍云峰不屑一顾地看着她说道："这是我家，我招待谁不需要考虑你的感受，说我没礼貌？你不觉得自己更没礼貌吗？"

"我们怎么没礼貌了？"

"你给我说清楚。"

"这孩子怎么这样呢？老苍头夫妻俩都没什么文化，能教出这样的孩子也不奇怪。"

"……"

苍云峰可以允许别人骂自己，但是容忍不了别人说自己的父母，在这个广场舞大妈说出这句话的时候，苍云峰怒吼一声道："都他妈的给我闭嘴，谁再敢说我妈一句不好试试？"

吴老太起身质问道："你想怎么样？"

"算了算了！"溪玥拉住苍云峰说道，"别和这些大妈一般见识，狗哥马上上来了。"

赵小佳也拉着苍云峰，她也怕苍云峰真的冲动打了这些大妈，那事情可就没办法收场了。

苍云峰掏出烟，用点烟来缓解自己激动的情绪，强压着内心的怒火等待着。

而另一边，这些广场舞大妈认为自己已经胜利了，一个个大声聊着天，明里暗里地数落着苍云峰不懂事没礼貌。

就在这时，电梯间传来了电梯开门的声音，赵小佳把头伸出去看了一眼，招呼道："这边。"

紧接着，六七条"恶犬"就冲了进来。

那画面有点太过壮观，这些广场舞大妈看到"恶犬"的第一秒还没反应过来，当反应过来的时候，都本能地跳了起来，一股脑儿地就近寻找其他的房间，推门就往里面钻。

那个穿着红衣服的大妈慌不择路，躲在客厅的一个死角，拉着窗帘挡在自己面前，差一点就吓尿了，哭唧唧地问道："你……苍云峰你想干什么？"

苍云峰没有回答红衣大妈的提问，他看着走进来的狗哥问道："这些狗都买保险了吧？"

狗哥点头说道："年初的时候就买了，主要是买的'伤人保险'。"

苍云峰笑着说道："给这些大妈解释一下。"

狗哥从手机里面调出保险的凭证，看着凭证念道："第五款第七条，如果……算了，读这些条款她们那文化程度也未必能理解，我就得的直接一点吧。你们都听好了，这些狗是有保险的，如果狗咬伤了你们，保险公司会对你们进行赔偿，医药费、营养费、误工费、交通费甚至是残疾之后的赔偿费用，全部由保险公司来出，都听懂了吧。我说这些的意思就是，狗是我们的狗，咬伤你们我们也是有赔偿责任的，但是有保险公司给我们兜底，我们自己不用出一分钱，不老实的话被狗咬了，受罪的也是你们。"

"报警……吴老太你快点报警。"

吴老太看了一眼几条蹲坐在客厅内的恶犬，拿着手机的右手都开始颤抖了。

苍云峰招呼小胖和依依说道："东西都买了吧。"

小胖提着两大袋子羊肉片说道："买了五斤羊肉，还有毛肚、基围虾、脱骨鸡脚等等，怕你这儿没有电磁炉，我和依依又买了一个大功率的电磁炉和鸳鸯锅。"

赵小佳问道："怎么都是肉啊？素菜一点都没买吗？"

依依马上说道："怎么可能啊，我成天在群里当营养师提醒你们多吃蔬菜，我买了很多素菜呢。"

苍云峰指着沙发说道："电磁炉放在茶几上，咱就坐在沙发边开涮吧。"

王海左右看了看说道："没酒，我下楼去抬两箱啤酒上来。"

苍云峰提醒道："整点冰的回来，这大热天的吃着火锅喝着冰啤才过瘾。"

这些大妈算是看出来了，这伙人是要在这里涮羊肉，简直没把她们放在眼里，小胖吹着口哨把茶几上的东西推到了一边，将电磁炉放在茶几上，把电源线递给身边的一条狗子，对狗说道："去，找个插座去。"

那条狗竟然真的听懂了小胖话的话，吊着电源线四处张望，最后发现墙角处有个插座，它就叼着电源在线走了过去，在墙边努力了几下，也没能把插座插上去。

狗哥走了过去，把电源线插在墙上，对九队的几个人说道："如果是地插，它就能把电源线插上了。"

吴老太此时拨通了110报警电话，哭唧唧地说道："警察同志，你快点来我们家救救我们吧，我们被控制了，限制了人身自由，求你快点来吧。"

罗源把卧室的门锁得紧紧的，对自己的老婆说道："外面好多狗，警察来之前千万不要开门。"

微胖的女孩皱眉道："我傻吗？我开门干什么？你妈也真是的，这都做的什么事啊。"

罗源道："还不是为了给我们在上海买房买车，我妈她容易吗？"

微胖女孩抱怨道："那是因为你无能，你要是能赚来大钱，何必受这份气。"

两个人眼看着就要吵起来了，突然听闻外面一声大叫："我去，这么多狗。"

发出这一声惊叹的正是前天来处理纠纷的民警，苍云峰看到门口的民警，招呼他说道："来得早不如来得巧，过来一起吃火锅。"

民警客气地回绝，然后问道："这……这是怎么了？"

吴老太马上哭诉道："我的老天爷啊，你们可算来了。你们快看看吧，苍云峰带这么多条狗回来要咬我们，这日子没法过了啊……"

红衣服广场舞大妈马上附和道："警察同志你听我说，吴老太邀请我们过来家里做客，结果这苍云峰带了这些狐朋狗友还有这些狗回来吓唬我们，严重威胁到我们的安全。"

"他就是故意的，你们快点把这些狗弄死，要是咬到人了，算谁的？"

"就是啊，这么大的狗，谁允许他们养的？"

"警察同志你们必须管一管了。"

"……"

这些广场舞大妈如同五百只鸭子一样烦人，"嘎嘎嘎嘎"地说个不停，听得民警头都大了。其中一个民警抬起手说道："你们别吵，一个人说行不行？究竟是怎么回事？"

苍云峰起身说道："警察同志你看吧，事情是这样的。这房子是我爸妈的，上次咱就说过了，我爸妈都不在了，这房子我住没问题吧？今天刚好是周末，我就约了朋友回来吃个饭，这些狗呢，是我们自己养的，有哪条法律规定不能请朋友带狗回家吃火锅？这何况还是我的家，对吧？我没做什么违法的事吧？"

红衣大妈大声说道："吴老太请我们在你家做客，你带狗回来干什么？"

苍云峰苦笑着说道："警察同志您看，有这么不讲理的吗？我的家，我请谁过来是我的权利对不对？她肯定没权利干涉我的自由对吧？"说到这里，苍云峰把头转向红衣大妈说道，"你要是害怕你就走，没有人一定留你在这里待着。"

警察也开口说道："这位女同志你的确有点过分了，这不是你的家，你没权要求别人。你要是接受不了你可以回家，这话说得很在理。"

吴老太强调说道："这些都是我的客人，凭什么要走。"

民警反问道："那这些也是人家苍云峰的朋友，你又凭什么要求他们走呢？"

吴老太火了，指着民警说道："前天就是你们，不帮我说话也就算了，今天还不帮我说话，我打110叫你们过来干什么？还不如我自己呢。"

民警欲哭无泪，强调道："我们不是看谁打电话报警就站在谁的一边，我们是过来处理事情的，一切都要依法处理。苍云峰的确没做任何触犯法律的事，你让我怎么处理他？"

红衣大妈问道："如果这些狗咬伤了我们怎么办？你们能负责吗？"

狗哥开口道："我刚刚就和你们说了，如果狗咬伤了你们，这事儿的确是我的责任，您该看病就看病，该打针就打针，所有的费用都由我……我的保险公司来承担。我们的狗有保险，你放心，咬伤了你也不会白咬的。"

民警看着红衣大妈说道："你们要是真的怕被狗咬，就早点回家去算了，在人家这儿窝着干什么啊？真被咬了难受的还是你们自己。"

一边的溪玥、赵小佳还有依依已经忍不住笑起来了。

小胖从厨房拿着切好的土豆条出来，对沙发边的几个人说道："食材准备得差不多了，开始准备涮羊肉喽。"

苍云峰招呼民警说道："这赶上饭点了，一起吃口呗。"

这一句话被吴老太看成是苍云峰主动讨好警察，立即质问道："你还说你们不是一伙的？警察和狗一伙要欺负我们这些老太太了，还有没有公平了啊……我要投诉……我要举报……"

第57章　听话的狗子

　　民警真的是彻底无语了，面对这么不讲理的老太太又不能骂人，耐着心地解释道："我们是警察，不是谁的看家护院，我再次强调，我们是站在法律的一边，就这件事而言，苍云峰没有任何过错。如果说他打了你们或者狗咬了你们而他们拒不赔偿，这种情况下我们可以强制对方履行义务尽责任，明白了吗？"

　　说到这里，民警对苍云峰说道："我们不吃了，谢谢。既然这边没什么事，我们也要回去了。"

　　苍云峰客客气气地说道："慢走啊。"

　　"等等。"红衣大妈急忙说道，"带我一起走……这里太多狗了，要是咬一口划不来。吴老太我就先回去了啊，午饭时间到了，得回去给我家老头做午饭。"

　　"我也要走了，下午约了朋友去做美甲。"

　　"回家吃饭了，时间到了，下午需要再打电话啊。"

　　"我也得回去了……"

　　这些大妈也都是聪明人，没谁愿意留下来身处这样的环境与"恶犬"为伴。吴老太见这些人要走，急忙问道："你们走了，我咋办？"

没有人回答她的问题，一个都没有，民警也不愿意搭理吴老太。转眼间一屋子的广场舞大妈都撤退了，就剩下吴老太一个人。

罗源和媳妇出门看到这么多狗，都吓傻了，凑到吴老太身边，指着苍云峰说道："你看好你的狗，要是咬了我们，你赔不起。"

狗哥笑着说道："你放心，赔得起呢。我们是和××财险昆明分公司单独签的合同，除非××财险倒闭，不过你觉得以你自己的身价而言，能让××财险倒闭吗？"

"苍云峰——"吴老太愤怒地指着他问道，"你到底想干什么？"

苍云峰大声对狗哥说道："告诉他们要干啥。"

狗哥吹了一个口哨，几条狗马上并排蹲在了狗哥面前。狗哥指着罗源，对狗子们下命令说道："把他围起来。"

几条狗"嗖、嗖、嗖"几下就跑到了罗源身边，将罗源和他老婆团团围住，两个人吓得哇哇大叫起来。

这一幕也把吴老太给吓到了，她威胁苍云峰道："我告诉你，狗要是乱咬人，我讹死你。"

狗哥又吹了一声口哨，几条狗马上龇牙开始吓唬人，而这一边，苍云峰几个人已经开始用火锅涮羊肉了。

吴老太见自己没被重视，又重新说道："我有心脏病，你要是把我心脏病吓出来……"

苍云峰不屑地打断吴老太的话，说道："放心，保险公司赔得起，都告诉你狗是买过保险的。要不要安排它们咬你一口，你试试保险赔不赔啊？"

话音刚落，几条狗突然一起冲向了吴老太，吴老太当场就吓瘫了，坐在地上抱着头哇哇叫。狗哥吹了一声口哨，那几只狗又立即停止，站在一边看着狗哥，狗哥笑着对苍云峰说道："狗子刚刚误会你的意思了，以为你下命令要咬那老太婆呢。"

苍云峰夹起来一块羊肉放在锅里面，重新说道："不好意思啊，忘记狗是直线思维了。"

狗哥吹口哨对狗下命令道："看好他们三个，哪个不老实就咬哪个。"

罗源冲着苍云峰吼道："你他妈的究竟想干什么？我不就是欠你两万块钱……"

苍云峰满不在乎地说道："没事，你迟早会给的，你们娘仨不是喜欢霸占我父亲留下的房子吗？那你们就继续霸占，从现在开始，这几条狗就在这里养着，我再次通知你们，别乱走动，惹了狗被咬自认倒霉。"

罗源的老婆小心翼翼地扭开了卧室的门，一溜烟地钻进去把门反锁。罗源在门外拍着门喊道："还有我和我妈呢，你开门。"

卧室内，微胖的女孩大声喊道："这日子没法过了，我要走，我要回上海，你和你妈继续在这儿抢人家的房子吧。"

罗源拍门问道："我妈这么拼命地要房子，还不是为了卖掉给我们还上海的房贷。"

"我受不了了，你愿意干什么就和你妈在这儿干吧，我要走。"

"你听我说……"

罗源在门外苦苦地拍门哀求解释，房间传来的是收拾东西的脚步声。一条狗凑到罗源身后，把鼻子缓缓贴上罗源的小腿，罗源感觉到有点不对劲的时候猛然转过身，下一秒就是一声尖叫。

吃火锅的几个人看到这一幕纷纷笑起来。

那种感觉就像是一群人在看到电影里演搞笑桥段一样。

几分钟之后，罗源的老婆收拾完东西，拉着行李箱从卧室内打开了门。这一刻罗源也不往里面挤了，他拉着女孩问道："你要走吗？你别走行不行？"

女孩甩开罗源的手说道："你要么跟我回上海，要么跟你妈留在昆明，你自己选。"

吴老太听到这话有点吃惊，问道："丫头啊，罗源不是说要带我去上海一起生活吗？怎么回事啊？"

女孩皱眉道："去上海怎么生活？我们俩买的就是个公寓，住我们俩都觉得拥挤，你一个老太太跟我们去凑合啥？人生地不熟的去了你也没意思，就留在昆明吧。"

罗源也对吴老太说道："妈，上海夏天太热冬天太冷，你就在昆明生活吧，我们俩先回上海了。"

这一刻，吴老太有一种如梦初醒的感觉，自己辛苦努力为了儿子，结果儿子对她是这副态度，这让吴老太有些难以接受。她怔怔地站在原地，甚至都忘记害怕这些狗了。

苍云峰见罗源要跟他老婆一起走，马上对狗哥说道："别让他们走。"

狗哥一声令下，几条狗立即将罗源和他老婆围起来。罗源的老婆看着苍云峰问道："你想干什么？我走都不行吗？"

"不行。"苍云峰一边喝着啤酒一边说道，"你婆婆花了我很多钱，之前的我就不提了，最后借给她这两万我有转账记录也有备注，这两万块钱必须还。这个老太太已经让你们给榨干了，这笔钱你们要是不出，我这辈子都要不回来了。"

罗源开口道："我妈借的钱你找我妈要去，你找我干什么？"

这话气得其他人都听不下去了，赵小佳看着罗源问道："你这么大一个男人了，能说出这样的话？你妈借钱不是为了你吗？现在债主要债，找你们有什么不对吗？"

罗源的老婆开口道："我们又没让她借，是她自己愿意借钱给我们的，还不是想来上海跟我们蹭房子住。"

吴老太在一边越听越是心寒，双眼已经噙满了眼泪。依依同情地说道："老太太真是养了个好儿子。"

罗源大声吼道："借钱的不是我，你要钱就去找我妈要，我没钱给你。"

苍云峰看了看吴老太，此时吴老太已经深感绝望了，苍云峰的目光重新回到罗源他老婆的身上，对他们说道："给你五分钟时间考虑，五分钟之内我看不到你们还钱，那这钱我也不要了。但是你相信我，你们俩今天肯定不可能好好地走出去，120还会再来一次。你们后续的医疗费、营养费统统都会由保险公司支付，我这么说，你们能听懂我是什么意思吧？"

狗哥补充道："你们别不相信，我的狗有这个能力。黑虎，把那个行李箱给我拆了。"

马上就有一条大狼狗走上前，龇着牙低吼一声后，一口咬在了拉杆箱的拉杆上，吓得罗源的老婆本能地松开了手。另外几条狗见状，上前一起帮忙拆箱子，不到一分钟，那个行李箱就被咬出了好多个洞洞。

苍云峰对狗子的表现很满意，看着罗源说道："还剩下三分钟，不还钱的话，就从你老婆开始。"

女孩冲着罗源吼道："你还等什么呢？还钱啊，难不成你还想我被这些狗咬吗？你看看你妈那个死样，把钱给你的时候怎么不说要还这回事呢？快点还钱，还钱了我就走。"

罗源拿出手机看着苍云峰问道："卡号，说个卡号，现在就打给你。"

苍云峰掏出自己的一张银行卡放在桌边，狗哥为了进一步展示自己的狗子，手指轻轻点了点桌面，然后指着罗源对狗说道："送过去。"

一只黑色的德牧将银行卡叼在嘴里送去到了罗源手里，罗源是彻底相信这些狗真的听话到可以咬人了。在罗源打款的时候，他老婆就一直心疼难受，嘴巴碎碎叨叨地数落着老太太的不好。

苍云峰的手机收到转账短信之后，罗源开口道："钱转过去了，可以让我们走了吧。"

"不行——"苍云峰回答得果断，"你们还不能走。"

"为什么？"罗源的老婆问道，"你还想干什么？钱我们已经还了，你还不让我们走，就是限制我们人身自由，我们可以报警的。"

这话把几个吃火锅的人又给逗笑了。

苍云峰用筷子指着吴老太对罗源说道："她是你妈，你有赡养义务，老太太把自己的房子卖掉给你们在上海买房子，你现在丢下她是不仁不义不道德的。你就没想过你们走后，老太太在昆明怎么生活？"

第58章　利用到极致

罗源的老婆很不爽地说道："你管得太多了，不该问的事别插嘴。你一个外人有什么资格说我们家的事？"

罗源也表现得非常为难，对吴老太说道："妈，上海的房子的确太小了，两百多万的首付只够买公寓，接你去上海很不方便……"

狗哥看不下去了，打断罗源的话说道："今天你要是不带走你妈，你们俩就走不出这个门，不信你们就试一试。"

罗源咽了一口口水，咬着牙说道："我们不走了。妈的，看谁能耗过谁。"

说完，拉着老婆转身推开卧室的门，进去后就把门给反锁了，客厅的人边吃火锅边听卧室内的吵架声音。

"我受够了这个地方，我不和你过了还不行吗？我要回上海，回我的家。"

"老婆你别急，他们吃完火锅就走了，不就是耗着吗？我们不走他能把我们怎么样？"

"我告诉你，你妈和我你只能选一个。上海的房子那么小，根本住不下你妈。"

"没事没事。"罗源安抚着老婆说道，"大不了让我妈在昆明再找个老伴，反正她有的是办法，咱俩回去就是了。"

"……"

吴老太听着这些寒心的话，眼泪逐渐失守，她默默地回到自己住的卧室，开始收拾自己的东西。所有人都对罗源的做法没眼看了，狗哥是比较郁闷的一个，喝了一大口啤酒说道："我怎么有点同情这个老太太了呢？"

赵小佳道："可怜之人必有可恨之处。"

苍云峰起身，来到次卧门口，一脚将次卧的门踹开。

罗源和他老婆吓了一跳，看着苍云峰质问道："你想干什么？我们在卧室碍着你们什么了？还让不让人待了？"

苍云峰没理会罗源老婆的提问，指着卧室门口对一条狗子说道："黑虎过来，就趴在这儿，谁敢靠近门口就咬谁。"

黑虎迈着慢悠悠的步伐来到了卧室门口，伸了个懒腰后就趴在了这里，罗源还想着关门有点隐私空间，现在看来是完全不可能了。

苍云峰回到客厅继续吃火锅，汽修组的王海拿起了啤酒瓶说道："走一个。"

九队的几个人一起举瓶庆祝，可对罗源来说，这简直就是一种煎熬。

儿子儿媳的态度已经让吴老太彻底心寒了，她收拾了一箱子自己的东西，拖着行李箱从主卧走出来。经过客厅的时候，竟然无视那几条狗，没有一点惧怕的意思，也没有跟任何人打招呼，每一步都走得很坚定。九队的人都看到了这一幕，有两条狗也起身跟了上去，对着要离开的吴老太叫了两声，甚至有一条狗直接堵在了门口，要阻止吴老太离开。

而吴老太像是根本没听到狗叫一样，继续往前走。

苍云峰看了狗哥一眼，狗哥秒懂他的意思，吹了一声口哨，那几条狗安静地回到其他地方趴着。

在吴老太走出房门之后，苍云峰对卧室里面的罗源和他老婆说道："给你们一分钟时间马上离开这里，今天不走，你们就继续在里面待二十四小时吧。"

罗源的老婆一听放自己走了，都顾不上拿破损的行李箱了，起身就往外跑。罗源也随后跟着，当走出门之后看到吴老太在门外，罗源的媳妇又后悔了，当着吴老太的面抱怨道："怪不得让我们走了呢，原来你也出来了。"

吴老太轻叹道："没事，我不跟你们去上海，你们回去吧，我一个人去哪儿都能生活。"

罗源看了看电梯所在的楼层，然后对吴老太说道："六栋的张大爷不是单身好几年了吗？要不你再去张大爷那里碰碰运气？张大爷的退休金也挺高的，而且只有一个女儿，你觉得呢？"

吴老太看了一眼罗源，她已经对这个儿子失望透顶了。

电梯门缓缓打开，吴老太拉着行李箱走进了电梯里面。罗源也想进去，但是被老婆拉住了。她对吴老太说道："你先下去啊，我和罗源等下一趟电梯，我们俩有点事要单独聊聊。"

吴老太没说话，静静地等着电梯门关上。在电梯门关闭之后，罗源小心翼翼地说道："你看我妈一个人挺不容易的，要不我们在上海给她租一套公寓吧。"

罗源的老婆马上反驳道："上海的公寓租金多贵啊？一个月好几千块钱呢，在上海住一个月都够在昆明住三个月了。"

"那就让我妈跟我们挤一挤吧。"

"不行，反正我是不同意你妈去上海跟我们一起生活，这事儿没得商量。她要是去，我们就回去离婚。"

罗源皱眉道："你急什么啊，我们这不是正在想办法吗？我妈生存能力强，把她丢在昆明也没事，你先别着急。"

电梯到了一楼之后，很快又开始向上爬升。

罗源的老婆对罗源说道："你刚刚不是说小区里面还有个单身老头吗？要不你就去帮你妈撮合撮合，现在退休老头的工资都有好几千呢，正好帮咱们还上海房子的月供。就和以前一样，这样简直就是一举两得。"

罗源支支吾吾地说道："现在也只能这样了。其实我也不愿意我妈去上海跟我们一起生活，她岁数大了事忒多了，再过几年身体不好了，还要咱们照顾，我们还想要孩子，想想都麻烦。"

房间内的几个人听到这样的言论，一个个简直都不敢相信这是一个亲生儿子说出来的话。

溪玥轻叹道："这老太太活得真悲哀，养出这样的儿子，家门不幸。"

赵小佳却不以为然地说道："我觉得这就是自食其果，什么样的人教育出什么样的下一代，有这样的儿子也不奇怪。还是那句话，可怜之人必有可恨之处。"

王海笑道："这样的儿子是把亲妈利用到极致啊。"

罗源夫妻听到房间里面有人讨论他们俩，就自然地闭嘴了，一句话都不多说。

大家有说有笑地边吃火锅边聊，对吴老太没有任何同情。

电梯经过二十五楼并没有停，而是一直到了顶楼，在顶楼停了之后又回到了二十五楼。开门后罗源和妻子走了进去，电梯门关上之后，又开始商量着怎么把亲妈的剩余价值利用到极致。

苍云峰几个人在屋内继续吃着火锅，老唐的电话从双湖县打到了溪玥的手机上。当时溪玥看了一眼是老唐打过来的，就直接按了免提，一边接听电话一边吃着火锅问道："老唐，怎么样？回到双湖县了吗？"

电话那头老唐回答道："刚刚过双湖县的检查站，距离双湖县还有几十公里，手机有信号就赶紧和你们联系一下。"

"这一路辛苦了。"

"辛苦倒是没多辛苦，就是这事情有点复杂了。"

吃火锅的几个人都停止了吃饭的动作，聚精会神地看着电话。溪玥问道："现在具体是什么情况呢？简单说说吧，我们在一起吃饭呢，云峰也在。"

老唐低声说道："我现在在陈磊的车上，我简单给你们说一下吧。刘广才的尸体找到了，后心上有一处致命伤，发现的时候尸体是完整的，在尸体附近发现了一条车辙印，轮胎的花纹是百路驰KO2的花纹，感觉是轮胎的宽度应该是285的，其余就没什么线索了。"

苍云峰疑惑地说道："如果尸体是完整的，那说明人死了没多久啊。羌塘那种地方你们知道的，一具尸体摆在荒野上那么多天，不被野生动物破坏简直是不可能。狐狸、狼、熊，雪豹……这么多肉食动物不可能没发现这尸体。"

老唐继续说道："这是个疑点，我因此判断刘广才的死亡时间应该也就是三到四天的样子吧。毕竟野生动物一般不会攻击活人，但是也不排除个别现象。"

汽修组的王海琢磨着说道："285的百路驰KO2花纹轮胎，用285轮胎的车排量不会太小，至少是3.0以上了吧。改装285轮胎的普拉多、陆巡、FJ、猛禽、坦途……这些中大型车才会用285。"

溪玥突然想起来什么，问道："小胖的那辆皮卡是不是也是285的轮胎？"

小胖马上说道："别怀疑我，我那台皮卡用的是百路驰KM3的花纹，不是KO2的。"

听到小胖这么说，溪玥也算松了一口气，否则这谋杀的嫌疑又要落在苍云峰的头上了。

苍云峰继续问道："找到宋老说的那张地图了吗？"

"没有，我们特意检查了尸体，并没有发现宋老说的那张地图。

我严重怀疑这张地图是否存在。"

营地组的大山发表自己的看法说道："我觉得就是那老头没事瞎他妈说，目的就是让我们带刘广才出来。不管怎么说，那刘广才都是他的司机。"

大山的话马上得到了小胖、依依还有赵小佳的认可，但苍云峰不这么认为，他对着电话说道："老唐辛苦一下，那边有什么消息保持联系，我这几天在昆明也有很多屁事要忙。"

"行，你先忙，有什么消息电话联系。"

挂断电话之后，大家又开始一边吃火锅一边讨论着这件事。对刘广才的死，大家都表示很解气，没有谁同情这个浑蛋。

事实上刘广才也的确不值得大家同情。

就在火锅吃到一半的时候，又发生了一件大事——吴老太闹跳楼了。

第59章　重返双湖县

当时几个人正在房间内火锅吃得香，啤酒喝得嗨呢，派出所的民警又找上门来了，见到这些人又吃又喝，顿时有点生气了，质问道："你们还在这儿吃吃喝喝？出大事了知道吗？"

几个人面面相觑，谁都不知道警察说的是什么意思。

警察也有点急了，对他们说道："你们都别吃了，跟我们回派出所做笔录。"

"什么情况？"苍云峰问道，"聚会吃饭而已，这也要去派出所啊？"

警察拍着脑门说道："吴老太在楼顶寻死觅活的……她儿子报警说你们逼的，都跟我走吧，去派出所做个笔录。"

所有人都懵了，谁都没想到吴老太竟然会如此想不开。

这火锅是没法吃了，狗哥起身说道："警察同志你可别误会，我们可没出过这个房门，也没逼什么老太太跳楼。"

警察很无奈地说道："这事儿你们别和我解释，留到所里做笔录，甚至还要准备好对法官说吧，这事儿搞大了。"

这个事的确是搞大了，谁都没想到啊。

狗哥问道："我能先把狗送回到狗舍吗？一会儿我来派出所找你

们行不？"

警察说道："别送了，先去派出所做个笔录吧，做完笔录你再回来接你的狗子。"

小胖问道："不用拘留吗？不用配合调查吗？"

民警指着苍云峰对众人说道："他恐怕是要留在所里了，你们不用。"

苍云峰指了指吸附在进门门框上的一个便携式摄像头，对警察说道："那个摄像头是我来的时候吸附在门框上面的，当时就怕发生什么意外解释不清。你们也把那个摄像头拿走吧，调取里面的录像，也算是一个证据了。"

在去派出所的路上，即便是坐在警车里，这些人还是有说有笑的，都在感叹吴老太是被自己的儿子罗源气到失去了求生欲。

其实吴老太见儿子和儿媳妇那么嫌弃自己的时候，她就已经心寒了，出门的时候都不怕被狗咬了，这是一种伤心到忘我的状态。再加上儿子和儿媳都不跟她乘坐一趟电梯下楼，这个看似生活中很不起眼的举动，却是深深地刺痛了吴老太脆弱敏感的内心。

吴老太觉得自己所做的一切是为了儿子，却没想到换来儿子这么无情的对待，所以才会一时想不开，想用这么极端的方式结束自己的晚年。

到派出所之后，九队的人都如实做了笔录，再加上监控画面的内容，民警很快就确定吴老太的寻死跟这些人没多大关系。尤其是听到监控里罗源和老婆对话的内容后，民警也认为老太太的跳楼是被儿子伤透了心。

但是从人道主义讲，苍云峰也有一定的责任，毕竟是他赶走老太太在先，才有了后面的一系列闹剧。

原本民警是要扣押苍云峰配合调查的，西藏双湖县公安局的警察也找到了苍云峰，要求他马上去双湖县配合调查刘广才的死。

派出所的民警还不太相信打电话来要人的就是双湖县的警察，为了不做错事，还求证了一番。当确定那边的确是双湖县警方的时候，这边派出所的民警才同意暂时放走苍云峰，前提是要让苍云峰保持电话开机，以便随时都能联系到他。

官方那些冠冕堂皇的话说完之后，派出所的民警私下对苍云峰说道："兄弟，你摊上的事不少啊，听说双湖县那边也是个命案？你到底是干啥的啊？"

苍云峰也是很无奈，开玩笑说道："我是没事找事的。"

这话把民警都给逗笑了。

溪玥主动提出来要跟苍云峰一起去西藏，但这个提议被他委婉地的拒绝了。毕竟溪玥是九队的队长，老唐是副队长，这两个人都不在昆明的话，九队有什么事都没个站出来说话的，第二个原因就是，他想让溪玥留在昆明帮忙照顾照顾妹妹。毕竟黄老二还活着，他更担心黄老二的报复。

当天下午，苍云峰就买了飞拉萨的机票，在拉萨贡嘎机场落地都不用打车，直接被等候在机场的警察给带上了警车，还送了一副"银手镯"给他。

苍云峰苦笑问道："至于吗？我要是想跑的话，何必自费买一张飞拉萨的机票？我直接不来不行啊？"

四个警察面面相觑，仔细一琢磨好像真是这么回事，于是又把刚刚送给苍云峰的"银手镯"给摘了。

苍云峰坐在警车后排中间的位置，得寸进尺地问道："有烟吗？飞机上不让抽烟，快憋死我了。"

坐在副驾驶的警察转过头把自己一盒刚刚开封没抽几根烟递给苍云峰。苍云峰熟练地抽出了一根烟，顺手就将剩下的装在自己的兜里，前排的警察都看呆了，叫道："哎哎哎？你干吗呢？有点数行吗？我的烟。"

"不好意思，不好意思。"苍云峰讪笑着说道，"习惯了，不好意思啊，再借个火。"

前排的警察拿回自己的烟后，随手把打火机递给了苍云峰，苍云峰点了烟之后又顺手把打火机给装兜里了！

蹭神，名不虚传。

坐在苍云峰右侧的民警问道："你知道叫你来这边干吗吧？自己先说说呗。"

苍云峰问道："说啥啊？"

"说说你是怎么杀的刘广才。"

"哎哟喂！"苍云峰厚着脸皮叫道，"你们就别逗我玩了，你们也知道我不是凶手，要是确定我是凶手的话，手铐脚镣就一起挂在我身上了，哪还有给我解开的道理啊。"

这几个民警有点懵，前排副驾驶的人转过头说道："真没看出来，你还是个内行啊。"

苍云峰抽着烟说道："一看你们就是还没拿到验尸报告，拿到验尸报告确定了死亡时间，你们就不会怀疑我了。"

警察点头说道："这倒是，那聊点别的吧，我们听其他人的口供叙述，你应该是最后一个见过刘广才活着的人吧。"

"是的。"苍云峰并不避讳，说道，"我在羌塘找到刘广才的时候，被他偷走的那辆皮卡车陷入了泥潭中，我把车救援出来……"苍云峰把那天晚上发生的事详细地说了一遍，反正从拉萨贡嘎国际机场到双湖县七百多公里呢，最快也要十个小时才能到。这漫漫长路，苍云峰就像说评书一样，把自己如何找到刘广才、如何自救的过程说得相当精彩，开车的警察都默默地把车内音箱的声音调低了。

当苍云峰讲述完自救那一段的时候，几个警察拍手称快，甚至带着虚心求教的态度问道："听你这么说，你那辆皮卡改装得不错啊，前后杠用的是什么牌子的？ARB的还是MR的？后绞盘是多少磅的？我们所里也有一台猛禽，回去和所长申请一下，咱也加上前后绞盘吧。"

其他几个民警马上附和表示同意，开心得全然忘记了是在"审问"苍云峰呢。

过了好一会儿，民警才反应过来，马上回归正题问道："你自救成功之后，刘广才为什么没有跟你走呢？"

苍云峰也表示不理解，说道："我当时叫他跟我一起走，但是刘广才说自己没有胆量回去。他害怕被宋老责怪质问，更怕队伍里的人打他。"

开车的警察说道："这样的浑蛋的确欠揍，如果是我在现场，我也会打他。"

苍云峰继续说道："说真的，我觉得刘广才不肯跟我走的肯定是有别的原因。如果我猜得没错，应该是刘广才口中救他的人要到了吧，他留在原地等救他的人。"

几个警察马上点头认可苍云峰的猜测，同时大家也好奇了：刘广才究竟是把救援电话打给了谁。

苍云峰也发现自己忽略了这个问题，好在现在想起来也不晚，于是掏出手机说道："我给我们总部打个电话，让他们调查一下那几天卫星电话的通话记录，能查到手机号应该就能查到很多线索了。就是我们有那么多部卫星电话，实在不知道刘广才是用哪一部打的，查起来可能有点慢。"

坐在副驾驶的民警说道："不急，慢慢查，有线索就查得仔细一点。"

晚上八点半，双湖县那边的尸检报告出来了，确定刘广才的死亡时间是在三天前。听到这个消息后，苍云峰还是有一点震惊的，这说明刘广才在羌塘竟然熬过了那么久。

确定苍云峰摆脱嫌疑之后，几个警察也不紧张了，开车到路边也集体下车撒尿。撒尿结束后，苍云峰主动说道："我来开会儿车吧？你休息一下。"

开车的那个警察问道："你来开？这路你熟吗？"

苍云峰叼着烟说道："还行吧，跑过几次。"

警察把钥匙给了苍云峰，随口说了一句，"注意安全啊。"

苍云峰很不要脸地来了一句："我开车很小心，慢得很。"

几个警察天真地相信了苍云峰说的话，几分钟之后，他们才知道噩梦开始了。

上车之后，苍云峰先熟悉了一下这辆车的油门和刹车。开了大概五分钟之后，感觉熟悉得差不多之后，他开始以自己的速度开车，一脚油门踩到底，V6的发动机发出低沉的吼声，车速嗖的一下就提起来了。

坐在副驾驶的司机右手抓着车门上的把手，左手抓着安全带赶紧说道："慢点慢点，你速度太快了。"

苍云峰一边开车一边问道："超速了？"

"可不咋的？你看看路边的限速是多少，你现在的车速是多少，都上一百了吧。"

苍云峰满不在乎地说道："这路太宽太直了，开快点也没事，还是你们担心超速罚款啊。"

"罚款倒不至于，我们这是警车……"

话音刚落，苍云峰又降了一个挡，右脚再次将油门踩到了底，一边开车一边说道："没罚款不扣分怎么不早说，浪费感情。"

"我天，你慢点……"

"减速减速。"

"兄弟你玩命啊……虽然超速不罚款，但命是自己的啊，你慢点。"

苍云峰根本听不进几个警察的忠告，一边哼着小曲一边说道：

"我告诉你们，这4.0的普拉多就得这么开，这么开才有感觉，你们先睡一会儿吧，到双湖县了我叫你们。"

"睡个屁啊，你这么速度让我们怎么敢闭眼。"

"你们不敢睡那就怪不得我了。"

"你慢点行不？我们不赶时间。"

"别吵。"苍云峰大声说道，"你们几个坐着就完了，咱都在一个车上，就算你们怀疑我拿你们的命不当命，但你们总得相信我还是担心自己的吧。毕竟我的命也就这一条。"

司机都快哭了，哀求道："兄弟啊，你慢点吧，我心慌啊。"

"别慌。"苍云峰很嚣张地说道，"这才哪儿到哪儿啊。"

"你自己看码表，时速都一百七了，你这是要起飞吗？"

苍云峰低头瞥了一眼，然后说道："才一百七，还有发挥的空间，开公司的车基本上不敢跑这么快，扣分罚款赔不起。好不容易搞到一个不怕罚款扣分的车，这机会可不能浪费。你们别吵了啊，速度快的时候不能分神，聊天肯定会分神的。"

听苍云峰这么说，四个警察都不吭气了。后排的三个警察也都默默地扣上了安全带，坐在车门两侧的还主动拉着头上的拉手。他们是真不敢打扰苍云峰开车了，一个个紧张到了极致。

要说这条路的确挺宽的，路况也很好，平时自己开车可能也开个一百七八的速度，但他们都是当地人，当地的老司机熟悉路。再者，方向盘在自己手里，心里也踏实。

现在方向盘在一个"不熟悉路况的外地人"手里，而且还把速度开到了一百九，这坐车的人要是不紧张就怪了。

开着开着，苍云峰把右手伸向了右侧的警察，目视前方对他下命令说道："哥儿们，给根烟，有点瞌睡了。"

这话一说，顿时把几个警察差点吓尿了……

第60章 分析判断

坐在后排的三个警察听到这话，赶紧对前排副驾驶的警察说道："快快快，快找烟。"

先前坐在副驾驶的那个警察急忙掏出烟递给苍云峰，苍云峰左手扶着方向盘右手拿烟的时候，其他几个人心都快跳到嗓子眼了。苍云峰把烟接过来放在唇边，又把手伸向副驾驶，目视前方道："火。"

副驾驶赶紧拿出自己的打火机递给苍云峰，苍云峰很自然地点燃，然后……又把打火机顺手装在了自己兜里。

副驾驶看在眼里却不敢提醒他，心想：只要活着就好……活着就好。

苍云峰抽着烟，心情极度舒畅，主要是这种开快车的感觉让人精神高度紧张，紧张的同时又带有速度与激情的快感，这才是属于男人的享受。

副驾驶的警察时不时还充当"领航员"，告诉苍云峰前面有急转弯什么的。

就这条路，苍云峰跑过几百次，以前在西藏军区当兵的时候，经常开着部队车跑这条路。他对这里了如指掌，但是面对副驾驶的好心提醒，他还是表示感谢。

开了大概半个小时左右，几个人对苍云峰的车技有些了解之后，也就逐渐没那么紧张了，稍稍放松下来。

坐在副驾驶的警察很怕他犯困，小心翼翼地问道："兄弟，喝点啥？有红牛、咖啡、矿泉水、可乐、雪碧和酥油茶。"

苍云峰笑着道："东西挺全啊。"

"我们几人喝东西的口味各不相同，就是买得比较全。"

"红牛吧。"

"行，你要啥你就说，千万别犯困啊。"

苍云峰接过打开的红牛，一口就闷掉了，然后把空瓶还给副驾驶说道："服务态度歪瑞古德。"

几个警察一愣，反应过来之后才知道苍云峰说的是"服务态度very good"。

趁着几个警察紧张的时候，苍云峰主动找他们聊天套近乎，毕竟这些都是双湖县的警察，自己又是经常跑这边，多认识认识也没什么坏处。这几个警察超级担心苍云峰犯困，所以苍云峰聊什么，他们就跟着聊什么。

两个小时过去了，苍云峰开出了三百三十公里，此时距离双湖县剩下不到两百公里了。停车撒尿的时候，他们再也不敢让苍云峰摸方向盘了，之前开车的司机提前坐在主驾驶的位置，他说出了一句至理名言：把命交给别人的感觉真不好。

下午五点半飞机降落，原计划夜里两点到双湖县，结果苍云峰一顿操作后，十一点半就到了。

这也让双湖县公安局值班的警察惊呆了，看着司机问道："今天超速有点多吧？"

那司机心有余悸地说道："今天把命都交出去了。"

虽然说得有点夸张，但绝对是真实感受。

苍云峰被安顿在双湖县的酒店——其实就是一家招待所——入

住。在酒店的停车场内，他看到了荒野俱乐部的车，申东旭的一队和陈磊的二队都在这里。

苍云峰洗漱之后给老唐发了条信息：睡了吗？我到双湖县了，在2214房间，没睡的话过来聊会儿。

很快，门外就传来了老唐的敲门声，他见到苍云峰同样是有点意外地问道："这么快吗？不是五点才落地吗？"

苍云峰解释道："我帮他们开了会儿警车，不罚款不扣分的那种。"

"那我懂了。"老唐拿出烟递给苍云峰，说道，"现在事情是这样的，刘广才的死亡时间确定了，跟咱们没什么关系。死因是他杀，死亡地点已经在卫星地图上做了打点标记，现场的照片也都拍了，通过对现场照片的分析判断，确定有一辆装有百路驰KO2花纹轮胎的车到过这里。现场有一处车辙印比较深，初步判断是车辆在这里停留有点时间，所以车辙印深一点。"

苍云峰拿出自己的背包，从里面掏出iPad打开了卫星地图，找到了之前的皮卡陷车的地点，放大之后递给老唐问道："你看一下，是在这个点附近吗？"

老唐接过平板看了一眼，然后又拿出自己的手机打开卫星地图，将打点的坐标输入到iPad上，然后说道："位置有大概十公里左右的偏差。"

苍云峰看了一眼，刘广才挂掉的地方更靠近湖泊的边缘。他分析道："刘广才应该是去湖边找吃的，毕竟湖边的野生动物更多，肉食动物吃剩下的也够他捡个剩充饥了。"

老唐打心底佩服地说道："我算了一下时间，等于说是在你离开他之后，他在羌塘度过了两个夜晚。差不多是我们到双湖县的那天晚上，刘广才被人弄死的。"

苍云峰努力回忆道："双湖县进入羌塘基本上就这一条路，我们出去的时候并没有见到迎面过来的车，这就很奇怪了，难道这人是从阿尔金山、可可西里那边过来的？"

老唐摇头说道："这种可能性更小，我还是跟你说说现场发现的车辙吧，轮胎的花纹是百路驰KO2的285轮胎，从两轮之间的宽度，以及车辙的深度来判断，这绝对是一辆中大型越野车。根据网上查到的各种车的轮间距分析，应该是丰田的LC200。"

苍云峰继续问道："发现刘广才之后，有没有调查车辙？跟着车辙印走一走？"

"陈磊飞了无人机，用无人机跟着车辙走了大概两公里左右，经过一条河的时候，车辙印就断了，这个司机也是有经验，他应该是沿着河流走了一段路，找了块硬质路面才上岸，车辙印也就彻底不见了。"

苍云峰很认同地点头说道："看来这个凶手也是个行家啊，宋老也到了吧，是什么反应？"

"宋老带了一组人过来的，有法医还有私家侦探，今天和当地公安对接了一下。宋老这边的想法是让你带着队伍到最后一次见到刘广才的地方看一看。"

"他还在迷恋所谓的地图？真的有那玩意儿吗？"

老唐很不确定地说道："开始我也认为宋老是编造了一个地图的谎言，让我们去找刘广才，但看到他这么执着，我现在有点相信这张地图是真的存在了。"

"真不知道这个地图有什么样的魔力，竟然让这老头如此着迷。"

"明天见面再聊吧，你早点休息。申东旭这次在陈磊面前栽了跟头，两个人闹得有点不愉快，明天可能要有一支队伍提前回昆明了。"

"你回去吧……"说完之后，苍云峰又怕老唐没理解自己的意思，补充说道，"我不是劝你回房间，我是让你回昆明。无论哪个队伍离开回昆明，你都跟着到拉萨吧，坐飞机回去和唐嫂团聚吧。这些天她也是挺担心你的，这一趟你最辛苦，前前后后在外面快二十天了。"

"明天见了面商讨完再说吧，我就住隔壁，回去睡了。"

老唐走后，苍云峰躺在床上又发了一会儿呆。如果要找到杀害刘广才的凶手，最直接的办法还是通过卫星电话的通话记录来找到刘广才联系了谁。只有这个人知道刘广才的具体位置，找到他并且杀了他，否则那么大的羌塘没有坐标没有轨迹，凭什么能找到一个人呢？

在羌塘只开一辆车且通过坐标就能找到一个人，这说明这辆车的司机也是个大神一样的存在，这也算是单车穿越羌塘吧。至于是不是一个人就不好判断了。

整理上面的已知信息，苍云峰开始做进一步的分析。敢单车进入羌塘，至少说明这辆车是经过一定改装的，前后绞盘是必备的，否则单车根本不可能脱困。另外一点就是，这辆车肯定安装了副油箱，保证续航里程，LC200这种4.0排量的汽油车在羌塘的油耗至少在二十升以上。

想到这里，苍云峰马上从床上坐了起来，重新打开地图标注了附近几个县城的加油站位置，然后又在地图上做画线测算距离，很快在班戈县普保镇找到了一个加油站。另外一个是班戈县平安加油站，申扎县雄梅镇也有个加油站……苍云峰把附近的一些加油站都打点标注出来，然后又找出附近可以进入羌塘无人区的点，以此来分析判断这辆车是从哪里加油，又是从哪儿进入无人区的。

在西藏境内，加油都是要实名登记认证的，任何一个加油站都是这样。简单地理清了思路之后，苍云峰又在地图上开始测绘，双湖县进入无人区基本上排除了。另外就是从尼玛县或者是班戈县找一条路进去，尼玛县那边的路是相对成熟的一条路，卫星地图上有几条轨迹，都是可以绕开检查站进入羌塘的，班戈县这边又有些绕远了，对比之后苍云峰有了自己的判断。

加油站以及进入羌塘的路线都在地图上做了标注，当然，这只是分析，实际上是不是这么个情况，他也不确定。

另一边，宋老也在和他带来的团队商量着进入无人区的事。对李聪明藏在车把套的那张地图，他有一种势在必得的架势，这次从北京带来的团队有点弱。所谓的私家侦探到双湖县就高反了，头晕呕吐，法医也没好到哪儿去，另外还有四个助理，都归类为一个侦探社的工作人员。

别看宋老年纪大了，在这些人中是唯一一个没有高反的，这和他前几天就待在羌塘有关。

侦探叫刘明，宋老对他很客气，一口一个神探。刘明凝视地图也做分析判断，思路和苍云峰差不多，只不过刘明看的是一张挂在墙上的区地图，而苍云峰看的是平板电脑上的卫星地图和手机上的百度地图，两者相互结合，百度地图搜加油站，测国道、县道的距离，卫星地图看海拔、看山脉、河流的走势，再经过专业的打点画线测距。

和苍云峰相比，这个刘明简直是弱爆了。

想到要重返羌塘，苍云峰心里还是期待和陈磊一起进去。他并不喜欢申东旭这个人，当然，申东旭也不喜欢他，如果把申东旭和苍云峰放在一起，肯定是要产生矛盾的。

一切都等着明天早上见面详谈了。

第61章　私家侦探刘明

次日清晨，苍云峰起床后洗漱的时候接到通知，一小时之后去派出所见面详谈，要求他把和刘广才最后一次见面的事情经过说清楚。这对苍云峰来说已经是倒背如流了，匆匆吃过早饭就来到了派出所。

会议室内坐的人还真不少，老唐、陈磊、苏虹、宋老、私家侦探刘明、女法医、双湖县派出所的民警……十几个人凑到了一个会议室内。大家请苍云峰先发言，介绍一下最后一次和刘广才见面的情形。苍云峰如实说了一遍，只不过部分地方撒谎了，他在撒谎的时候也在心里暗示自己，说的就是真的，以免表情或者语气上漏出破绽。

当提到分开的时候，苍云峰很遗憾地说道："我当时叫刘广才和我一起走，但可能是担心惧怕见到宋老吧，或者是见到我们俱乐部的人，他选择留在原地等待救援，他和我说已经联系救援了。说实在的，刘广才是我们俱乐部的客人，我虽然恨他，但不至于把他丢在羌塘。当然，刘广才也有自己决定去留的权利，合同里面都注明了，既然他要选择留下，那我就尊重了他的选择。临走的时候我给刘广才留下了一个单人雪山帐篷，留下了一些压缩饼干和矿泉水，足够他吃上几天的了。"

私家侦探刘明看着苍云峰提问道："你们撤离的时候，为什么没有选择去找刘广才？"

苍云峰解释道："首先，刘广才在那个地方都陷车了，我们撤离的时候肯定要选择更好走的路。羌塘无人区里面并没有严格意义上的'道路'，都是怎么好走就怎么走，路线上有偏差，也属于正常现象。"

刘明继续问道："你承不承认是你们的工作失误导致刘广才死亡的？"

这句话立即引起了苍云峰的不满，他皱眉看着刘明问道："你什么意思？你是法官还是什么人？你在治我的罪吗？你有什么权利这么问我？"

刘明道："我怀疑这就是一场谋杀。"

苍云峰拍案而起，指着刘明问道："你是傻子吗？你怀疑这是一场谋杀？用得着你怀疑吗？尸体都找回来了，验尸报告都出来了，刘广才就是死于背后这一刀，这不是谋杀是什么？"

顿时，刘明被苍云峰问得哑口无言。苍云峰并没有因此停止，他继续说道："你是想把屎盆子扣我头上，怀疑是我杀的吗？刘广才的死亡时间明明白白，前后就算有误差也不过几个小时，那时候我在哪儿？要我向你汇报吗？"

"咳咳……"宋老咳嗽道，"大家少安毋躁，少安毋躁啊。今天我们坐在这里开会是想找到一些线索，并不是来吵架的。刘广才怎么说也是我的司机，他之前做过什么我们暂且不提了，他有错的地方，但死者为大嘛，我们现在找出凶手才是最重要的。"

苍云峰重新坐回到椅子上，狠狠地瞪了一眼刘明。

民警把目光投向了陈磊，问道："你也介绍一下发现尸体现场的情况吧。"

陈磊应了一声，然后打开了会议室的投影。他借助大量的照片和视频把现场的情况展现给大家，照片从多角度拍摄了尸体死亡的姿态，以及周围的环境情况，视频上，陈磊在画面外解说当时的现场情况，包括时间、地点、温度、距离湖边的距离等等，都做了详细阐述。

现场了解完，民警问道："我们一起研究下，看看有没有什么线索。"

苍云峰将自己的iPad连接投影到幕布上，把自己在地图上画的线给大家讲解道："刚刚陈磊发出来的照片上，大家都看到了有一辆车的车辙印，车辙印留下的轮胎花纹是百路驰KO2的花纹。当然，还有模仿这个花纹的轮胎，分别是国产的铁骑和柯玛仕，花纹的细节略有差异，但通过老唐在现场根据车辙印的分析，可以断定这辆车用的百路驰KO2的轮胎，轮胎的宽度是285的。两侧轮胎车辙印留下的距离判断，这辆车很有可能是丰田的LC200这样的大型越野车……"

"等等。"刘明打断苍云峰的话问道，"你根据车轮的宽度就应该判断出这是一辆什么车，而不是用'很有可能'这样的字眼。"

苍云峰皱眉问道："为什么？用这样的字眼不合适吗？"

刘明自认为很懂的样子说道："每一个车都有自己独特的数据，你既然测量出了轮间距，你就应该知道这是什么车，你说话不够严谨。"

苍云峰看着刘明问道："你知道什么是法兰盘吗？你知道轮毂的ET值是什么意思吗？你知道什么叫负值轮毂吗？你根据一个数据就判断车型，是不是有点太教条主义了？"

刘明不屑一顾地问道："你说这些有什么用？欺负我是外行不懂吗？"

苍云峰冷笑一声，也不屑地说道："我来告诉你，我说这些有什么用。首先，能进入羌塘无人区的越野车，肯定是经过改装的；刚刚提到过的轮胎，就是AT轮胎的一种，有美国生产的也有泰国生产的，原厂的越野车很少有标配这款轮胎的。这轮胎的售价单独一个都要在一千五百块左右，一台越野车更换了轮胎，就已经改变了原车的数据，更换轮胎就涉及更换轮毂或者加装法兰盘，目的是加宽车身。你在路上看到那种轮胎突出车身的，基本上都是换了轮毂或者加装了法兰盘。如果一个车原车的轮毂ET数值是'+40'，在这个基础上更换为'0值'轮毂，那么你的单车车轮就向外移动了四厘米；两侧加一起，车辙之间的距离就多了八厘米。这只是一个假设的数据，如果换负值轮毂，差距会更大。我就问你，你凭什么根据车轮间距下定论是某一款量产车呢？"

刘明自知这些专业性的知识不如苍云峰，但是心里又想怼他，继续问道："那你凭什么根据轮胎的宽度，就确定这是一台LC200这样的大型越野车？"

苍云峰很无语，点了一根烟解释道："285这个轮胎的宽度适合中大型越野车，并不是所有车都能使用。比如哈弗H5，车身尺寸四米六，它用的轮胎是245的宽度。就算是狠一点的车主，最多也就是用到265的宽度。轮胎的宽度越大，与地面产生的摩擦力就越大，对动力损失的也就越大。能用这285的轮胎，说明车的动力不会很弱，至少是3.0往上了，能进入羌塘无人区的越野车并不多，简单分析一下就能得出是LC200这样的大型越野车，懂了吗？还要我给你解释什么吗？所谓的私家侦探不过如此。"

最后这一句等于是把刘明全盘否定了，刘明一股气憋在心里，反驳道："你凭什么说小排量的车就不能安装285的轮胎？"

问出这样的问题之后，在场有几个警察已经忍不住偷笑了。

苍云峰继续解释道："小排量的越野车动力有限，轮胎越宽动力损失越大，从而油耗就越高，不信你自己做个测试。2.0的排量的越野车，使用285的轮胎会比使用265的增加好几升，在高原无人区油耗同样也会增加很多。既然是进入无人区，油耗一定要尽量控制，你觉得是脑子有多么不够用的人才会用小排量的车加一个285的轮胎进入无人区呢？”

这一次，刘明没话反驳了，借着点烟的动作缓解了自己的尴尬。

派出所的民警说道："苍云峰分析得没错，我们也觉得这辆车应该是中大型越野车。"

苍云峰继续说道："大家继续看卫星地图上我打的几个点，画圈的地方是最近的几处加油站。既然要进入无人区肯定是要把油加满，如果这台车有副油箱的情况下，可以加到两百升左右的汽油，满足一千公里左右的续航吧。这个数值只是猜测，我们目前最有效的办法就是马上联系这些加油站，查看一下最近这些天的加油记录。如果有中大型越野车或者皮卡加的油特别多，那就可以重点关注一下了。尤其是查看一下车辆使用的轮胎，百路驰KO2的花纹很特别，非常容易辨认，一般监控摄像头都拍得到。"

警察当即表示道："这个没问题，在西藏境内给车辆加油都是要实名登记认证的，我们马上安排去方圆两百公里以内的加油站查看一番。"

听起来这个面积很大，实际上也就那么几座加油站而已，西藏大北线、中北线附近的县镇屈指可数，这点工作量并不大。

宋老看着苍云峰说道："我们很有必要重返羌塘，去你找到刘广才的地方实地考察一番。"

苍云峰皱眉说道："我看就没这个必要了吧？那里荒芜得什么都没有。再说了，都过去这么多天，去那里找什么呢？"

私家侦探刘明开口说道："那也是一个现场，只要有现场就肯定会留下蛛丝马迹的，我们调查不能放过任何一个有价值的线索。"

苍云峰对这个刘明没什么好印象，三十多岁的人了，说话不经过大脑就是乱怼。苍云峰对他也没客气，毫不掩饰内心的鄙视，看着他问道："就你这小身板行吗？到里面高反出个肺水肿、脑水肿什么的，你也得交代在里面。"

这话虽然说得有点过分，但的确是在理。

侦探社的几个人马上就表现出十分不满的样子，一个个用不友善的眼神看着苍云峰。

刘明仰起头说道："我死在里面也不用你负责。"

苍云峰冷哼道："刘广才死了，你都想方设法地让我承担责任。你要是死在里面，指不定又要怎么整我们公司呢。"

宋老轻轻咳嗽一声，然后对苍云峰说道："是这样的，我联系了另外一家极限俱乐部，他们的车队今天中午就到双湖县了。这次进去就不麻烦你们荒野俱乐部了，但是你要跟我们进去，我额外支付你酬劳。"

这话说出口之后，最不开心的就是陈磊了，他看着宋老问道："宋老您这有点不厚道了，不用我们继续陪您进羌塘您提前说啊，我何必今天留在这里和您开会讨论呢？我们上一次的合作已经按照要求完成了，您这是耽误我时间。"

陈磊的话说得有点过分了，还有一点找碴儿的意思，但是宋老并没有在意，对陈磊说道："超出的天数我按照合同约定给你赔偿，给你双倍赔偿，还请你理解。"

老唐看着宋老问道："你的意思是，这次只请云峰一个人跟着你邀请的团队进羌塘，对吗？"

不等宋老开口呢，刘明就开口说道："不是只有你们一家能带人进入羌塘做保障工作，何况你们做得并不好，都能把人带丢、搞出人命，还好意思继续接单？"

老唐看着刘明问道："云峰是我们荒野俱乐部的人，他既然不是以领队的身份参加，那你们如何保证他的安全？"

第62章　老歪的车队

当老唐问出谁来负责苍云峰的安全时，大家几乎都愣住了，包括二队的陈磊、苏虹以及宋老本人，尤其是宋老本人，他根本没想到老唐会问出这样的问题。而苍云峰本人内心充满了感动，这种感动源于亲情，无法言表。

老唐见大家迷茫，对宋老说道："你不用我们荒野俱乐部的团队带你去羌塘这没问题，你要求云峰跟着你去，这个要求也不算过分，前提是你要确定云峰是自愿跟你去的。刘广才死在羌塘无人区，这事儿的前因后果你比我们都清楚。要说责任，我承认我们公司有一定的责任，但绝对不是主要责任。你要求我们公司赔偿，我们可以协商，协商不妥可以走法律程序，这些都没问题，我们是讲道理的。我说这么多就是想告诉你们，云峰没有义务陪你们进去寻找所谓的分开地点，当然，他要去公司也不阻拦，但你们得向公司保证云峰的安全。不管你们找哪个公司的哪支队伍，云峰都是这支队伍的客人，你们必须保证云峰的安全。"

宋老点头说道："唐队说得很有道理，我认同你说的。这一次重返羌塘主要是看一眼云峰和刘广才最后分开的地点，寻找一点线索。我出五万块请云峰带个路。云峰你觉得这个价钱可以接受吗？"

"行。"苍云峰一点都不含糊，毕竟这个价钱不低，其实他对宋老的印象也不差，觉得这个老头一直都很爽快，没有斤斤计较，"我的任务就是带你去看一看刘广才和我分开那天的地点对吗？"

宋老摇头说道："这一次我就不去了，我留在双湖县。中午领队过来之后会做详细对接，主要是带刘明他们去现场看一看。"

苍云峰皱眉问道："您不去？"

宋老叹息道："岁数大了，身体没那么好了，我就不折腾了，我老眼昏花进去也未必有什么用。"

苍云峰也没介意，对宋老说道："尊重你的想法。"

接下来的会议中，大家分工合作，警方主要去附近的加油站调取加油记录，寻找可疑车辆。老唐负责和溪玥沟通，把之前带到羌塘无人区的所有卫星电话都找到，然后调取通话记录，这是第二条线。

而苍云峰要负责当带路人，将刘明的私家侦探社成员带去现场查看一番。这件事除了苍云峰以外，别人还真做不来。

散会之后，大家各自去忙准备了。

申东旭在这次寻找刘广才的行动上输给了陈磊。这家伙赌气，一大早就带着团队离开了双湖县折返回拉萨。陈磊把老唐和苍云峰叫到自己的房间，床上铺满了装备。他看着苍云峰说道："这些是我认为你用得到的装备，保障性物资卫星电话给你准备了两部，手持GPS一个、折叠太阳能充电板一块，已经固定在背包最外侧了，背着走路都能充电。战术腰带一条、求生刀两把、医疗包一份、压缩饼干两盒、便携式净水器一个、保温杯一个、单人雪山帐篷一顶，你看还有什么是我漏掉的，你想一下，我再去车上给你找。"

苍云峰感激地说道："差不多了，谢谢兄弟。"

"别客气，都是自家人。你这次是要跟随一个陌生的团队去羌塘，凡事自己多留个心眼，我倒是不担心你身体素质，就怕刘明那伙人坑你。"

　　老唐也提醒苍云峰道："今天你和刘明在会上吵起来了，我也担心他们到里面害你。"

　　苍云峰冷哼道："就他们那身体素质到里面害我？自己能保证不高反就不错了，我心里有数，你们放心吧。"

　　老唐提醒道："你别大意啊。"

　　苍云峰打个指响说道："回昆明等着我，等我回来用赚的这五万块钱请你们潇洒去。"

　　中午，要护送刘明进入羌塘的车队来到了双湖县，说是车队有点勉强，一共就四辆车八个人的团队，怎么看都不专业。四辆中有两辆是丰田普拉多，两辆是丰田的LC200。四辆车带的物资也不多，其中一辆LC200的后排座椅都拆掉了，整个车里放的都是60L的汽油桶，每个油桶里都装满了汽油，这些是接下来几天车辆燃油补给。

　　这种拆座椅放汽油桶的行为深得陈磊的鄙视，他问道："你们作为专业的荒野领队，就用这车拉汽油？是不是显得有点儿戏了？"

　　对方的领队叫老歪，四十多岁，他看了看荒野俱乐部的车贴，确定了陈磊的身份之后问道："儿戏？哪里儿戏了？你们不也是用铁皮油桶在拉燃料吗？我把油桶放在驾驶室里和你把油桶放在皮卡尾兜内有什么区别吗？"

　　大家都看出来了，这老歪是故意在找碴儿挑刺呢。这要是换成申东旭，肯定要和老歪吵起来了，但是陈磊远比申东旭低调得多，再加上老婆苏虹也在，他作为一个男人为了让妻子安心，主动选择了不说话，息事宁人。

　　这种退让并不是无能的表现，相反这正是一个成熟男人应有的处事态度。

　　换个角度想想，万一陈磊真的和老歪吵起来……最后吵赢了又能怎么样呢？出门在外和气生财，别让亲人跟着担心，才是最正确的选择。

老歪在和宋老对接的时候，苍云峰也给身在昆明的妹妹打了一个电话，告诉妹妹他要去无人区，可能五天左右出来。苍云婷早就习惯了哥哥的这种工作，嘴上虽然说着没事，可心里还是担心。

苍云峰又给溪玥打了个电话，让她每天都和妹妹联系一下，发现有什么不对的地方，就赶紧去看一看。

交代完家里的事，双湖县派出所这边查到了一个非常重要的消息。六天前有辆车牌为某B 767A*的白色L200一天之内在拉萨周边的几个加油站疯狂加油，一天的时间加了七次油。

干什么玩意儿一天要加七箱油呢？而且加油记录是每次加油都加六十升左右，算下来这辆车一天加了四百二十升汽油。

派出所的警察觉得苍云峰在车辆这一块非常精通，就暂时把这个消息单独告诉了苍云峰，让他帮忙分析一下为什么LC200每次只加六十升汽油。

苍云峰很快就猜到了原因，对民警说道："西藏境内，不给任何个人加散装汽油，车主想要进入无人区就必须保证有充足的燃油。在这个前提下，车主每次去加油站都把油加满，然后再找个地方将汽油从油箱里放出来，储存在油桶里，而我们能买到的便携式汽油桶最多也就是六十升的铁皮油桶，这就解释清楚为什么这辆车每次都加六十升汽油了。"

警察点头说道："你分析得没错，但是现在油箱都是防盗的，汽油也抽不出来啊？"

苍云峰继续说道："油箱到发动机是通过油管连接的，在底盘下面还有一个叫'汽油滤芯'的东西，相当于在油管中间。想放汽油很简单，只需要把滤芯的这个地方拔开，然后用一根管子连接到油桶就可以完成放油了。其实改这个放油装置也不难，淘宝搜得到，只需要花几十块钱买个管子和阀门就OK了。我们的车几乎都改了这个，为的就是在需要汽油的时候方便放油，而储存汽油最好的容器就是汽车油箱，需要的时候就放，简单快捷。"

"还是你们这些专业玩车的厉害，什么都懂。"

苍云峰笑着说道："您过奖了……"

正说着呢，另外一个民警按着几张照片推过来，交给正在和苍云峰聊天的警察说道："胡队你看一下，加油站发来的照片，就是这辆车一天加了七次油。照片是从监控视频中截图下来的，有点模糊，但是不影响看清楚车牌。"

胡队接过照片挨个儿看了一遍，然后把照片递给苍云峰说道："我看不太清这个车轮胎的花纹，你看一下这是你说的那个百……百……什么KO2了？"

苍云峰接过胡队递过来的照片，说道："百路驰KO2，这个轮胎用得很普遍……"话刚说到这里，苍云峰就被照片上的这辆车吸引到了。他快速将第一张照片拿到一边，插到一沓照片的最后，看完第二张又快速地查看第三张、第四张、第五张……当所有照片都翻个遍之后就坐在原地不动了，他眉头紧锁，像是在思考什么。

胡队见苍云峰这样，小心翼翼地问道："怎么了？有什么不对劲吗？"

苍云峰腾的一下就从椅子上坐了起来，对胡队说道："这辆车在双湖县……没错，就是这辆车……我见到了，我绝对没看错。"

"在哪儿？"胡队也紧张起来，招呼手下说道，"叫所里的人都集合，马上封锁县城的出口，在整个县城里找这辆车。他娘的，那句话怎么说来着，叫什么铁……铁鞋不难找？"

一个下属纠正他说道："你要说的是'踏破铁鞋无觅处'吧？"

"对对对。"胡队兴奋地说道，"快点去找铁鞋，不对……去找铁车。"

第63章　不和谐的队伍

　　这辆车还需要找吗？苍云峰拿着照片跑到隔壁的宾馆停车场，瞬间就锁定了这辆车，正是老歪车队的那辆LC200。老歪车队的四辆车有两辆4.0的普拉多，两辆4.0的陆巡，而照片上的这车就是老歪亲自驾驶的那辆，拆掉了后排座椅放汽油桶的。

　　警察大有一种破案的喜悦，因为这辆车用的正是百路驰KO2的轮胎，所有证据几乎都可以证明这一切。

　　当警察找到老歪准备抓捕的时候，老歪一脸懵地问道："你们抓我干啥？我才过来啊。"

　　警察拿出刘广才被害现场的照片，把车辙印展示给老歪看，老歪反驳道："用这款轮胎的太多了，你去拉萨大街上看看，十辆车陆巡有五辆是装的百路驰KO2。不是我吹，你们自己去调查，单凭一个车辙印的照片就说我是杀人凶手，你们也太武断了吧。"

　　民警拿出了他的加油记录问道："一天加油七次，这个你又要怎么解释？"

　　老歪指着车里的油桶说道："因为接到宋老的订单，四辆车要进入羌塘无人区，没有油肯定进不去，西藏境内又不给加散装汽油，我只能想这个办法了。我车上六个六十升的油桶都是满的。不仅是我这辆车，两个普拉多各自还带了两桶六十升的汽油，我们都是这么装的。"

警察指着加油时间质问道："加油时间和刘广才的死亡时间相差无几，你今天才到双湖县，你怎么解释你这段时间去哪了儿？"

"色林错。"老歪不假思索地说道，"我在色林错边露营了几天，就是在等后面三辆车过来和我会合。"

"宋老什么时候联系你的？"

"不记得了，我手机上有通话记录，要查一下。"

警察和老歪在一边对峙，苍云峰则开始研究起老歪这辆车，这辆车用的是原车轮毂也没有加装法兰盘，所以两条车辙之间的距离是和原车轮间距一样。前面安装了ARB的牛栏杆，配了沃恩12500磅的绞盘，后保险杠预留了一个快插导口，可以接拖车钩、拖车臂甚至是快插绞盘。

打开后排车门，苍云峰检查了一下车内的汽油桶，这里面一共六个六十升的汽油桶分成两排放着，并且有松紧带捆绑在一起。他扭开了其中一个油桶的盖子，散发出汽油的味道，他又敲了敲油桶，发出闷闷的声音，证明这里面是满的。苍云峰来到一边对警察说道："应该是误会，老歪的车如果进过羌塘，油量消耗是很大的，车里的油桶都是满的。查一下老歪这辆车最后两次的加油记录，从拉萨途经色林错到双湖县七百公里，油耗按照一百二十升来计算差不多了，如果老歪这辆车的加油量在这个数，那就没问题。"

警察还真的很快就调取了老歪这辆车最后两次的加油记录，一次是四十五升，一次是六十升。

警察都对苍云峰佩服得五体投地，他把油耗算得几乎没差距。

老歪见苍云峰帮自己说话，也是真心感谢苍云峰，掏出烟递给他说道："兄弟，要不是你门儿清，我今天就要彻底被误会了。"

苍云峰接过烟说道："民警办案你也理解一下，大家都没

351

恶意。"

"理解，我也听宋老说了起因经过，这次我们要到什么地方？听说轨迹在你这儿？"

"明早出发前我发给你。"

"感谢。早就听说过你们荒野俱乐部，在圈里的名气那也是响当当的，今天看到你们的车队、装备，真心自叹不如。我们去羌塘可能要住上三四个夜晚吧，我们车队没有你们公司准备的那种救灾帐篷，晚上我们只能各自睡各自的小帐篷，吃的东西可能也比较简陋。"

苍云峰无所谓地说道："我都可以，你和刘明他们说清楚去吧。"

简单客气地交流之后，苍云峰回到陈磊这边，陈磊已经把队伍收整完毕准备返程了。临走的时候，陈磊告诉苍云峰，在酒店前台又给他留了点东西。

苍云峰目送车队启程之后，来到酒店前台索要陈磊留下的背包。特别让他意外的是，陈磊留下的竟然是一壶酒和一条烟，这让苍云峰特感动啊，心想还是自己人了解自己。

次日清晨，车队集结完毕之后，做了出发前最后的盘点，确认无误之后，车队开始出发前往神秘而又恐怖的羌塘无人区……